SUMMER
GREEN

Everything YOU ARE

Oetinger Taschenbuch

MIX
Papier aus verantwortungsvollen Quellen
FSC® C002795

Originalausgabe
1. Auflage

Satz: Datagroup-Int SRL, Timișoara
Druck und Bindung: Livonia Print SIA; Ventspils iela 50,
LV-1002; Riga; Lettland
Printed 2020
ISBN: 978-3-8415-0618-4

www.oetinger-taschenbuch.de

Für meine Lieblingsmenschen

Prolog

Um kurz nach Mitternacht erreiche ich mit pochendem Herzen das stillgelegte Fabrikgelände, öffne mit einem Knopfdruck die coolen Flügeltüren meiner brandneuen giftgrünen Sportkarre und werfe einen ungeduldigen Blick auf mein Handy. Keine Nachrichten. Scheinbar bin ich der Erste am vereinbarten Treffpunkt. Ich steige aus, um mir im Scheinwerferlicht schon einmal ein etwas genaueres Bild von dem heruntergekommenen Areal zu verschaffen.

Bunte Graffiti von mehr oder weniger talentierten Sprayern zieren die roten Backsteinmauern. Das Glas der Fenster ist zersplittert oder fehlt gleich ganz. Und es ist gespenstisch still. Was der trostlosen Atmosphäre den letzten Schliff verleiht.

Langsam werde ich ein wenig nervös, denn ich bin ohnehin schon ein paar Minuten zu spät. *Vielleicht ist das hier ja doch der falsche Ort?* Die Wegbeschreibung ist schließlich ziemlich ungenau gewesen. Ich will gerade eine Nachricht im Guppenchat posten, als ich Motorengeräusche näher kommen höre. Erleichtert atme ich auf, stecke mein Handy weg und steige zurück hinter die schwarz getönten Scheiben.

Noch nie zuvor habe ich an einem dieser Autorennen teilgenommen, und jetzt, wo es tatsächlich so weit ist, fühle ich mich wie in *Fast & Furious*.

Endlich habe ich die Kontrolle über mein Leben zurück,

auch wenn es nur für einen Moment ist. Das Gefühl vermisse ich so schmerzlich. Ich will einfach nur vergessen, wer ich in den Augen anderer sein soll, diese Rolle ablegen und mich selbst wieder spüren.

Zwar liebe ich meine Familie über alles, und ich will sie auf keinen Fall enttäuschen, aber immer häufiger wird mir der immense Druck – die Erwartungen meines Vaters, unter denen ich permanent, Tag für Tag, stehe – schlicht und ergreifend zu viel. Ich weiß manchmal selbst nicht mehr so genau, wer ich eigentlich hinter meiner lächelnden Fassade bin.

*

DREI … Adrenalin strömt durch meine Adern, und mein Herz schlägt immer heftiger, als ich den Schlüssel im Zündschloss umdrehe und den Motor starte.

ZWEI … Ich spüre die Vibrationen der Maschine unter mir, die meinen ganzen Körper beben lassen.

EINS … Mein Fuß spielt aufgeregt mit dem Gas, und jedes Aufheulen des Motors beschleunigt meinen Puls. Ich weiß, jetzt gibt es kein Zurück mehr.

GO … Die quietschenden Reifen sind das Einzige, was ich wahrnehme, als ich mit durchgedrücktem Pedal Speed gebe. Der Geschwindigkeitsrausch packt mich, schaltet meinen Verstand ab und flutet jede Zelle mit purem Glück.

1

Ich werfe zum x-ten Mal einen angespannten Blick in den Rückspiegel. Der feuerwehrrote Sportflitzer direkt hinter mir klebt inzwischen beinah an meiner Stoßstange. Meine Finger umklammern nervös das Lenkrad. *Hoffentlich ergibt sich schnellstmöglich eine Gelegenheit für ihn, mich zu überholen*, denke ich gestresst, als ich erneut mit aggressivem Gehupe zum Gasgeben aufgefordert werde.

Selbst wenn es erlaubt wäre, schneller zu fahren, mein Wagen ächzt jetzt schon verdächtig. Ich mache mindestens drei Kreuze, wenn ich endlich den Campus und mein neues Leben erreicht habe.

Zwar ist Daisy – wie ich meinen quietschgelben Kleinwagen mit den weißen Ledersitzen liebevoll nenne – etwas in die Jahre gekommen, aber ich bin heilfroh, mir überhaupt einen fahrbaren Untersatz leisten zu können. Ohne die Hilfe von meinem Bruder Toby, der in einer Autowerkstatt gearbeitet hat, wäre ein Wagen für mich ein unbezahlbarer Traum geblieben.

Als mir Toby an meinem sechzehnten Geburtstag nach der Schule den Funkschlüssel mit einem breiten Grinsen überreichte, war ich völlig baff. Die betagte Daisy erstrahlte nämlich nicht nur von außen in neuem Glanz. Mein Bruder, der Autonarr, hatte die Sitze mit weichem Leder beziehen lassen und sogar eine Klimaanlage, ein Radio und eine moderne Zentralverriegelung nachgerüstet.

Nichtsdestotrotz ist Daisy eine alte Lady, die hin und wieder an ihre Grenzen kommt. Dennoch würde ich sie unter keinen Umständen verkaufen, weshalb ich auch in den sauren Apfel beiße und die horrenden Parkplatzgebühren der Uni in Kauf nehme. Um mir diesen Luxus ohne schlechtes Gewissen leisten zu können, habe ich den ganzen Sommer lang unzählige Extraschichten als Serviererin geschoben.

Der im Licht der Nachmittagssonne wie ein Schmuckstück glitzernde Sportwagen schert aus und rauscht mit einem Affenzahn an mir vorbei. *Gott sei Dank.* Wie ich solche Typen hasse. Sie bringen nicht nur sich selbst, sondern auch andere Menschen in Lebensgefahr.

Beim Gedanken daran bildet sich augenblicklich ein dicker, fetter Kloß in meinem Hals, und ein Schauer läuft mir bei der Erinnerung an das, was vor knapp zehn Monaten passiert ist, eiskalt den Rücken runter.

Ich blinzle die aufkommenden Tränen fort. *Nach vorne schauen,* ermahne ich mich. Die Uni an der Ostküste ist meine große Chance! Die Geister der Vergangenheit haben mich bereits viel zu lange gelähmt. Ich will wieder atmen, wieder richtig leben, und dafür muss ich mich aufs Weitermachen konzentrieren. Mit einem Schwung positiver Energie kurble ich das Seitenfenster runter und lasse den frischen Fahrtwind herein, der verheißungsvoll riecht: nach Meer, Freiheit und Neubeginn.

*

Eine Dreiviertelstunde später liegt das imposante historische Universitätsgelände unmittelbar vor mir. Zwischen den alten Gebäuden mit ihren Türmen und prunkvollen Torbögen herrscht geschäftiges Treiben. Ich reihe mich in die vorwärtskriechende Autoschlange ein. Dass ich nur langsam vorankomme, macht mir gar nichts. Ich sauge jedes Detail meiner neuen Umgebung wie ein Schwamm auf. Ich kann kaum glauben, dass ich es hierhergeschafft habe. An diesem geschichtsträchtigen Ort studieren junge Menschen aus aller Welt, um die Zukunft in den verschiedensten Bereichen mitzugestalten. Und ich gehöre ab jetzt dazu. Bei dem Gedanken durchströmt mich eine Welle unfassbarer Dankbarkeit und Vorfreude. Ich musste hart für meinen Traum kämpfen, aber jetzt bin ich hier.

Wenig später parke ich vor dem roten Backsteingebäude, in dem sich mein Wohnheim befindet, steige aus dem Auto und strahle dabei übers ganze Gesicht. Vor dem Eingangsbereich, im Schatten der mächtigen Eichen, tummeln sich bereits viele Erstsemester und Angehörige, mit Umzugskisten und Koffern.

Tracy – eine der Patinnen für die Neuankömmlinge – nimmt mich herzlich in Empfang und gibt mir eine kurze Einweisung. Anschließend nehme ich im Innenhof der Wohnanlage meine Studenten-ID, die gleichzeitig auch die Schlüsselkarte zu meinem neuen Zuhause ist, entgegen. Nachdem ich alle Formalitäten hinter mich gebracht habe, öffne ich Daisys Heckklappe und hieve meinen schweren, abgegriffenen Trolley heraus. Dann nehme ich noch meine Laptoptasche und lege mir den Tragegurt über meine Schulter. Den Wäschekorb mit den übrigen Sachen, wie Bettwäsche und Büchern, werde ich später holen.

Nach einer gefühlten Ewigkeit inmitten des lauten Gewusels auf den langen Fluren finde ich die richtige Tür. Als ich eintreten will, staune ich nicht schlecht, zwei Möbelpacker versperren mir mit einem monströsen Sofa den Weg.

»Entschuldige bitte, wir sind gleich fertig. Brauchst du im Anschluss auch noch Hilfe beim Ausladen deiner Sachen?«, fragt mich der Muskelprotz am hinteren Ende des Ledersofas freundlich.

Ich schüttle den Kopf und warte, bis die beiden Männer das schneeweiße Ungetüm an seinem Bestimmungsort vor dem Fenster abgestellt haben. Überrascht stelle ich fest, dass der gemeinschaftliche Wohnbereich mit dem Sofa nun vollständig eingerichtet und bestens ausgestattet ist. Neben Fernseher und Soundanlage gibt es einen niedrigen runden Tisch aus Glas, darunter einen flauschigen grauen Teppich, zwei Stehlampen, grüne Zimmerpflanzen und einen praktischen Minikühlschrank. Außerdem entdecke ich eine Anrichte mit weißen Fronten, auf der sich eine Mikrowelle und ein Wasserkocher befinden. Scheinbar hat meine Mitbewohnerin ihren eigenen Kopf und pflegt einen gewissen Lebensstandard, den sie auch im Wohnheim beibehalten will.

Es fühlt sich etwas komisch an, dass alles so luxuriös und komfortabel ist. Damit hatte ich wirklich nicht gerechnet. Ich selbst habe nur das Nötigste mitgebracht. Zum Glück, denn für mehr wäre hier kein Platz.

Immer noch überwältigt vom ersten Eindruck, betrete ich das Schlafzimmer. Hier finde ich auch meine Mitbewohnerin, die dabei ist, den Inhalt ihrer rosafarbenen XXL-Reisetasche auf dem linken Bett auszupacken und zu sortieren.

»Hey, ich bin Emma Newton«, begrüße ich die Person, mit der ich in den nächsten Jahren wohl die meiste Zeit hier an der Universität verbringen werde. Ich hoffe inständig, dass sie keine von diesen verwöhnten, zickigen Tussis ist, die nur auf die Uni gehen, um Party zu machen.

»Freut mich. Ich bin Lara Bradshaw«, erwidert die Blondine fröhlich. »Ist es okay, wenn ich dieses Bett nehme?«

Ich nicke und frage mich trotz ihrer freundlichen Art, ob wir eine gute WG abgeben werden. Rein äußerlich könnten wir unterschiedlicher nicht sein. Im Gegensatz zu mir sieht Lara wie ein Supermodel von einem Modemagazin aus. Ihr perfekt durchgestyltes Outfit, die seidig schimmernden langen Haare und das strahlende Zahnpastalächeln wirken makellos. Wohingegen ich eher der unauffällige Normalo-Typ bin.

»Und? Woher kommst du?«, frage ich sie schnell, bevor noch eine peinliche Pause zwischen uns entsteht.

»Ich bin durch und durch Kosmopolitin.« Sie wirft ihr Haar über die Schulter zurück, das nach vorne gefallen war. »New York ist meine Wahlheimat. Gewohnt habe ich aber auch schon in L.A., London, Paris und Singapur. Weißt du, mein Vater ist beruflich international viel unterwegs, und deswegen sind wir ständig umgezogen. Echt nervig, aber modetechnisch habe ich so natürlich immer die neuesten Trends aufgeschnappt. Weil mich meine Freundinnen deshalb andauernd gelöchert haben, hatte ich vor drei Jahren die geniale Idee, einen eigenen Blog ins Leben zu rufen. Mittlerweile habe ich rund eine Million Follower«, erzählt sie mir wie ein sprudelnder Wasserfall, ohne Punkt und Komma. Schließlich holt sie tief Luft und lässt sich, neben dem riesigen Berg aus Klamotten, auf den letzten freien Platz ihrer Matratze fallen. »Sorry, ich plappere. Jetzt zu dir, Emma. Woher kommst du? Und was sind deine geheimen Leidenschaften?«

Ich schiebe meinen Trolley in das kleine Zimmer, stelle meine Laptoptasche auf dem Boden ab und sinke erschöpft auf das gegenüberliegende Bett. »Also, ich bin aus Lake Leelanau in Michigan, eine ziemliche Leseratte und …«

»Oh ja, ich lese auch ununterbrochen, um für meinen Blog zu recherchieren«, fällt Lara mir begeistert ins Wort. »Für mich ist es wichtig, up to date zu sein.«

Ich muss mir mit aller Macht ein Lachen verkneifen, denn Lara meint sicherlich nicht Charles Dickens, William Shakespeare und Co., sondern eher Magazine.

»Ich möchte nach meinem Studium ja unbedingt Journalistin werden und am liebsten über Fashion berichten«, schwärmt Lara. »Weißt du eigentlich schon, dass ein echter A-Promi aus der Modewelt in unserem Wohnheim lebt?« Lara schaut mich mit großen Augen an, und ich sehe, dass es ihr in den Fingern juckt, mir die pikanten Einzelheiten zu verraten.

»Nee, davon höre ich zum ersten Mal. Erzähl!«, fordere ich sie auf, auch wenn mich Klatsch und Tratsch eigentlich überhaupt nicht interessieren. Im Moment bin ich aber einfach nur überglücklich, dass wir uns nicht bloß wie zwei Goldfische im Glas anschweigen. Zugegebenermaßen eine meiner allerschlimmsten Befürchtungen, denn ich gehöre nicht gerade zu denjenigen, die schnell Freundschaften schließen.

»Er heißt Paxton Romero, ist neunzehn Jahre alt und der Sohn von Guillermo Romero, dem Modedesigner, der zurzeit so angesagt ist. Das Top, das ich trage, ist aus seiner aktuellen Kollektion. Hot, nicht wahr?«, fragt sie mich mit stolzem Unterton, und obwohl sie bestimmt keine Antwort erwartet, nicke ich ihr sicherheitshalber bestätigend zu. »Paxton Romero ist der heißeste Junggeselle New Yorks, höchstwahrscheinlich der ganzen USA. Und ich habe vor, mir den Prinzen à la Herzogin Kate zu schnappen. Nur damit das klar ist: Du lässt gefälligst die Finger von ihm.«

»Natürlich!«, verspreche ich, ohne überhaupt darüber nachdenken zu müssen, und frage mich allen Ernstes, wie Lara darauf kommt, dass ich jemals eine wirkliche Konkurrenz für sie darstellen könnte.

»Hervorragend. Dann steht unserer Mädels-WG ja nichts mehr im Wege«, entgegnet sie schmunzelnd und holt ihr Handy, das in einer pink glitzernden Prinzessinnenhülle steckt, aus ihrer Handtasche. »Weißt du was?! Lass uns doch direkt mal ein Selfie für meine Community machen. Die müssen unbedingt erfahren, mit wem ich hier an der Uni rumhänge.«

Das kann ja heiter werden!

*

»Emma, du musst mitkommen«, jammert Lara, zieht dabei einen filmreifen Schmollmund und klimpert mit ihren getuschten, schwungvollen Wimpern. »Oder willst du von Anfang an als uncoole Außenseiterin abgestempelt werden?«

Ich zucke mit den Schultern. »Partys sind halt nicht mein Ding. Außerdem bin ich echt platt von der Reise und den vielen neuen Eindrücken.«

»Papperlapapp, wir müssen doch unseren Einstand gebührend feiern. Keine Widerrede! Ich lasse meine Mitbewohnerin am ersten Abend ganz bestimmt nicht einsam und allein auf unserem Zimmer hocken. Das wäre doch voll depri. Abgesehen davon ist es gar keine richtige Party, sondern eine offizielle Veranstaltung. Du willst doch nicht etwa den Uni-Spirit verpassen.«

»Okay, okay, du hast mich überredet.« Genau genommen fällt mir keine gute Ausrede ein, um hierbleiben zu können. »Es schadet sicherlich nicht, ein paar Leute kennenzulernen.«

»Fabelhaft, du wirst es nicht bereuen. Versprochen!«, sagt sie mit einem selbstzufriedenen Grinsen und öffnet ihren Kleiderschrank. »Jetzt müssen wir dir erst einmal etwas zum Anziehen heraussuchen. So nehme ich dich nämlich nicht mit.«

Ich schaue an mir herunter und frage mich, was, bitte schön, an meinem blauen T-Shirt mit dem Logo der Uni, Jeans und Sneakers verkehrt ist. Ohne auf eine Reaktion von mir zu warten, fängt Lara an, ihre Sachen zu durchstöbern, und wirft immer wieder prüfende Blicke in meine Richtung.

»Das ist nicht nötig«, versuche ich sie aufzuhalten. Doch sie macht in aller Seelenruhe weiter.

»Kein Problem, ich hab's gleich. Du wirst absolut hot in diesem Outfit aussehen. Es hat die Farbe deiner smaragdgrünen Augen.« Sie zieht ein knielanges Chiffonkleid vom Bügel und reicht es mir. »Benutzt du eigentlich Kontaktlinsen?«

»Habe ich bisher noch nicht ausprobiert.« Ich wende das wunderschöne Designerstück, um es von allen Seiten zu betrachten. Bestimmt hat es mehr gekostet, als meine Eltern monatlich für den Hauskredit bezahlen. »Jammerschade, hierfür habe ich gar keine Schuhe«, antworte ich möglichst enttäuscht. Zum einen ist es wahr, und zum anderen würde mir so etwas im Leben nicht stehen. Ganz abgesehen davon, dass ich mich in diesem kurzen Stück Stoff komplett unwohl fühlen würde.

»Na gut, dann ziehst du wenigstens ein Oberteil von mir zu deiner Jeans an.« Lara nimmt mir den Bügel aus der Hand, hängt das Kleid zurück in den proppenvollen Schrank und sucht mir dafür ein elegantes Top mit Wasserfallkragen in einem ähnlichen Farbton heraus.

Nachdem mich Lara sogar dazu gebracht hat, mich von ihr schminken zu lassen, verwandelt sie zum Abschluss auch noch meine Locken in eine wilde Löwenmähne.

»Voilà«, sagt Lara zufrieden. »Wir können los!«

Zusammen machen wir uns auf den Weg zum Gemeinschaftsraum des Wohnheims. Das Freshman-Empfangskomitee begrüßt uns mit alkoholfreien Fruchtcocktails. Es ist schon einiges los, und wir lassen uns mit den Getränken gemütlich auf einer der schwarzen Lederbänke im Retrolook nieder.

»Auf uns«, sagt Lara grinsend, während wir anstoßen.

Ich will gerade einen Schluck nehmen, da zückt Lara ihr Handy. »Warte! Der Moment ist perfekt für meinen Blog.«

Wir lächeln in die Kamera, stoßen erneut an, und ich hoffe, dass sich ihre Euphorie, von jeder einzelnen Sekunde unseres Studentenlebens eine Beweisaufnahme für ihre Follower zu knipsen, mit aufkommendem Lernpensum irgendwann legt.

»Hey, ich bin Fynn. Wollt ihr zwei eine Runde Billard mit uns spielen?« Der Kerl sieht zwar nur Lara an – und zieht sie mit seinen Blicken aus –, immerhin war er aber so nett, uns beide einzuladen. Er zeigt zu seinen Kumpels, die uns auffordernd zu sich herüberwinken.

»Klar, wieso nicht«, antwortet Lara für uns beide. »Darf ich vorstellen, meine Mitbewohnerin Emma. Und ich bin Lara.«

Fynn reicht ihr die Hand, und sie lässt sich ladylike von ihm aufhelfen. Ich folge den beiden einfach mal und hoffe, dass dieser Abend schnell vorübergeht. Wenn alles gut läuft und Lara Anschluss gefunden hat, kann ich mich bestimmt in einer halben Stunde unter einem Vorwand aufs Zimmer verkrümeln.

»Das sind meine WG-Kollegen Philipp und Sebastian«, stellt Fynn die anderen vor, als wir den Billardtisch erreicht haben, und gibt Lara grinsend einen Queue. »Ich zeig dir gerne, wie man mit dem Teil umgeht.«

Oh Mann, plumper geht's ja wohl kaum, denke ich belustigt und muss mich zusammenreißen, um nicht laut loszuprusten.

Lara schaut sich während des Spiels immer wieder suchend um. Mit Sicherheit hat sie gehofft, Paxton hier anzutreffen. Mangels Alternative flirtet sie aber mit Fynn und lässt sich bereitwillig die richtige Handhabung des Queues von ihm zeigen. Da ich sowieso nur zugucke, beschließe ich, mir eine Cola zu holen. Als ich zurückkomme, hat Fynn seine Hände von hinten um Laras Taille gelegt und wispert ihr etwas zu – woraufhin sie anfängt zu glucksen.

»Emma, die Jungs wollen mit uns noch eine kleine Privatparty feiern. Mit anständigen Drinks. Wenn du verstehst, was ich meine. Kommst du mit?«

Ich schüttle den Kopf. »Nee, so was ist nicht meins.«

»Spaßbremse«, kommentiert Fynn meine Antwort schulterzuckend und zieht Lara noch enger an sich. »Zum Glück bist du nicht so verklemmt. Du bist cool!«

Brechreiz steigt in mir auf. Wie oft musste ich mir so etwas bereits anhören, nur weil ich einen Funken gesunden Menschenverstand besitze. »Na schön, dann noch einen netten Abend. Und, Lara, wenn was ist, du hast meine Nummer.«

*

Als ich auf der Suche nach meinem Zimmer die schummrigen Gänge entlangwandere, plagen mich plötzlich Schuldgefühle, weil ich Lara mit diesen Typen allein gelassen habe. Klar, ich bin nicht ihre Babysitterin. Sie ist erwachsen und muss ihre eigenen Entscheidungen treffen. Außerdem habe ich keine Lust, wegen ihr noch vor meinem ersten Kurs von der Uni zu fliegen. Denn im Gegensatz zu ihren Eltern können meine die Studiengebühren nicht mal eben aus der Portokasse bezahlen. Ich muss Höchstleistungen bringen und vorbildliches Verhalten an den Tag legen, damit ich mein Stipendium nicht verliere. Dennoch werde ich dieses blöde Gefühl nicht los, ich hätte sie im Stich gelassen.

»Kann ich dir irgendwie helfen?«, bricht eine tiefe, männliche Stimme schlagartig durch meine sorgenvolle Gedankenwolke und lässt mich aufschrecken.

Verdutzt blicke ich hoch, unmittelbar vor mir steht ein mindestens zwei Köpfe größerer, durchtrainierter Student. Seine schwarze Wuschelfrisur ist nass, und er trägt nichts als ein um die Hüfte geschlungenes Handtuch. Einige feine Wassertropfen haften noch an seinen kräftigen Armen, auch genau dort, wo sich sein Tattoo befindet: ein Adler mit gespreizten Flügeln, der sich über seinen linken Bizeps spannt. Ich merke, wie ich ihn anstarre, und wende schnell den Blick von seinem muskulösen Körper ab.

»Ähm, ich muss mich wohl verlaufen haben«, erwidere ich mit wackeliger Stimme und Pudding in den Knien.

»Sieht so aus«, bemerkt er sichtlich amüsiert und mustert mich von oben bis unten mit ozeanblauen Augen.

Meine Wangen glühen nun endgültig, und mein Herz klopft mir bis zum Hals. *Passiert das hier gerade wirklich?*

»Warte einen Augenblick. Ich zieh mir eben was über, dann helfe ich dir, den Weg zu finden.«

»Danke«, murmle ich perplex und verharre wie angewurzelt, bis er – mit weißen Sneakers, Bluejeans und einem schlichten grauen T-Shirt mit dem Logo unserer Uni – vollständig bekleidet wieder aus der Tür kommt. Angezogen sieht er nicht weniger umwerfend aus.

»Nun komm schon«, fordert er mich mit einem verschmitzten Grinsen auf. »Bringen wir dich ins Bett. Welche Zimmernummer hast du?«

*

Langsam frage ich mich, ob dieser fremde, überaus gut aussehende Typ ansatzweise einen Plan hat, wo sich mein Trakt befindet. Wir laufen kreuz und quer durch das ganze Wohnheim, und ich bin immer noch total verloren. Es sieht alles so gleich aus.

»Da kommt jemand!« Bevor ich etwas erwidern kann, öffnet er eine Tür, reißt mich, ohne zu zögern, mit sich in den stockdunklen Raum dahinter und verschließt ihn leise wieder. Zwangsläufig dicht an mich gedrückt, legt er seine Hand auf meine Lippen, um mir zu bedeuten, still zu sein. Ich halte den Atem gespannt an, als die Stimmen an unserem Versteck vorbeiziehen. Auch wenn ich keine Ahnung habe, weshalb wir uns hier verstecken, wage ich es nicht, einen Mucks zu machen.

»Das war knapp!«, murmelt er mit hörbarer Erleichterung in der Stimme.

Ich frage mich verwirrt, weshalb er Angst davor hat, mit

mir zusammen gesehen zu werden. Doch seine Nähe zerstreut meine Gedanken wie ein Tornado in alle Richtungen. Er ist mir so nah, dass ich von seinem wohligen Duft umhüllt werde und seinen Herzschlag auf meiner Brust spüren kann, der mindestens genauso wild klopft wie meiner.

Vom Adrenalin durchströmt, verselbstständigen sich mit einem Mal meine Finger und fahren durch sein lockiges, immer noch feuchtes Haar. Seine rechte Hand tastet sich daraufhin von meinem Mund über meine Wange in den Nacken, und er zieht mein Gesicht noch näher an seines. Dann fühle ich seine weichen Lippen auf meinen. Er küsst mich erst ganz behutsam, schließlich immer drängender, als ich seiner Zunge erlaube, weiter vorzudringen.

Seine Hände gleiten über meinen Körper und zaghaft unter mein Top. Dann wandern sie unbeirrt zu meinem BH-Verschluss am Rücken. Das Kribbeln von tausend Brausestäbchen in meinem Bauch lässt mich glatt vergessen, dass ich noch nicht mal seinen Namen kenne. Es ist fast so, als hätte etwas Besitz von mir ergriffen, was ich nicht kontrollieren kann. Und das ist ein unfassbar berauschendes Gefühl, wie ich es noch nie zuvor erlebt habe.

Gerade als sich mein Verstand endgültig verabschiedet hat und meine Hände begierig seine ausgeprägte Rückenmuskulatur unter dem Stoff seines Shirts erkunden, lässt uns ein lautes Poltern vor Schreck auseinanderfahren.

»Was war das?«, frage ich irritiert.

»Moment, ich versuche mal, den Lichtschalter zu finden«, entgegnet er hektisch und löst sich nun ganz von mir.

Als die Neonlampe kurz darauf flackernd aufleuchtet, brauchen meine Augen ein paar Sekunden, bis sie sich an die Helligkeit gewöhnt haben. Sofort lande ich wieder in der Realität. Es fühlt sich so an, als hätte der geheimnisvolle Fremde mit dem Licht auch mein Hirn angeknipst. Erst jetzt begreife ich, dass wir uns in einer engen Abstellkammer mit Putzzeug befinden und im Eifer des Gefechts wohl einen Besen umgeworfen haben.

Ich schäme mich in Grund und Boden. *Was um alles in der Welt mache ich hier?*

Er scheint nicht weniger verwundert. »Okay, wir sollten dich zu deinem Zimmer bringen«, flüstert er mir mit seiner rauen Stimme ins Ohr und nimmt meine Hand.

Ich nicke zustimmend, denn ich muss unbedingt hier raus und wieder einen klaren Kopf bekommen.

*

Eine Viertelstunde später liege ich mit geputzten Zähnen im Bett. Ich habe das Fenster weit aufgerissen, in der Hoffnung, dass die kühle Nachtluft die Hitze von mir nimmt, die mich erfüllt. Lara ist zum Glück noch nicht zurück, so muss ich ihr zumindest nicht erklären, wo ich gesteckt habe.

Ich starre an die Decke und finde einfach keine Ruhe, weil ich nicht aufhören kann, an diesen intensiven, magischen Kuss zu denken. Noch niemals zuvor wurde ich so geküsst. Na gut, es mag daran liegen, dass ich bisher nur ein Mal in so einer intimen Situation gewesen bin. *Sieben Minuten im Himmel*, dieses alberne Spiel auf der Geburtstagsfeier meiner Freundin Page. Ich saß mit Bob im dunklen Wandschrank, und er hat mir plötzlich seinen ekeligen, nassen Froschmund aufgedrückt. Da war ich vierzehn und anschließend nicht mehr scharf darauf, abgeknutscht zu werden.

Allerdings hätte ich vorhin in der Dunkelheit dieser kleinen Abstellkammer zu gerne deutlich mehr als sieben Minuten verbracht. Denn seine zarten Lippen und sanften Berührungen waren das komplette Gegenteil von dem, was ich bisher erlebt habe. Kein bisschen froschig. Dafür prickelig, kribbelig, und es schmeckte eindeutig nach mehr. Obwohl ich immer noch keinen blassen Schimmer habe, wieso wir uns verstecken mussten. Schließlich haben wir nichts Verbotenes gemacht. Auch wenn es sich verboten gut angefühlt hat und sich nun jede Faser meines Körpers nach ihm verzehrt. *Wie weit wären wir wohl ohne Unterbrechung gegangen?,* frage ich mich im Stillen und erkenne mich dabei selbst kaum wieder.

2

Gleißendes Licht strömt durch das Fenster. Ich reibe mir den Schlaf aus den Augen und realisiere langsam, dass ich mich nicht in meinem gewohnten Bett in meinem Zuhause befinde. Alles riecht ungewohnt und fühlt sich fremd an. Ein bisschen so wie damals im Ferienlager.

Erleichtert stelle ich fest, dass auch meine Mitbewohnerin heute Nacht von der Party zurück in unser Zimmer gefunden hat und friedlich unter ihrer pinken Bettdecke schlummert. Ich setze meine Brille auf, und nach einem Blick auf die Anzeige meines Weckers wird mir klar, dass es erst sechs Uhr in der Früh ist. Da ich trotzdem nicht mehr schlafen kann, schäle ich mich möglichst leise aus den gemütlichen Laken, um Lara nicht aufzuwecken. Dann nehme ich mir meinen Kulturbeutel, Badesandalen, zwei Handtücher und Kleidung aus dem Schrank.

Im schwarzen Schlaftop mit grau-weiß karierten Shortys und den weißen Plastikschlappen an den Füßen schleiche ich mich, wie ein Esel bepackt, raus und mache mich auf den Weg über den Flur zum Gemeinschaftsbad.

Als ich den hellrosa gefliesten Waschraum betrete, kommt mir prompt ein Schwall feuchtwarme Luft entgegen, und meine Brillengläser beschlagen augenblicklich, sodass ich nichts mehr erkennen kann. Ich atme erleichtert auf, als es mir mit einem formvollendeten Balanceakt geglückt ist, die Gläser an meinem Top abzuwischen, ohne meine Sachen fallen zu lassen.

Als ich wieder einigermaßen Durchblick habe, nehme ich die drei Mädels am langen Waschtisch wahr, die ausgelassen miteinander quatschen, während sie sich vorm Spiegel schminken.

Selbstverständlich würdigen sie mich keines einzigen Blickes. Daran, dass ich für diese Art von Cliquen unsichtbar bin, habe ich mich schon so sehr gewöhnt, dass ich mir nicht einmal die Mühe mache, ihnen einen guten Morgen zu wünschen. Ich gehe wortlos an ihnen vorbei und deponiere meine Sachen am freien Waschbecken ganz am Ende in der Ecke. Dann hole ich das Zahnputzzeug raus und vertreibe den fiesen Geschmack des Morgens aus meinem Mund. Währenddessen komme ich allerdings nicht umhin, die Unterhaltung meiner Kommilitoninnen mit anzuhören.

»Was? Paxton Romero? Ist das dein Ernst?«, fragt die Mittlere der drei Mädels aufgeregt und steckt ihr dickes goldenes Haar zu einem Dutt hoch.

»Wenn ich es dir doch sage, Vic«, antwortet die Gazelle links neben ihr, während sie ihre Lippen mit glitzerndem Gloss bepinselt. »Die Info ist top secret.«

»Na, sicher doch«, mischt sich nun die dunkelhäutige Schönheit mit rassigen schwarzen Löckchen ein. »Deshalb stand es in dem Gossipblog, den du immer liest.«

»Ist doch jetzt auch egal, woher ich es weiß, Lucy«, entgegnet die dünne Brünette spitzzüngig und biegt ihre Wimpern kunstvoll mit einer Zange zurecht. »Auf jeden Fall habe ich gestern Abend auf der Party mitbekommen, dass sein sexy

Sportwagen vor unserem Studentenwohnheim gesehen wurde. Ist das zu fassen?!«

»Olivia, du behauptest also, wir wohnen hier tatsächlich mit Paxton Romero zusammen? Das wäre der absolute Wahnsinn!« Die honigfarbenen Augen der langbeinigen Blondine sprühen förmlich vor Begeisterung.

Ich spucke den Zahnpastaschaum ins Becken und spüle meinen Mund aus. *Wieso drehen bloß alle wegen diesem Typen durch? Bin ich denn die Einzige, die sich ausschließlich Gedanken ums Studium macht und vor allem das megaaufregend findet?*

Unvermittelt ploppt in meinem Geist die vergangene Nacht wieder auf. Dieses kribbelige, wohlige Gefühl auf meinen Lippen – mein ganzer Körper ist von jetzt auf gleich wie elektrisiert. Ich spritze mir schnell eine Handvoll eiskaltes Wasser ins Gesicht und atme tief durch. *Du musst dich auf das konzentrieren, was wichtig ist*, sage ich in Gedanken zu mir selbst und verpasse mir innerlich eine Ohrfeige.

Für mich ist das Stipendium wie ein Hauptgewinn, und langsam realisiere ich, dass ich es an meine Traum-Uni geschafft habe. Da darf mich so etwas Albernes wie ein unbedeutender Flirt keinesfalls ablenken. Für Schwärmereien war und ist einfach keine Zeit in meinem Leben. Ich musste auf so vieles verzichten, damit ich hierherkommen kann, und deshalb wird dieser kleine spontane Ausrutscher eine einmalige Geschichte bleiben. Außerdem kenne ich ihn ja gar nicht. Und vermutlich ist es auch besser so.

Mit frischem Minzgeschmack auf der Zunge steige ich unter die Dusche. Der prasselnde Wasserstrahl rinnt belebend über meinen Rücken. Schlagartig empfinde ich – wie bei einer

Art Phantomschmerz – die prickelnden Berührungen nach, die seine Hände auf mir hinterlassen haben. Es fühlt sich so unglaublich real an, als wenn meine Haut ein Gedächtnis hätte und mich spürbar an dieser Erinnerung teilhaben lässt. Noch nie zuvor habe ich etwas annähernd Vergleichbares empfunden, und wenn ich darüber nachdenke, wohin meine Hände am liebsten an seinem Körper gewandert wären, schockiert es mich selbst.

Ich versuche, mich mit aller Macht auf etwas anderes zu konzentrieren, doch es gelingt mir nicht. Verträumt schäume ich meine kräftigen Locken gründlich mit dem köstlich nach Pfirsich duftenden Shampoo ein. Prompt läuft mir ein wenig Seifenwasser in die Augen, und ich fluche leise vor mich hin.

Zumindest lenkt mich das höllische Brennen davon ab, mich voll und ganz in meiner unanständigen Fantasie über einen Fremden mit blauen Augen, so intensiv und tief wie das Meer, zu verlieren.

*

Als ich zurück in unseren Wohnraum komme, sitzt Lara auf dem Sofa. In der einen Hand hält sie einen Becher, und mit der anderen lackiert sie sich die Fußnägel, während im Hintergrund die Musik der Jonas Brothers läuft.

»Wenn du auch möchtest, ich habe eben meinen Kaffeeautomaten ausgepackt. Süßstoff steht dort drüben, und Milch findest du im Kühlschrank.«

»Oh ja, das ist genau, was ich brauche. Kannst du Gedanken lesen?!« Dankbar nehme ich einen Becher aus dem integrierten Regal der zur Bar umfunktionierten Anrichte. Dann stelle ich ihn unter die Maschine und drücke auf den Startknopf.

Augenblicklich höre ich, wie die Bohnen gemahlen werden, und kurz darauf füllt sich der Becher mit köstlich duftendem Kaffee. »Ist ja wie im Fünfsternehotel«, stelle ich grinsend fest.

»Mehr brauche ich morgens auch nicht zum Frühstück«, lacht Lara mit ihrer glockenhellen Stimme und nimmt ihre Füße vom Sitzpolster, um mir Platz zu machen.

Ich kippe einen Schluck fettfreie Milch in meinen Kaffee und suche nach Zucker. Fehlanzeige. Vermutlich viel zu viele Kalorien für jemanden wie Lara. Süßstoff mag ich allerdings überhaupt nicht, weshalb ich meinen Kaffee dann doch lieber nur mit Milch trinke. Dafür hole ich mir aus meinem übrig gebliebenen Reiseproviant die Vorratsdose mit Moms selbst gebackenen Schokomuffins.

»Willst du einen?«, frage ich, nachdem ich mich neben sie gesetzt habe, auch wenn ich mir ihre Antwort schon denken kann.

Sie schüttelt wie erwartet verneinend den Kopf. »Ich muss leider total auf meine Linie achten, und gestern habe ich ja schon gesündigt. Mein Personal Trainer killt mich, wenn ich meinen Ernährungs- und Sportplan schleifen lasse. Ab und zu gönn ich mir auch mal was Ungesundes. Aber wir haben so hart an meinem Body gearbeitet, da will ich es keinesfalls zur Gewohnheit werden lassen.«

»Du hast aber auch eine supertolle Figur«, entgegne ich, beeindruckt von ihrer Disziplin, und stelle die Plastikbox mit den verlockenden Köstlichkeiten beiseite.

Ich kann trotzdem nicht fassen, wie man es schafft, sich alles Leckere zu verbieten. Obwohl, wenn ich genauer darüber nachdenke, tue ich womöglich auf eine andere Art und Weise genau das Gleiche, um meine harte Arbeit für einen möglichst guten Abschluss nicht in Gefahr zu bringen. Statt auf Kalorien verzichte ich eben auf Ablenkung – die jedoch, wenn ich beispielsweise an den gestrigen Abend denke, nicht weniger süß ist. Ich spüle den Gedanken mit dem bitteren Kaffee herunter und verputze im Anschluss einen weiteren meiner Lieblingsmuffins. Etwas Gutes hat es zumindest. Scheinbar sind Lara und ich doch nicht so grundverschieden, wie ich anfangs dachte, und wir können eventuell sogar richtige Freundinnen werden. Ehrgeizig sind wir definitiv beide.

»Ich gehe mich mal schnell frisch machen. Hättest du Lust, nach der Eröffnungsveranstaltung um elf an der Rundführung über den Campus teilzunehmen?«, fragt Lara mich, und ich nicke freudig überrascht.

»Gute Idee. Ich wollte sowieso mal gucken, wie ich am einfachsten zu meinen Vorlesungen komme, und mir einen ersten Überblick über das Gelände verschaffen.«

»Und dazwischen testen wir, wo es den besten Coffee-to-go gibt.«

Wir fangen beide an zu kichern, als sie mir ihren halb leeren Becher feierlich entgegenhält, und stoßen an.

Ich bin echt glücklich, dass ich mich nicht allein auf den Weg zum Rundgang machen muss. Schließlich habe ich mich ja schon innerhalb des Wohnheims verlaufen. Von dieser peinlichen Aktion hat Lara zum Glück nichts mitbekommen. Und auch nichts davon, dass ich mit einem fremden Typen rumgeknutscht habe. Vermutlich würde sie es mir eh nicht glauben. Eigentlich fasse ich es selbst kaum. Vielleicht habe ich das Ganze auch nur geträumt. Jedenfalls gibt es keinerlei Beweise für das, was passiert ist. Ich werde ihr deshalb bestimmt nichts davon erzählen. Sie würde mich mit Sicherheit – und zwar vollkommen zu Recht – für komplett bescheuert halten, wenn ich ihr gestehe, dass ich gar nicht weiß, wie dieser superheiße Kerl überhaupt heißt. Und dabei war ich nicht einmal beschwipst. Bei klarem Verstand aber wohl auch nicht. Seine Nähe hat irgendetwas in mir ausgelöst, ein Verlangen, für das es einfach keine rationale Erklärung gibt. Einerseits bin ich meganeugierig und wünschte, ich würde ihm noch mal über den Weg laufen, nur um zu sehen, ob er wieder diese besondere Wirkung auf mich hat. Auf der anderen Seite jagt es mir eine Scheißangst ein, dass jemand in der Lage ist, bloß mit seiner Anwesenheit so einen Gefühlssturm in mir auszulösen. Meine Zukunft hängt davon ab, dass ich mich hundertprozentig auf mein Studium konzentriere. *Für eine Ablenkung wie diese werde ich bestimmt nicht mein Stipendium aufs Spiel setzen. So viel ist klar!*

*

Geflasht von den unzähligen Gebäuden und Institutionen auf dem Campus, lasse ich mich am Nachmittag auf mein Bett fallen. Meine Füße qualmen förmlich, trotzdem hätte ich am liebsten noch Stunden damit verbracht, durch eine der atemberaubenden Bibliotheken zu wandern und in den Bücherregalen zu stöbern. Lara hat geduldig draußen auf mich gewartet. Am Büdchen mit dem besten Kaffee weit und breit arbeitet nämlich ein schnuckeliger Barista. Wir konnten also zwei Fliegen mit einer Klappe schlagen und hatten beide Spaß. Gerade als ich meine Augen für ein paar Minuten schließen will, klingelt mein Handy.

»Hallo, mein Schätzchen«, begrüßt mich die schrille Stimme meiner Mutter lautstark, nachdem ich das Gespräch angenommen habe.

»Mom! Du brauchst nicht so ins Telefon zu schreien. Auch wenn ich mich nicht mehr im selben Bundesstaat befinde, kann ich dich sehr gut hören.«

»Wieso meldest du dich nicht bei uns?«, fragt meine Mutter ohne Umschweife. Gott sei Dank eine Spur leiser, dafür aber mit ihrem typisch vorwurfsvollen Unterton. »Dein Vater und ich, wir haben uns schon Sorgen gemacht!«

»Ich habe Dad gestern direkt eine Nachricht geschickt, damit ihr wisst, dass ich unversehrt angekommen bin«, antworte ich seufzend.

»Du weißt doch genau, dass dein Vater sein Handy ständig irgendwo in der Werkstatt liegen lässt«, wirft sie tadelnd ein und seufzt ebenfalls. »Seit dein Bruder …«, murmelt sie traurig und schluckt den restlichen Satz hörbar herunter. »Wir wollen bloß wissen, ob alles okay bei dir ist.«

Sofort kriege ich eine Gänsehaut. Ich weiß ja, dass meine Eltern nur versuchen, mich zu beschützen. Allerdings hat es in der letzten Zeit überhandgenommen. Sie haben mich behandelt, als wäre ich wieder ein unbeholfenes Kleinkind, und mich andauernd kontrolliert. Ich verstehe sie ja, aber schlimme Dinge passieren. Egal, wie vorsichtig man durchs Leben geht. Mir ist durchaus bewusst, dass es meine Eltern unendlich viel Kraft gekostet haben muss, mich so weit weg von zu Hause auf die Uni gehen zu lassen. Und dass sie mich nicht hierher begleiten konnten, hat ihnen unter Garantie das Herz gebrochen.

»Alles bestens, Mom. Meine Mitbewohnerin Lara ist zwar

das komplette Gegenteil von mir, aber wir verstehen uns bisher ziemlich gut«, plaudere ich drauflos. »Langsam realisiere ich, dass ich hier studieren darf. Und es ist noch viel besser, als ich es mir erträumt habe.«

»Das hört sich fantastisch an, mein Schätzchen. Dein Vater und ich, wir haben so sehr dafür gebetet«, erwidert sie nun in ihrer gewohnt heiteren Art. »Wir sind unfassbar stolz auf dich. Sogar Pastor James hat dich in seiner Andacht als leuchtendes Vorbild unserer Gemeinde hervorgehoben.«

»Nett von ihm«, brumme ich verlegen. Denn diese Form der Aufmerksamkeit ist mir unangenehm. Im Unterschied zu meiner Mutter. Sie ist die Leiterin unseres Kirchenchors und liebt es, im Mittelpunkt des Geschehens zu stehen. Zwar fühle ich mich in unserer Gemeinde wohl und helfe gerne bei den Veranstaltungen mit, nur mag ich es eben nicht, wenn man Aufhebens um mich macht. Das ist nun wirklich nichts Neues.

»Tut mir leid, Mom, ich muss langsam auflegen. Gleich gibt es Abendessen. Bestell Pastor James herzliche Grüße und gib Dad einen dicken Kuss von mir. Hab euch lieb.«

»Wir dich auch, mein Schätzchen. Lass bitte regelmäßig von dir hören. Wir vermissen dich nämlich jetzt schon.«

»Wird gemacht.«

Ich lege auf, und mit einem Schlag wird mir erneut schmerzlich bewusst, dass sich zwischen mir und meinem alten Leben in Lake Leelanau nun unzählige Meilen befinden. Ich musste in den vergangenen Monaten eine große Stütze für meine Eltern sein, das ist mir bewusst. Gerade deshalb ist es mir schwergefallen, meine Familie im Stich zu lassen, um für meinen großen Traum fortzugehen. Zwar haben sie mir immer wieder gesagt, wie glücklich sie sind, dass ich an einer der renommiertesten Universitäten im Land angenommen wurde, dennoch bin ich fest davon überzeugt, dass sie mich viel lieber in ihrer Nähe hätten.

»Kommst du mit in die Mensa, Emma?«, reißt mich plötzlich Laras fröhliche Stimme aus meinem trüben Gedankenkarussell.

»Logisch. Ich habe tierischen Hunger.«

Lara steckt grinsend ihren Kopf zur Tür rein. »Prima! Ich nämlich auch.«

Gemeinsam schlendern wir durch das Labyrinth aus Fluren, bis uns Essensduft in die Nase steigt. Es riecht herrlich nach Käse, fruchtiger Tomatensoße und frischen Kräutern. Zu meiner Freude steht heute italienische Küche mit Pizza und Pasta auf der Speisekarte. Mit diesen Gerichten kann man mich immer glücklich machen, und mir läuft das Wasser im Mund zusammen. Wir reihen uns in die Schlange an der Ausgabe ein. Beeindruckt blicke ich mich um, während wir warten. Die gewölbte Deckenarchitektur lässt den großen Speisesaal wie eine Kathedrale wirken. Unzählige Studenten sitzen bereits an den dunklen Holztischen, die zu langen Tafeln im Raum zusammengestellt wurden.

Wenig später nehmen auch wir mit unseren Tabletts an einem der Tische gegenüber voneinander Platz. Lara schiebt ihren Teller ins rechte Licht und macht, wie nicht anders zu erwarten, einen Schnappschuss. Anschließend tippt sie eifrig auf ihrem Handy herum. Ich kann mich bei dem köstlichen Geruch keine Sekunde länger gedulden und mache mich über mein Abendessen her.

»Sicher, dass du nichts von meiner Lasagne probieren möchtest?«, frage ich Lara, die allem Anschein nach von ihrer Auswahl – Rucola mit Antipasti, Büffelmozzarella und ofenfrischem Ciabatta – nicht so begeistert ist. »Die schmeckt so himmlisch«, schwärme ich und schiebe mir genüsslich noch eine Gabel von der käsigen Hackfleisch-Nudel-Mischung in den Mund.

»Danke, aber ich bleibe bei meinem Salat«, antwortet Lara geistesabwesend und stochert weiter lustlos auf ihrem Teller herum. »Irgendwie bekomme ich eh nix runter.«

»Alles okay mit dir?«, frage ich besorgt, denn Laras Stimmung hat sich wie der Himmel bei einem Sommergewitter von einem auf den anderen Moment verfinstert. »Ich dachte, du hast so großen Hunger.«

»Hmm … nee, passt schon. Mir ist einfach der Appetit vergangen. Kommt vor«, entgegnet sie schulterzuckend und wirft einen betrübten Blick auf ihr Handy.

Schweigend esse ich auf, während Lara keinen Bissen mehr runterbekommt. Als wir zurück in unserem Zimmer sind, nimmt sie gleich ihren Kulturbeutel aus dem Schrank und verschwindet damit.

Da ich um kurz nach sieben, trotz der vielen Informationen und Eindrücke, überhaupt noch nicht müde bin, lasse ich mich pappsatt auf das Sofa fallen. Übermorgen beginnen endlich die Vorlesungen und Kurse, ich kann es kaum erwarten. Ein Mix aus Neugierde und Aufregung breitet sich kribbelig in mir aus. Ein bisschen so wie früher als Kind am Abend vor Weihnachten. Bis Montag muss ich mich leider noch gedulden. Mir sausen aber jetzt schon Tausende von Fragen wie emsige Bienen durch den Kopf, während ich mit der Fernbedienung durch die Programme zappe. Ich hoffe bloß, dass ich bei dem umfangreichen Lernstoff, der hundertpro auf mich zukommt, einigermaßen mithalten kann. Nicht dass ich am Ende doch viel zu viele Kurse belegt habe. Es klang aber einfach alles spannend.

Unerwartet mischt sich zwischen meine Gedanken eine mir so vertraute und schmerzlich vermisste Stimme: »*Du schaffst das, kleine Emmi. Ich glaube fest an dich. Mach dir keine Sorgen! Alles kommt, wie es kommen soll. Hab Geduld. Ich werde immer auf dich aufpassen. Versprochen.*«

Mit diesen Sätzen hatte mein großer Bruder Toby mich als Kind beruhigt, wenn ich mal wieder nicht einschlafen konnte, weil mein Kopf nicht zur Ruhe kommen wollte. Ich wünschte, ich könnte ihn anrufen, ihm erzählen, wie es mir geht. Doch das ist nicht möglich. Was mir bleibt, ist die Erinnerung an ihn und an die Geborgenheit, die er mir als großer Bruder gegeben hat.

Ohne Vorwarnung muss ich plötzlich an diesen intensiven, überwältigenden Kuss mit dem Fremden in der Abstellkammer denken und verspüre erneut dieses wohltuende Prickeln auf meinen Lippen. Es war eindeutig mehr als pure Lust. Erst jetzt wird mir richtig bewusst, dass ich mich in diesem kurzen Moment, zusammen mit ihm, so geborgen gefühlt habe wie schon sehr, sehr lange nicht mehr. Er hat mir Sicherheit vermittelt. Und vielleicht kann, oder besser gesagt, will ich ihn genau deshalb nicht vergessen.

3

An meinem allerersten Morgen als Studentin bin ich noch vor dem Klingeln meines Weckers hellwach. Den gestrigen Tag habe ich genutzt, um das imposante Universitätsgelände noch mal ganz in Ruhe auf eigene Faust zu erkunden, und natürlich habe ich einige Fotos für meine Familie gemacht. Lara hingegen war nicht mehr von ihrem Laptop wegzulocken. Sie hat kaum drei Worte mit mir gewechselt. Total seltsam: Während ich nach wie vor pausenlos Luftsprünge machen könnte, scheint bei ihr die anfängliche Begeisterung einfach so verpufft zu sein.

Ich strecke meine Arme voller Energie in die Luft und schwinge meine Beine aus dem Bett. Meine erste Vorlesung, *Literatur im Wandel der Zeit*, beginnt in zwei Stunden, und ich will auf keinen Fall unpünktlich sein.

Eine halbe Stunde später komme ich erfrischt und startklar für das Frühstück zurück, während Lara immer noch schläft.

»Willst du nicht langsam aufstehen?«, frage ich und rüttle sie vorsichtig wach.

Lara schiebt sich die Schlafmaske von den Augen und blickt mich müde an. »Wie spät ist es?«

»Gleich sieben«, antworte ich mit Blick auf die Uhr.

»Mist, ich habe die halbe Nacht an einem neuen Artikel für meinen Blog gearbeitet, weil ich nicht schlafen konnte, und total vergessen, meinen Wecker zu stellen.«

»Dann mal raus aus den Federn. Noch ist ja genügend Zeit«, erwidere ich. »Wenn du willst, mache ich dir schon mal einen Kaffee.«

»Das ist so sweet von dir. Du bist die beste Mitbewohnerin ever«, erklärt sie mit einem Lächeln. »Bitte mit zwei Süßstofftabletten und einem Schuss Milch.«

»Geht klar«, sage ich grinsend und mache mich ans Werk.

Als ich wieder ins Schlafzimmer komme, wühlt Lara hektisch in ihrem Kleiderschrank. Ich stelle den heißen Kaffeebecher auf ihren Schreibtisch.

Plötzlich dreht sie sich wie ein Wirbelwind um und drückt mich. »Du bist meine Rettung!«

»Gern geschehen«, entgegne ich. Zumindest scheint sie wieder bessere Laune zu haben. Hoffentlich bleibt es dabei.

Nachdem Lara mich losgelassen hat, nehme ich meinen kleinen grauen Rucksack vom Boden, den ich bereits am Vorabend mit dem Infomaterial der Uni, dem Lageplan vom Campus, einer Wasserflasche, einem Block und Schreibkram bestückt habe.

»Bis nachher«, verabschiede ich mich mit knurrendem Magen und mache mich auf den Weg zur Mensa.

Das Frühstück lässt keine Wünsche offen. Zwar war ich noch nie in einem richtigen Hotel, aber genau so stelle ich es mir vor. Ich kann mich kaum entscheiden, was ich zuerst probieren soll. Es gibt neben Eiern in jeder erdenklichen Zubereitungsvariante knusprigen Bacon, Würstchen und Bohnen, köstlich duftendes Brot und Gebäck, eine schier endlose Auswahl von süßem und herzhaftem Belag, Pancakes mit Ahornsirup, einen prall gefüllten Obstkorb, Joghurt, Quark und eine ganze Batterie an Spendern mit Nüssen und Müslisorten.

Mit meinem voll beladenen Tablett steuere ich direkt auf einen freien Platz am Fenster zu. Das Morgenlicht scheint angenehm warm durch die kleinen quadratischen Glasscheiben, und ich nippe entspannt an meinem Kakao. Der schokoladig süße Geschmack zusammen mit dem Croissant ist göttlich. Wenn ich mir vorstelle, dass ich ab jetzt jeden Morgen hier sitzen und es mir gut gehen lassen darf, kann ich mein Glück kaum fassen.

Nachdem ich mich ausgiebig gestärkt habe, packe ich mir noch zwei Käsebrote, einen Apfel und eine Banane für zwischendurch ein. Als ich die Mensa wenig später verlasse, lacht mich die Sonne fröhlich vom wolkenlosen Himmel an, und ich kann nicht anders, als zurückzustrahlen.

Rasch krame ich die Sonnenbrille aus meinem bis oben hin vollgestopften Rucksack. Schade, dass wir bei dem herrlichen Wetter nicht einfach draußen lernen. Im Schatten der alten Bäume ließe es sich bestimmt prima studieren. Ich blicke nach oben und beobachte drei muntere Vögelchen, die nebeneinander auf einem Ast hocken und ein Pfeifkonzert zum Besten geben.

»Aus dem Weg!«, kreischt jemand panisch, und ich nehme ein lautes Hupen wahr.

Noch bevor ich selbst reagieren kann, greift eine starke Hand nach meinem Arm und zieht mich dann ruckartig beiseite. Dabei geraten wir ins Trudeln, stolpern, und ich lande mit voller Wucht auf einem breiten Oberkörper.

»Alles klar mit dir?«, fragt mich eine bekümmerte und mir überraschenderweise vertraute Stimme. »Hast du geträumt? Das Fahrrad war direkt vor dir!«

Ich hebe meinen Kopf von der Brust und blicke tatsächlich in die tiefblauen Augen des Fremden. *Könnte sich bitte sofort ein*

Erdloch auftun? Peinlicher geht es ja wohl kaum. Unser Wiedersehen hatte ich mir ganz bestimmt nicht so vorgestellt.

Ich spüre, dass sein Herz ebenso wild klopft wie meins. Seine rechte Hand umklammert immer noch meinen Oberarm, und seine linke ruht zärtlich auf meiner Hüfte. Mein Gesicht ist nur wenige Zentimeter von seinem entfernt, so nah, dass ich von einer verführerischen Mischung aus Aftershave und Pfefferminz-Atem eingehüllt werde.

»Nix passiert. Danke«, stottere ich unsicher und rapple mich auf, was mir mit dem schweren Gepäck auf dem Rücken gar nicht so leichtfällt. Außerdem hätte ich gerne noch ein wenig länger seinen wohligen Duft eingeatmet, der mich ganz schwindelig macht. »Bei dir auch alles okay?«

»Gibt Schlimmeres als eine hinreißende Frau, die auf mir landet«, sagt er grinsend und stemmt sich hoch.

Was für ein Spinner! Ich verdrehe die Augen hinter meinen getönten Brillengläsern und spüre, wie ich beim Gedanken an die Intimität unserer letzten Begegnung rot werde. Ein Teil von mir, der total neu für mich ist, würde am liebsten alles um uns herum vergessen und sich auf ihn stürzen. Ich schiebe die Erinnerung an unseren Kuss beiseite und raffe mich stattdessen auf.

»Kommst du endlich, Mann«, ruft zeitgleich ein sportlicher Surfer-Boy mit schulterlangen blonden Haaren, der ein paar Meter entfernt steht, zu uns rüber. »Wir kommen zu spät zur Vorlesung. Frauen anbaggern kannst du auch ein andermal.«

Mein Retter wirft einen kurzen Blick auf seine luxuriös wirkende Armbanduhr und steht vom Boden auf. »Ciao bella. Ich muss mich beeilen.«

Verwirrt bleibe ich zurück und versuche zu begreifen, was da zwischen uns vorgefallen ist. Wo mich eben noch seine Hände berührten, nehme ich immer noch ein warmes Prickeln wahr. Ich reibe mir gedankenverloren über die Stelle am linken Arm, an der sich seine Finger in meine Haut gepresst haben, um mich aus der Gefahrenzone zu bringen. Er hat scheinbar keine Sekunde gezögert, so schnell, wie er reagiert hat. Ich atme tief durch, schüttle den verwirrenden Gedanken an meinen nach wie vor namenlosen Supermann ab und setze mich wie ferngesteuert in Bewegung.

Anders als geplant erreiche ich den Hörsaal auf den letzten Drücker. Ich brauche ein bisschen, bis ich mich zu einem der wenigen noch freien Plätze, in der Mitte der zweiten Reihe, durchgeschlängelt habe. Erleichtert klappe ich die Sitzfläche runter und lasse mich, immer noch ein wenig aus der Puste, draufplumpsen. Das aufgeregte Gewusel um mich herum nehme ich kaum wahr, während ich Block und Federmäppchen herauskrame und auf die Ablage vor mir lege. Ich muss mich auf die Vorlesung konzentrieren. *Jegliche Ablenkung, mag sie auch noch so sexy sein, ist ab sofort tabu,* ermahne ich mich selbst. Ohne Erfolg. Denn die erneute Begegnung mit *ihm* hat mein Herz so dermaßen überrumpelt, dass meine Gefühlswelt nun ein einziges Chaos ist. Andauernd taucht sein schelmisches Grinsen vor meinem inneren Auge auf, und dann kann ich an nichts mehr denken außer daran, ihn wieder zu küssen.

*

Erschöpft lasse ich die Tür zum Flur des Wohnheims hinter mir zufallen und bin froh über die angenehme Ruhe, die mich nach dem erlebnisreichen ersten Tag empfängt. Zwar fällt es mir ziemlich leicht, große Mengen an Stoff zu lernen, aber die unzähligen fremden Gesichter und Stimmen, die auf mich eingeprasselt sind, kosten mich dafür umso mehr Kraft. Vor allem, wenn sie unverschämt attraktiv sind, sexy schwarze Wuschelhaare haben und dafür sorgen, dass ich die ganze Zeit an nichts anderes mehr denken kann.

Ich nähere mich dem Schlafzimmer, und plötzlich wird die Stille von einem geräuschvollen Schniefen durchbrochen. Die Zimmertür ist nur angelehnt, und ich trete ein. Lara hockt zu meiner Verwunderung mit verheulten Augen, umringt von einem Berg zerknüllter Taschentücher, auf ihrem Bett.

»Was ist denn los?«, frage ich beunruhigt und lasse mich gegenüber von ihr auf mein Bett sinken.

»Mein Dad hat in den letzten Tagen mehrfach versucht, mich zu erreichen. Ich rede aber nicht mit ihm. Und heute lag dann tatsächlich die Einladung zu seiner Hochzeit in der Post. So was hatte ich mir schon fast gedacht. Er will diese geldgeile Bitch also allen Ernstes zu seiner Frau machen«, japst sie und reicht mir die Karte.

Ich nehme sie und überfliege den Text, dann werfe ich einen Blick auf das Foto. Laras Vater, ein grau melierter Anzugträger, hält darauf eine eindeutig sehr viel jüngere, hübsche Asiatin im Arm.

»Oh«, stoße ich verblüfft aus und weiß nicht recht, wie ich mich Lara gegenüber verhalten oder was ich sagen soll.

»Genau, die Tussi ist gerade mal fünf Jahre älter als ich. Die hat's doch zweifelsohne nur auf seine Kohle abgesehen. Voll widerlich.«

»Möglich«, sage ich nachdenklich und gebe ihr die Einladung zurück. »Vielleicht solltest du doch mit ihm darüber reden«, schlage ich behutsam vor.

Lara schluchzt laut. »Seit er meine Mom und mich vor einem Jahr von heute auf morgen verlassen hat, will ich keinen Kontakt mehr zu ihm. Hin und wieder hat er es versucht, aber ich habe bisher nie reagiert. Und seine teuren Geschenke kann er sich sonst wohin stecken. Die habe ich ihm jedes Mal postwendend zurückgeschickt. Ich bin nämlich, im Gegensatz zu seiner Geliebten, nicht käuflich!« Sie unterbricht ihren Redeschwall, holt tief Luft und putzt sich die Nase.

Ich stehe auf, setze mich neben sie aufs Bett und lege meinen Arm um ihre Schulter. »Tut mir leid.«

»Schon gut. Ich komm damit klar, für meine Mom ist es tausendmal schlimmer. Sie hockt allein in unserer New Yorker Wohnung und geht nicht mehr vor die Tür. Unsere Haushälterin ist die Einzige, die ab und zu nach ihr sieht. Ich mache mir richtig Sorgen.« Lara fischt ein weiteres Taschentuch aus der Box. »Sorry, jetzt heule ich schon wieder.«

Beruhigend fahre ich Lara über den Rücken, und so sitzen wir eine Weile schweigend da. In solchen Situationen gibt es einfach keine passenden Worte, die einem den Schmerz und die Angst nehmen können. *Alles wird wieder gut* ist das Letzte, was man in so einer Situation hören will. Das weiß ich aus eigener bitterer Erfahrung. Denn manche Dinge kommen nicht wieder in Ordnung, man kann nur lernen, mit dem, was passiert ist, weiterzuleben.

»Als die Polizei eines Abends vor unserer Tür stand und mir klar wurde, dass mein großer Bruder Toby nie wieder nach Hause kommt …« Ich schlucke schwer, bevor ich weitersprechen kann. »Plötzlich musste ich erwachsen werden, denn meine Eltern versanken in einem tiefen, schwarzen Loch voll

Trauer, und ich habe mich um sie gekümmert. Inzwischen geht es ihnen wieder besser, dafür sind sie überbesorgt, was mich betrifft.« Erschrocken über mich selbst, stütze ich mein Gesicht in die Handflächen. Diese Erkenntnis habe ich zum ersten Mal laut ausgesprochen.

»Oh mein Gott!« Lara blickt mich fassungslos an und legt nun ihrerseits den Arm um meine Schulter. »Jetzt komme ich mir irgendwie albern vor. Du hast deinen Bruder verloren, und ich flenne rum, weil mein Dad heiratet.«

»Das wollte ich nicht«, murmle ich betrübt. »Du hast Angst um deine Mutter. Ich wollte damit bloß sagen, ich war in einer ähnlichen Situation und verstehe das.«

»Weißt du was?! Eigentlich habe ich gar keine Lust, heute Abend noch mal rauszugehen«, erklärt Lara mit einem zarten Lächeln. »Ich habe die letzten zwei Tage kaum etwas gegessen und könnte ausnahmsweise ein paar Kalorien in Form von knusprigen Frühlingsrollen vertragen. Was hältst du davon?«

Dankbar für den Themenwechsel und darüber, dass sie nicht nachfragt, was mit Toby passiert ist, nicke ich zustimmend. »Sehr viel. Ich liebe Ente süßsauer mit gebratenen Nudeln.«

»Perfekt. Dann ordere ich uns was.«

Wenig später sitzen wir gemütlich auf dem Sofa und gucken eine alte Folge *The Big Bang Theory*. Passenderweise hocken die Freunde gerade ebenfalls im Wohnzimmer und futtern asiatisches Essen.

»Kennst du die Szene, in der sich Sheldon in Leonards Albtraum nach zu viel Thai Food in zwei Sheldons teilt?«, fragt Lara und reicht mir meine Nudelbox mit Ente.

»Klar, die ist genial«, grinse ich. »Ich bin ein riesiger Fan.«

»Cool, ich auch! Wir sollten auf jeden Fall irgendwann mal zusammen einen Serienmarathon mit unseren Lieblingsepisoden machen.«

»Super Idee«, erwidere ich erfreut und bin überglücklich, dass Lara allem Anschein nach wirklich gerne Zeit mit mir verbringen möchte.

»Gibt's vielleicht auch eine Gabel?«, frage ich stirnrunzelnd, als Lara mir ein schmales Papierpäckchen mit Essstäbchen hinhält.

»Vergiss es. Das hier muss eindeutig mit Stäbchen gegessen werden. Glaub mir, dann schmeckt es um Längen besser.«

»Habe ich noch nie ausprobiert«, gestehe ich betreten.

»Kein Problem. Ich zeig dir, wie es geht.«

Lara demonstriert mir geduldig die Handhabung. Logisch, dass sie so was draufhat, wo sie in Singapur gelebt hat. Und ich, das amerikanische Landei, gebe mir zwar allergrößte Mühe, es ihr gleichzutun, doch es will nicht gelingen.

»Ich gebe auf. Sonst ist mein Essen gleich kalt«, sage ich frustriert, nachdem mir das Stück gebackene Ente zum dritten Mal zurück in die Box gefallen ist.

»Alles eine Frage der Übung«, kichert Lara vergnügt und zeigt mir noch mal, mit welcher Leichtigkeit sie es schafft, ein Hähnchenstück zwischen den beiden Holzstäbchen bis zum Mund zu balancieren. »Siehst du, total easy.«

»Ich glaube, ich bleibe trotzdem lieber bei Besteck. Sonst verhungere ich noch«, scherze ich, greife grinsend in die weiße Papiertüte mit dem runden Logo aus chinesischen Schriftzeichen sowie einem feuerroten Drachenkopf und ziehe eine Holzgabel hervor. »Wer sagt's denn, die Götter haben ein Einsehen mit mir.«

Einträchtig machen wir uns über unsere Nudelgerichte, die

Minifrühlingsrollen, Wan Tans und Krabbenchips her. Alles megalecker. Nur leider viel zu viel.

»Puh«, mache ich und stelle meine halb volle Box auf den Tisch. »Ich platze!«

»Ich kann auch nicht mehr«, schließt Lara sich an, stellt ihre Box ebenfalls beiseite und holt zwei Glückskekse aus der Tüte. »Mal sehen, was uns die Zukunft bringt. Mir nach diesem Festmahl mit Sicherheit drei bis vier Pfund mehr auf der Waage.« Lara fängt mit einem Mal an, herzhaft zu lachen, und ich kann nicht anders, als mich von ihrer Fröhlichkeit anstecken zu lassen.

»Gib schon her«, bitte ich Lara giggelnd, nachdem wir uns halbwegs wieder eingekriegt haben. »Nun will ich wissen, was mein Schicksal für mich bereithält.«

Lara reicht mir einen der beiden Glückskekse. Gleichzeitig brechen wir den steinharten Teig an der dünnsten Stelle durch und befreien so die Papierstreifen mit den Prophezeiungen.

»Lies vor!«, quiekt Lara euphorisch.

Ich schüttle den Kopf. »Nein, du zuerst.«

»Okay«, antwortet Lara aufgekratzt und faltet ihren Zettel auseinander. »Also: *Dein Ziel ist womöglich nicht der richtige Weg.*«

»Was soll das denn bedeuten?«, frage ich verdutzt.

»Kein Plan! Bestimmt ein Druckfehler«, mutmaßt Lara, nicht weniger verwundert. »Ich kenne nur: *Der Weg ist das Ziel.* Vielleicht ist so was ja gemeint. Egal, jetzt bist du dran.«

»Na gut. Hier steht: *Liebe passiert, wenn sie passiert.*«

»Uhhh, das klingt spannend. Gibt es bei dir denn einen passenden Kandidaten?«, bohrt Lara neugierig nach.

»Das ist doch eh Hokuspokus«, erkläre ich und spüre, wie mir unwillkürlich die Hitze ins Gesicht steigt.

»Es gibt da also jemanden. Erzähl schon«, fordert sie mich ungeduldig mit großen Augen auf. »Wer ist er? Und wie habt ihr euch kennengelernt?«

»Eigentlich kenne ich ihn gar nicht richtig«, versuche ich die Sache mit meinem Mister Unbekannt kleinzureden. »Aber wir haben uns einmal geküsst.«

»Wie bitte, ein Kuss?!«, erwidert sie ungläubig. »Ich will jedes Detail wissen!«

Das Ganze ist mir schrecklich peinlich, andererseits kann eine zweite Meinung möglicherweise hilfreich sein, um die Situation besser einzuordnen. Daher gebe ich Lara eine kurze Zusammenfassung von dem, was sich in der Abstellkammer am ersten Abend und heute auf dem Weg zum Hörsaal abgespielt hat.

»Wie romantisch«, schwärmt Lara hingerissen, als ich meine Ausführungen beendet habe. »Du musst diesen umwerfenden Kerl unbedingt finden und mit ihm einen Kaffee trinken gehen.«

»Meinst du wirklich?«, frage ich skeptisch, auch wenn ich an nichts anderes denken kann als daran, ihn wiederzusehen.

»Süße, wenn der Kuss mit diesem Typen nur halb so gut war, wie du ihn mir beschrieben hast, dann lautet meine Antwort: Oh ja, definitiv ja!« Sie schiebt sich eine Kekshälfte in den Mund. »Abgesehen davon hat die Weisheit des Glückskekses gesprochen.«

4

Die ersten Wochen des Semesters sind wie im Flug vergangen, sodass ich kaum zum Luftholen gekommen bin. Es gibt haufenweise Input und bergeweise Bücher, die ich im Schnelldurchlauf durchackern muss. Die Dozenten fordern viel von uns und verlieren keine Zeit.

In wenigen Tagen stehen deshalb bereits wichtige Tests an, für die ich momentan jede freie Sekunde wie eine Wahnsinnige büffle. Weshalb sich meine Mutter inzwischen, wie von mir nicht anders erwartet, mehrfach beschwert hat, dass ich mich zu selten zu Hause melde. Zwar nervt ihre Besorgtheit manchmal, aber ihre süßen Carepakete sind das Allerbeste bei Lernstress.

Ich suche mir mit dem Päckchen meiner Eltern, das ich eben aus der Poststelle abgeholt habe, ein ruhiges Plätzchen im Innenhof des Wohnheims. Auf einer Bank mache ich es mir schließlich bequem und öffne den Karton. Der köstliche Duft von Moms legendären Zimtschnecken umhüllt mich im Nu. Neben einer handschriftlichen Notiz mit lieben Grüßen von ihr und Dad finde ich eine rechteckige Metalldose. Ich hebe den Deckel an und entdecke eine halbe Tonne selbst gebackener Leckereien. Ein Stück Heimat. Ich schließe meine Augen, atme den vertrauten Geruch tief ein und sehe meine Mutter vor mir, wie sie in ihrer Schürze mit den aufgestickten roten

Röschen in unserer gemütlichen Küche steht und mich anlächelt. In solchen Momenten muss ich mich total zusammenreißen, um mich nicht von meinem Heimweh überrollen zu lassen. Ich nehme mir eins der luftigen Teilchen, beiße hinein und lasse mir den himmlischen Geschmack auf der Zunge zergehen. Yummy!

»Kriege ich auch eine?«, fragt mich, wie aus dem Nichts, eine vertraute männliche Stimme.

Vor Schreck verschlucke ich mich am letzten Bissen. Ein Krümel bleibt mir im Hals stecken, und ich bekomme einen fürchterlichen Hustenanfall. Kräftig klopft er mir auf den Rücken, während ich mir die Seele aus dem Leib huste. Ich war so sehr in meine Gedanken vertieft, dass ich nicht mitbekommen habe, wie er sich klammheimlich zu mir auf die Bank gesellt hat.

»Geht schon wieder«, japse ich schließlich erleichtert.

Auch wenn meine Luftröhre wieder frei ist, habe ich immer noch das seltsame Gefühl, als könnte ich nicht atmen. Nur liegt es nicht daran, dass ich mich verschluckt habe, sondern an seiner warmen Hand, die sanft zwischen meinen Schulterblättern ruht. Ungeachtet dessen, dass ich unter seiner Berührung nun beinahe vor Herzklopfen ersticke, wünschte ich, er würde sie nie mehr dort wegnehmen.

Er greift mit der freien Hand in seinen Rucksack und holt eine Wasserflasche hervor. »Hier, trink einen Schluck!«

»Danke«, keuche ich zittrig, nehme einen ordentlichen Zug und atme anschließend tief durch. »Gehört es eigentlich zu deinen Hobbys, mich zu retten?«

»Ich wollte nichts weiter als eine von diesen appetitlich aussehenden Zimtschnecken«, erklärt er mit einem verschmitzten Grinsen. »Bekomme ich jetzt eine?«

»Klar, unter einer Bedingung«, fordere ich und halte ihm die Dose unter die Nase.

»Welcher?«, fragt er mit hochgezogener Augenbraue.

»Du verrätst mir endlich deinen Namen.« Erstaunt über meinen eigenen Mut, warte ich gespannt auf seine Antwort.

»Julio«, sagt er nach kurzem Zögern, nimmt seine Hand von meinem Rücken und bedient sich. »Und? Auf welchen Namen hört meine schöne, unbekannte Jungfrau in Nöten?«

»Emma«, erwidere ich verlegen, während mir glühende Hitze in die Wangen steigt.

Denn einerseits ist es für mich völlig absurd, von einem heißen Typen wie Julio als *schön* bezeichnet zu werden. Abgesehen davon trifft er, ohne es zu ahnen, buchstäblich ins Schwarze. Denn bisher habe ich kaum Erfahrung in Liebesdingen.

Schnell versuche ich mich von meinen Gedanken und seinen verführerischen Lippen – die ich nur zu gerne aufs Neue kosten würde – abzulenken. Ich nehme eine weitere zuckrigklebrige Sünde aus der Dose und beiße hinein.

Wir essen stumm unsere Zimtschnecken, und ich versuche ihn dabei nicht anzustarren, bis ich merke, dass er es tut.

»Habe ich was im Gesicht, oder so?«, frage ich irritiert und ein wenig nervös. Denn sein fester Blick macht mich ganz kribbelig.

»Nein«, entgegnet er ernst. Julio schaut sich kurz um, und dann legt er plötzlich seine Hand sachte an meine Wange und fährt mit dem Daumen über meine Haut. »Deine Sommersprossen gefallen mir, Emma.«

»Echt?«, entfährt es mir verblüfft.

Er rutscht auf der Bank noch näher an mich heran, und sein Gesicht ist nun so dicht vor meinem, dass ich seinen heißen Atem auf meinem Mund spüre. Sein Daumen wandert langsam weiter zu meinen Lippen, streicht andächtig über sie, wobei die Erregung wie ein Erdbeben in Wellen durch meinen ganzen Körper pulsiert. Ich hoffe bloß, uns schaut niemand zu. Eine gefühlte Ewigkeit lässt er mich so ein schier unermessliches Begehren spüren, mich innerlich nach ihm flehen, während er seine andere Hand um meine rechte schließt.

Viel bedachter als beim ersten Mal legt er endlich seine soften Lippen auf meine. Bereitwillig gewährt mein Mund seiner Zungenspitze Einlass, und sie dringt behutsam zu meiner vor. Wie von selbst reagiere ich auf das prickelnde Spiel und verliere mich förmlich in diesem Kuss. Raum und Zeit verschwimmen vor meinem geistigen Auge, und schlagartig scheint die Welt um uns herum stillzustehen.

»Du schmeckst genauso süß wie Zuckerguss«, wispert er mir atemlos ins Ohr, nachdem er sich von mir gelöst hat, weil es in seiner Hosentasche klingelt. Er zieht sein Handy aus der Jeans, wirft einen Blick drauf und steht abrupt auf. »Sorry, da muss ich rangehen«, erklärt er mit entschuldigendem Ton. »Ciao bella.«

Bevor ich michs versehe, ist Julio verschwunden. Mit wackeligen Knien bleibe ich allein – unfähig, mich zu bewegen, und mit einem gewaltigen Chaos im Kopf – auf der Bank zurück.

Zumindest kenne ich jetzt seinen Namen. Julio. Nicht dass diese Erkenntnis es leichter machen würde, ihn zu vergessen. Und das muss ich. An meiner Einstellung hierzu hat sich nichts geändert. Für Ablenkungen ist einfach kein Platz in meinem Leben. Das Studium steht bei mir an erster Stelle, und nur weil eine verfluchte Glückskeksprophezeiung anderer Meinung ist, muss ich mich noch lange nicht willenlos von meinen bescheuerten Hormonen steuern lassen. So wie eben. Verdammt. Er ist aber auch ein extrem guter Küsser.

*

»Dein Kopf qualmt schon. Hast du noch nicht genug für heute gelernt?«, fragt Lara und klaut sich eine Zimtschnecke aus der Dose, die neben mir auf meinem Schreibtisch steht.

»Hey«, zische ich empört. »Das war die letzte.«

»Ich passe bloß auf dich auf, meine Liebe«, verteidigt sie sich grinsend. »Mit einem Zuckerschock ist nicht zu spaßen.«

»Wie nett von dir«, grummle ich schlecht gelaunt. »Kriegst du deshalb nicht Stress mit deinem Fitnessguru?«

»Die Kalorien verbrenne ich nachher locker auf der Tanzfläche.« Lara setzt sich auf die kleine freie Ecke des Schreibtischs und mustert mich besorgt. »Und? Wieso bist du so schlecht gelaunt? Raus mit der Sprache!«

»Mein geheimnisvoller Retter ist vorhin aufgetaucht, hat mich geküsst und sich dann sofort wieder in Luft aufgelöst. That's it. Zumindest weiß ich jetzt, dass er Julio heißt«, berichte ich kurz und knapp, denn ansonsten würde Lara eh keine Ruhe geben. »Ich muss mich jetzt aber wirklich auf Shakespeare konzentrieren.«

»Blödsinn, du musst auf andere Gedanken kommen. Wenn sich dieser Julio dir gegenüber so merkwürdig verhält, mach einen dicken, fetten Haken hinter die Geschichte«, entgegnet sie kopfschüttelnd. »Da hilft es auch nicht, wenn du dich hier mit toten Lyrikern einsperrst und in Lernkram vergräbst. Es ist Samstagabend, und das bedeutet: Partytime!«

Ich verdrehe demonstrativ die Augen. »Du weißt genau, dass ich auf so was keinen Bock habe.«

Lara stemmt ihre Hände in die Hüften. »Keine Widerrede!«

Für eine zierliche Person kann sie ziemlich einschüchternd wirken, wenn sie sich durchsetzen will. Ich nicke also und klappe mein Buch zu.

»Fantastisch«, triumphiert sie und klatscht freudig in die Hände. »Dann brauchen wir nur noch ein bisschen *Bibbidi-Bobbidi-Boo*, um dich in eine Partyprinzessin zu verwandeln.«

Lara läuft rüber und dreht die Musik auf. Der Rockklassiker *Don't Stop Me Now* von Queen dröhnt in voller Lautstärke aus den Boxen. Und dann ist sie nicht mehr zu stoppen.

»Having a good time, having a good time«, singt Lara lauthals mit, während sie vergnügt ihren Kleiderschrank durchwühlt.

Nachdem sie eine riesige Auswahl auf ihrem Bett drapiert hat, schlüpfe ich in ein fabelhaftes Outfit nach dem anderen. Allerdings frage ich mich, was das soll, denn ich habe natürlich immer noch keine passenden Schuhe für diese Art von Klamotten.

»Zieh das schwarze Fünfzigerjahre-Vintagekleid mit den weißen Pünktchen bitte noch einmal an«, fordert sie mich freudestrahlend auf, nachdem ich alles durchprobiert habe. »Ich glaube, wir haben einen Gewinner.«

Das halblange, schnörkellose Kleid umspielt perfekt meine schmale Taille und betont mit einem, glücklicherweise nicht allzu tiefen, V-Ausschnitt mein Dekolleté.

Ich betrachte mich von oben bis unten im Spiegel, den Lara zwischenzeitlich organisiert und in der letzten freien Ecke des winzigen Raums aufgestellt hat. Dieses Kleid ist wunderschön und entspricht meinem Geschmack. Bequem und ein wenig figurbetont.

»Du siehst hinreißend aus«, erklärt Lara zufrieden. »Jetzt fehlen nur noch die richtigen Schuhe.«

Sie zieht eine Schachtel unter ihrem Bett vor und reicht sie mir mit einem breiten Lächeln. »Jedes Mädchen sollte ein paar Tanzschuhe haben.«

Ich öffne überrascht den Deckel des Kartons und wickle aus Seidenpapier ein traumhaft schönes Paar schwarze Pumps mit feuerroter Sohle aus. Mir fehlen die Worte. Zwar kenne ich den Namen des Designers nicht, trotzdem bin ich mir sehr sicher, dass diese Schuhe sündhaft teuer waren.

»Und? Gefallen sie dir?«, fragt Lara erwartungsvoll.

»Ja, sehr sogar«, gestehe ich verlegen, wobei meine Wangen augenblicklich die Farbe der Schuhsohlen annehmen. »Nur kann ich sie unmöglich behalten.«

»Wieso denn nicht?«, fragt Lara verwundert und lässt sich auf ihr Bett fallen. »Die habe ich extra für dich besorgt.«

»Die haben doch bestimmt ein Vermögen gekostet«, stammle ich und sinke mit den Pumps in meinen Händen neben ihr auf die Matratze. »Das ist wahnsinnig lieb von dir, aber …«

»Kein Aber!«, unterbricht Lara mich. »Ich will wissen, ob sie passen, Cinderella. Und mach dir bitte keinen Kopf. Als Modebloggerin habe ich gute Connections und zahle nur einen Bruchteil vom Ladenpreis.«

Leichter gesagt als getan, denke ich verlegen, während ich die

Schuhe anprobiere. Dabei versuche ich mir nicht anmerken zu lassen, wie unangenehm mir dieses Geschenk ist. Lara hat sich solche Mühe gegeben, mir damit eine Freude zu machen.

»Die sitzen wie angegossen«, urteile ich hingerissen und falle Lara um den Hals. »Danke schön, du bist der Hammer.«

»Hervorragend. Ich ziehe mich schnell um, und dann kommen Haare und Make-up an die Reihe.«

Lara schmeißt sich ebenfalls in Schale und trägt nun ein zauberhaftes Volantkleid – wie sie mir fachkundig erklärt hat. Es besteht aus blauen Stoffbahnen, die wellenförmig ineinanderfließen und mich ans Meer erinnern.

»Du hast so ein geniales Erdbeerblond«, schwärmt Lara und knetet Schaumfestiger in meine dicken Locken. »Dieser Ton ist zurzeit megaangesagt.«

»Echt?«, entgegne ich erstaunt. »Ist das dein Ernst?!«

»Dir ist, glaube ich, gar nicht klar, wie hübsch du bist«, behauptet Lara und fängt an, in ihrem profimäßigen Schminkkoffer herumzukramen. »Mach mal kurz deine Augen zu.«

Ich spüre, wie sie meine Lippen bemalt. *Hoffentlich sehe ich am Ende nicht aus wie ein alberner Clown*, bete ich inständig. Denn für meinen Geschmack war das schlichte Tages-Make-up, mit wenig Wimperntusche und einem Hauch zartrosa Rouge, mehr als ausreichend.

»Fertig, jetzt ist es absolut perfekt«, verkündet sie mit Verzücken in ihrer Stimme.

Ich hebe skeptisch meine Lider und werfe fassungslos einen Blick in den Spiegel. Meine Lippen erstrahlen in einem kräftigen Kirschrot.

»No way!«, erkläre ich schockiert. »Das ist too much.«

»Ich finde, es steht dir verdammt gut, und du wirkst damit sexy«, entgegnet Lara mit hörbarer Enttäuschung. »Vielleicht musst du dich nur einen Augenblick an den neuen Look gewöhnen.«

»Bist du dir sicher?« Ich betrachte mein Spiegelbild noch einmal prüfend.

Zwar ist es ein ziemlich ungewohnter Anblick, aber wenn ich nicht wüsste, dass ich es bin, fände ich es vermutlich sogar ganz cool. Vielleicht muss ich mich auch einfach mal was trauen. Schließlich ist Lara die Expertin.

»Okay, dann lass uns gehen, bevor ich es mir anders überlege«, schmunzle ich und schnappe mir meine schwarze Handtasche vom Garderobenhaken an der Zimmertür, während Lara lauthals in *Get The Party Started* von Pink einstimmt.

*

Als Lara und ich wenig später aus dem Taxi steigen, empfängt uns die kühle Abendluft. Vor dem Eingang des Clubs hat sich bereits eine lange Schlange gebildet, und wir reihen uns geduldig ein.

Plötzlich geht ein Raunen durch die Menschenmenge, als ein Typ mit schwarzer Lederjacke, Cap und Sonnenbrille wie selbstverständlich an den Wartenden vorbei direkt zum Türsteher marschiert und ihn mit Handschlag begrüßt. Dabei komme ich nicht drum herum, mir das Getuschel der Mädelsclique direkt vor uns anzuhören.

»Das war mit Sicherheit Paxton«, raunt eine der drei aufgedonnerten Freundinnen den anderen beiden aufgeregt zu.

»Er ist *sooo* hot«, piepst die Brünette im Bunde. »Ihn würde ich bestimmt nicht von der Bettkante schubsen.«

»Spinnst du! Solche Kerle finde ich zum Kotzen. Die halten sich für was Besseres und denken, sie könnten jede flachlegen«, wirft die Rothaarige neben ihr empört ein. »Außerdem habe ich gehört, dass er nicht gerade ein Unschuldslamm ist. Drogen und so. Er ist sogar …« Sie verstummt abrupt, als sie vom Türsteher aufgefordert wird, ihren Studentenausweis vorzuzeigen.

Bevor ich Lara – die damit beschäftigt ist, in ihrer Handtasche zu wühlen – fragen kann, ob sie das über Paxton auch mitbekommen hat, sind wir an der Reihe. Wir zeigen unsere ID vor und betreten den Club. Von jetzt auf gleich fühle ich mich fehl am Platz. *Wieso zur Hölle habe ich mich bloß darauf eingelassen?*

Wir geben unsere Jacken an der Garderobe ab und schlängeln uns zur Bar durch. Die laute Musik macht es unmöglich, sich vernünftig zu unterhalten, und andauernd werden wir von grölenden Leuten angerempelt.

»Es ist so toll hier!«, ruft Lara mir zu. »Was willst du trinken?«

»Einen Eistee«, antworte ich. »Warte, ich gebe dir Geld.«

»Lass nur, die nächste Runde besorgst du dann einfach.«

Kurz darauf suchen wir uns mit den Getränken in der Hand einen freien Stehtisch. Unmittelbar an der Tanzfläche werden wir endlich fündig. Der Club ist voll, vermutlich geht die halbe Uni am Wochenende hierher. Wir nippen an unseren Getränken, und Lara macht Fotos. Von unserem Tisch haben wir einen perfekten Blick auf den DJ, der an seinem Pult über den Feiernden thront, die sich ausgelassen im Rhythmus der Beats bewegen. Bunte Lichter tanzen über ihre Gesichter, und ein feiner Schleier aus Nebel umhüllt ihre ekstatischen Bewegungen. In meiner Brust spüre ich jeden Schlag des heftigen Basses, und es fällt mir schwer, in der warmen, stickigen Luft zu atmen. Am liebsten würde ich sofort wieder verschwinden.

Unsicher beiße ich auf meinem schwarzen Plastikstrohhalm herum, als Lara sich ohne Vorwarnung meine Hand schnappt, um mich mit sich auf den Dancefloor zu ziehen. Wie angewurzelt bleibe ich stehen und bewege mich keinen einzigen Millimeter vorwärts.

Irritiert dreht Lara sich zu mir um. »Keine Lust?«

Zwar höre ich ihre Stimme über die Musik hinweg kaum, aber ich kann ihr die Worte ohne Probleme von den Lippen ablesen.

Ich schüttle heftig meinen Kopf und deute mit dem Finger auf den Tisch. Sie lässt meine Hand mit einem Schulterzucken los und verschwindet, im Takt des Sounds wippend, in der Menge. Ich hingegen nippe an meinem Eistee und starre auf das Schauspiel. Das Höchste der Gefühle ist für mich, hier am Rand zu stehen. Mich würden keine zehn Pferde auf die Tanzfläche kriegen. Aber Lara scheint Spaß zu haben. Ich hingegen hole mein Handy aus der Handtasche, rufe ein E-Book auf und fange an zu lesen. Irgendwie bekomme ich die Zeit schon rum.

Drei Kapitel später taucht Lara, zwar völlig aus der Puste, dafür aber mit einem fetten Grinsen im Gesicht, bei mir auf. Ich reiche Lara ihre Getränkeflasche, und sie trinkt den Rest mit einem kräftigen Zug aus.

»Bist du in Ordnung, Emma?«, fragt sie mich mit besorgter Miene, nachdem sie wieder zu Atem gekommen ist. »Willst du gehen?«

Lara scheint sich mit den anderen Partylöwen gut zu amüsieren, und ich bin ihr sehr dankbar, dass sie überhaupt in Erwägung gezogen hat, mich mitzunehmen. Ich behalte die Wahrheit deshalb lieber für mich und setze stattdessen einen fröhlichen Gesichtsausdruck auf. »Nein, alles prima. Willst du auch noch was trinken?«

»Oh ja, gerne. Ich nehme eine zuckerfreie Cola«, antwortet Lara freudig und hält mich am Arm fest. »Warte. Vorher müssen wir noch ein Selfie für meinen Blog machen.«

Wir lächeln zusammen in die Kamera, während wir »Honey« rufen. Lara hat nämlich in einem dieser Stylingmagazine gelesen, dass das allseits beliebte *Cheeeese* wortwörtlich totaler Käse ist. Zwar muss man unweigerlich grinsen, aber so richtig geil sieht es halt auch nicht aus.

»Passt du auf den Tisch auf? Dann hole ich unsere Drinks«, schlage ich vor, als wir unser kleines Fotoshooting beendet haben, und Lara stimmt nickend zu.

Ich steuere geradewegs auf eine Lücke an der Theke zu, stelle die beiden leeren Flaschen auf dem Tresen ab und bestelle beim Barkeeper zwei neue. Als ich bezahlt habe und mich mit den Getränken zum Gehen wende, steht, wie aus dem Nichts, Julio plötzlich vor mir. Vor Schreck rutschen mir die eiskalten Flaschen aus meinen Händen und zerplatzen effektvoll auf dem Boden. Die Flüssigkeit spritzt dabei unkontrolliert durch die Gegend. Ich bekomme zwar nichts ab, aber Julios steingraue Jeans und das im Schwarzlicht hell leuchtende T-Shirt hat es voll erwischt.

»Oh mein Gott«, stammle ich mit hochroter Birne. »Das tut mir wahnsinnig leid.«

»Kein Ding. Mir ist nichts passiert. Hast du dich an den Glasscherben verletzt?«, fragt Julio, während er sorgenvoll meine nackten Beine mustert.

Ich schüttle den Kopf, bringe aber vor Aufregung kein Wort heraus. Mein ganzer Körper fängt schlagartig an zu vibrieren, und mein Herz hämmert so sehr, dass ich ernsthaft befürchte, es springt mir aus der Brust.

»Dann ist ja alles gut«, erwidert er und winkt mit einer lässigen Handbewegung einen Kellner herbei, der anfängt, die Sauerei samt den scharfkantigen Scherben zu beseitigen.

»Ich verschwinde dann mal auf der Herrentoilette«, erklärt Julio augenzwinkernd. »Dort gibt es einen Handtrockner.«

Immer noch unfähig, etwas zu erwidern, nicke ich ihm zu, und er streicht zum Abschied mit seiner Hand sanft über meinen Oberarm. »Du siehst in diesem Kleid übrigens hot aus. Ciao bella.«

Nachdem Julio aus meinem Blickfeld verschwunden ist, versuche ich mich zu beruhigen. Ich atme tief ein und aus. Trotzdem spüre ich die Hitze, die seine kurze Berührung in jeden Winkel meines Körpers gesendet hat. *Wieso bringt mich dieser Kerl so aus dem Konzept?*

Als ich mich wieder halbwegs gesammelt habe, ordere ich beim Barkeeper aufs Neue Getränke und nehme sofort einen Schluck aus meiner Flasche.

»Wo warst du denn so lange?«, fragt Lara, als ich mich mit den Getränken schließlich zum Stehtisch zurückgekämpft habe.

»An der Bar war es zum Brechen voll«, flunkere ich, um mir die Peinlichkeit zu ersparen, ihr von dem Zwischenfall mit Julio berichten zu müssen.

»Ach so. Hoffentlich ist die Schlange vorm Damenklo nicht genauso lang. Ich muss nämlich ganz dringend mal für kleine Partygirls«, erklärt sie kichernd.

Es dauert in der Tat eine Ewigkeit, bis Lara zurückkehrt. Inzwischen ist es kurz nach zwei, und wir beschließen, unsere Jacken zu holen und ins Wohnheim zurückzufahren. Als wir den Club verlassen, warten vor dem Eingang einige Taxis auf die Nachtschwärmer, und wir steigen in das erste in der Reihe ein.

»Du wirst mir nie glauben, was vorhin passiert ist«, kreischt Lara euphorisch, als sie die Wagentür hinter sich zugezogen hat. »Ich bin auf dem Weg zu den Toiletten in Paxton Romeros Arme gelaufen.«

»Wow«, erwidere ich überrascht und schnalle mich mit dem Sicherheitsgurt an. »Und? Hast du ihn angesprochen?«

»Klar, so eine einmalige Gelegenheit lasse ich mir doch nicht entgehen«, verkündet Lara triumphierend. »Er war cool und hat mir seine Handynummer gegeben. Ich soll mich die Tage bei ihm melden.«

»Klingt doch gut«, gähne ich herzhaft. »Sorry, ich bin so was von bettreif.«

Lara lässt sich prompt von meiner Müdigkeit anstecken und hält sich ihre Hand vor den Mund. »Ich auch, war ein lustiger Abend. Danke, dass du mitgekommen bist.«

»Gut, dass du mich überredet hast mitzugehen«, flunkere ich, obwohl ein kleiner Teil in meinem Herzen – über den ich offensichtlich keinerlei Kontrolle habe – wirklich froh ist, Julio begegnet zu sein.

5

Als wir wenig später in unseren Betten liegen, schwärmt Lara mir immer noch in jeder Einzelheit von ihrem kurzen, magischen Zusammentreffen mit Paxton vor. Ich frage mich unterdessen besorgt, ob an den gefährlichen Gerüchten, die diese Tussi vor mir in der Warteschlange über ihn verbreitet hat, tatsächlich etwas Wahres dran ist. Aber vermutlich hat sie diese pikanten Infos bloß aus irgendeinem dieser sensationsgeilen Schmierblätter, die alles drucken, um ihre Auflage zu steigern. Es muss schrecklich sein, wenn man so in der Öffentlichkeit steht und sich jeder x-Beliebige, auch wenn man ihn gar nicht persönlich kennt, eine Meinung über einen bildet. Was ich mitbekommen habe, behalte ich für mich. Wenn jemand up to date ist, dann zweifellos Lara. Denn sie ist diejenige von uns beiden, die sich ständig über Klatsch und Tratsch auf dem Laufenden hält.

Während Lara weiter vor sich hin plappert, schweifen meine Gedanken unwillkürlich zu meinen bisherigen Begegnungen mit Julio ab. Gott sei Dank haben wir keine gemeinsamen Kurse, dann könnte ich mich höchstwahrscheinlich, nein, ganz bestimmt sogar, keine einzige Sekunde mehr konzentrieren. Wenn er in meiner Nähe ist, dann setzt mein Verstand einfach aus. Keine Ahnung, wie er das macht. Und wieso er die Frechheit besitzt, mich einfach zu küssen, obwohl wir uns gar nicht kennen. Abgesehen von unseren Vornamen wissen wir nichts übereinander. Ich weiß noch nicht mal, wie alt er ist oder wo er herkommt. Es ist also ausgeschlossen, dass ich ihn überhaupt richtig vermissen kann. Viel wahrscheinlicher ist, dass an meinem momentanen Gefühlschaos bloß ein Hormoncocktail, gemischt mit einer Spur Neugierde, schuld ist. *Keine Hexerei, sondern Biochemie, sonst nichts,* rede ich mir verzweifelt selbst ein. Trotzdem kann ich nicht damit aufhören, an seine tiefblauen Augen und seinen verführerischen Mund zu denken.

Vielleicht hat er mich doch verzaubert, oder besser gesagt, mit einem Fluch belegt. Mir ist natürlich bewusst, wie blöd das klingt, aber exakt so fühlt es sich an. Und das gefällt mir ganz und gar nicht. Dennoch würde ich alles dafür geben, könnte ich noch einmal seine Lippen auf meinen spüren, ihn schmecken und seinen wohligen Duft wahrnehmen, während seine geschickten Hände über meine empfindliche Haut tanzen. Julio ist wie eine Droge, von der ich ahnungslos gekostet habe und nun mehr will.

Ich war so vertieft in meine Gedanken, dass mir erst jetzt auffällt, dass Lara inzwischen eingeschlafen ist. Auf Zehenspitzen schleiche ich mich aus dem Zimmer und hole mir eine Dose Orangenlimonade aus dem Kühlschrank. *Vielleicht hilft mir ja ein Spaziergang an der frischen Luft*, überlege ich. Denn mir geht gerade dermaßen viel durch den Kopf, dass ich kein Auge zukriege, obwohl ich müde bin. Einen Versuch ist es wert, also ziehe ich mir meinen Parka über den Pyjama und meine bequemen Sneakers an.

Mittlerweile finde ich mich problemlos auf den Fluren des Wohnheims zurecht und muss keine Angst mehr haben, mich zu verlaufen. Ich nehme statt des Fahrstuhls die Treppe und folge dem Handlauf zwei Stockwerke nach unten, bis ich im Erdgeschoss angekommen bin. Ich öffne die Seitentür nach draußen, zum spärlich beleuchteten Innenhof, und trete ins Freie.

Eine kühle Brise lässt mich im ersten Moment leicht frösteln. Ich ziehe den Reißverschluss an meiner Jacke hoch und setze mich auf die Bank unter meinem Lieblingsbaum. Direkt über mir funkeln die Sterne am wolkenlosen Himmel. Ich lasse mich gegen die Lehne sinken und blicke fasziniert nach oben. Fast wie zu Hause.

Entspannt nehme ich einen kräftigen Schluck der eiskalten Limo. Prompt schickt das feine Prickeln der Kohlensäurebläschen auf meiner Zunge ein erregendes Kribbeln durch meinen Körper. Ich schließe reflexartig die Lider und versuche, an irgendwas, nur nicht an Julio zu denken.

Plötzlich spüre ich, wie sich etwas sachte um meine linke Hand schließt. Erschrocken reiße ich meine Augen wieder auf, während ich meinen Kopf zur Seite drehe. Als ich realisiere, wem die warme Hand auf meiner gehört, bringe ich keinen Pieps raus.

»Emma«, raunt Julio im Flüsterton. »Was machst du um diese Uhrzeit allein hier draußen?«

Ich blicke ihn immer noch wortlos an. *Vielleicht bin ich ja eingeschlafen und träume das Ganze bloß. Und wenn es ein Traum ist, habe ich nichts zu verlieren. In ein paar Minuten wache ich garantiert auf, und Julio ist verschwunden. So muss es sein. Bestimmt.*

Ich stelle meine Dose auf der Holzbank ab, lege meine Hand ungläubig an seine linke Wange und fahre mit meinem

Daumen sachte über seine feinen Bartstoppeln. Dann nehme ich all meinen Mut zusammen und ziehe sein Gesicht näher an meins, sodass ich jedes Detail im Halbdunkel der Nacht betrachten kann.

Währenddessen wandert seine linke Hand langsam in meinen Nacken, und als ich seinen Mund auf meinem spüre, stockt mir der Atem. Es fühlt sich alles so echt an und gleichzeitig so unglaublich, als würde ich durch einen Sternschnuppenregen fliegen.

Auf einmal höre ich in der Stille der Nacht ein leises Rauschen. Bevor ich kapiere, was passiert, zerrt Julio mich mit sich. Erst hoch von der Bank, und dann laufen wir von der Wiese des Innenhofs durch den Torbogen zur Straße.

»Was ist denn los?«, rufe ich, panisch nach Luft japsend, als Julio endlich sein Tempo verlangsamt. Inzwischen bin ich mir ziemlich sicher, dass ich wach bin. Leider.

»Die automatische Bewässerungsanlage wurde eingeschaltet«, erklärt er, ebenso nach Luft ringend.

Ich nicke und bin froh, dass wir nicht nass geworden sind.

»Was machen wir jetzt?«, frage ich ein wenig verwirrt und zittrig vor Aufregung.

Julio zieht mich in seine Arme und küsst mich auf die Nasenspitze. »Wir könnten uns besser kennenlernen.«

Ich nicke zustimmend, und gemeinsam schlendern wir Hand in Hand über das menschenleere Universitätsgelände. Die ganze Kulisse wirkt surreal, wie ein verlassenes Filmset. Nicht dass wir gleich noch anfangen, wie in *La La Land* zu singen und zu tanzen.

»Und? Was hat dich wach gehalten?«, fragt Julio erneut und wirft einen flüchtigen Blick auf meine lilafarbene Pyjamahose.

Du, denke ich peinlich berührt und fühle mich auf frischer Tat ertappt. Dabei wird mir im Wechsel heiß und kalt. »Gibt einiges, was mir durch den Kopf geht«, antworte ich schließlich. »Und? Wieso bist du nicht im Bett?«

»Ich konnte nicht pennen, weil ich mir Sorgen um meine jüngere Schwester mache. Sie ist nämlich drauf und dran, sich ihr Leben zu versauen«, erklärt er mit gesenkter Stimme.

»Oje«, sage ich ratlos und merke, wie sich seine Hand noch etwas fester um meine schließt.

Eine Weile spazieren wir schweigsam im Mondlicht zwischen den historischen Bauten entlang, bis er die Stille endlich bricht. »Erzähl mir etwas über dich.«

»Da gibt es nicht wirklich viel«, entgegne ich zurückhaltend. »Ich stamme aus einem winzigen Nest in Michigan, mein Dad betreibt einen Bootsverleih, meine Mutter leitet den Kirchenchor, und ich bin zusammen mit meinem älteren Bruder Toby in dieser Kleinstadtidylle aufgewachsen.«

»Klingt schön«, entgegnet Julio mit überraschend traurigem Unterton. »Ich wünschte, mein Leben wäre auch so normal.«

»Na ja, zumindest war es das, bis mein Bruder vor ein paar Monaten tödlich verunglückt ist.«

Jetzt bin ich diejenige, die seine Hand noch ein bisschen fester umklammert. Als könnte ich so den brennenden Schmerz lindern, der sofort wieder in mir aufflammt.

»Tut mir leid«, murmelt er betroffen. »Jeder hat wohl sein Päckchen zu tragen.«

»Ja, vermutlich hat niemand ein perfektes Leben. Egal, wie es von außen wirkt«, mutmaße ich betrübt und starre dabei in den Himmel hinauf.

Er nickt und lässt seinen Blick ebenfalls zu den Sternen wandern. »Oh ja, wenn das einer weiß, dann ich.«

»Bist du eigentlich auch im ersten Semester?«, frage ich, um von den schweren Themen wegzukommen.

Zwar hätte ich gerne mehr über seine Familie und die Situation mit seiner Schwester erfahren, aber ich möchte nicht weiter nachbohren. Immerhin kennen wir uns kaum – auch wenn es mir komischerweise nicht so vorkommt –, und mir ist klar, wie unangenehm es ist, wenn man mit solchen privaten Fragen gelöchert wird.

»Genau«, erklärt er mit spürbarer Leichtigkeit in der Stimme. »Die Universität ist echt beeindruckend, und ich bin verdammt glücklich, dass ich hier angenommen wurde.«

»Da kann ich mich nur anschließen«, erwidere ich lächelnd. »Es ist natürlich auch anstrengend, aber man sammelt dafür unfassbar viele neue Erfahrungen.«

»Und man lernt Menschen kennen, mit denen man ansonsten niemals in Kontakt gekommen wäre«, ergänzt er grinsend.

Dann bleibt er abrupt stehen, zieht mich mit einer Drehbewegung eng an sich und blickt mir tief in die Augen.

Plötzlich bleibt ein Streifenwagen mit quietschenden Reifen ein Stück vor uns stehen.

Julio löst sich ruckartig von mir und tritt nervös einen Schritt beiseite. Verwundert beobachte ich, wie ein Mann in Uniform aus dem Fahrzeug steigt und schnurstracks auf uns zugeeilt kommt.

»Sind Sie Emma Newton?«, fragt er mit strenger Miene.

Ich nicke eingeschüchtert, während mir mein Herz vor Panik in die Hose rutscht. *Fliege ich jetzt von der Universität?*, schießt es mir wild durch den Kopf. *Obwohl ich doch überhaupt nichts Falsches gemacht habe. Oder etwa doch?*

»Ich bin Mister Webber von der Campusüberwachung. Ihre Mitbewohnerin hat Sie als vermisst gemeldet«, sagt er nun etwas freundlicher mit einem Schmunzeln unter seinem großen grauen Schnurrbart. »Wie ich sehe, geht es Ihnen gut. Oder? Hält dieser Mann Sie gegen Ihren Willen fest?«

»Nein, Sir, es ist alles in Ordnung. Es tut mir schrecklich leid.«

»Schon gut, Kindchen, ich war auch mal jung.« Er geht zum Auto und öffnet die hintere Wagentür zur Rückbank. »Steigen Sie ein, ich bringe Sie zurück zum Wohnheim.«

»Danke schön«, sagen wir im Chor und setzen uns schweigend ins Auto.

Bevor wir losfahren, gibt Mister Webber über sein Funkgerät noch eine Entwarnung an die Zentrale raus. Ich hoffe bloß, dass die Universität meine Eltern nicht über mein Verschwinden verständigt hat. Sie würden vor Angst sterben.

Als wir vor dem Wohnheim halten, dreht Mister Webber sich zu uns um. »Da wären wir. Junger Mann, müssen Sie auch hier aussteigen?«

»Ja, Sir. Danke«, antwortet Julio und öffnet die Autotür zum Bordstein.

Ich bedanke mich ebenfalls noch einmal und folge ihm. Am Eingang werden wir von Professorin Rotmeyer, der Leiterin unseres Wohnheims, in Empfang genommen. »Ihre Mitbewohnerin hat Sie als vermisst gemeldet, Miss Newton. Sicherheitshalber musste ich die Campusüberwachung darüber informieren. Umso erleichterter bin ich, dass sich alles in

Wohlgefallen aufgelöst hat und Sie unversehrt sind«, sagt sie in ruhigem Ton. »Zwar sind Sie beide volljährig, trotzdem bin ich um Ihre Sicherheit besorgt.«

Nachdem wir uns bei Professorin Rotmeyer für die nächtliche Störung entschuldigt haben, trennen sich unsere Wege. Ohne dass Julio und ich noch ein Wort wechseln, geht er nach links und ich nach rechts. Mit schweren Beinen steige ich die Treppenstufen hinauf und öffne schließlich die Tür zu meinem Zimmer.

»Gott sei Dank, dir geht's gut«, begrüßt mich Lara erleichtert, als ich zur Tür reinkomme, während sie wie ein Flummi vom Sofa aufspringt und mir anschließend um den Hals fällt.

»Ich konnte einfach nicht schlafen und war eine Runde spazieren. Sorry, dass du dir deshalb solche Sorgen machen musstest. Ich hätte wirklich mein Handy mitnehmen sollen«, stammle ich kleinlaut.

»Ich hatte solche Panik, als ich aufgewacht bin und du nicht mehr da warst. Im Waschraum konnte ich dich nicht finden, und ans Handy bist du auch nicht gegangen«, erklärt sie hastig, wobei sich ihre Stimme immer wieder überschlägt. »Erst vor ein paar Tagen habe ich in den Nachrichten gehört, dass ein Mädchen nachts aus einem Wohnheim verschwunden ist und …«

Ich unterbreche Laras Redeschwall und drücke sie noch mal fest an mich. »Danke, dass du auf mich aufpasst. Mir hätte ja tatsächlich etwas passiert sein können, es war eine blöde Idee von mir, nachts über den verlassenen Campus zu streifen. Das war bescheuert. Kommt nie wieder vor. Versprochen.«

»Sehr schön. Dann lass uns zurück ins Bett gehen«, gähnt Lara, und ich folge ihr in unser Schlafzimmer.

Mit schlechtem Gewissen krieche ich wieder unter meine Decke. Zumindest scheint die Leiterin des Wohnheims nicht meine Eltern verständigt zu haben, denn abgesehen von Laras verpasstem Anruf habe ich keine weiteren Nachrichten auf meinem Handy.

*

Seit dem nächtlichen Vorfall ist eine Woche vergangen, und ich habe mich ins Lernen vergraben, um bloß nicht an Julio, seine verführerischen Lippen und unseren magischen Kuss im Mondschein zu denken. Glücklicherweise bin ich ihm bisher auch nicht mehr über den Weg gelaufen. Ich hätte nämlich nicht gewusst, was ich sagen soll. Es ist sowieso ausgeschlossen, dass mehr aus uns wird, denn in dem Moment, als ich glaubte, ich würde von der Uni fliegen, war alles andere plötzlich unwichtig. Auch wenn meine Angst unbegründet war, ich habe so hart dafür gekämpft, hier zu sein. Das Letzte, was ich gebrauchen kann, ist emotionales Wirrwarr, das mich von meinen Zielen ablenkt. Die Samstagabende werde ich ab sofort nur noch mit meinen Büchern verbringen. Am nächsten Montag steht ein wichtiger Test zum Thema *Entwicklung des Frauenbilds in der Literatur* an. Ich habe noch massig Stoff, den ich dafür durchgehen muss, um meine Lernkarten zu erstellen. Das dauert zwar Stunden, ist aber zusätzlich eine gute Vorbereitung für die Finals am Ende des Semesters.

Mittlerweile ist es nach fünf, und ich knipse die Leselampe auf meinem Schreibtisch an. Neben meinem Laptop stapeln sich Berge von Büchern aus der Bibliothek. Vermutlich werde ich hier die halbe Nacht hocken, darum habe ich mir eine frische Kanne Schwarztee aufgebrüht, die ich gerade noch so auf meinem Schreibtisch unterbringen konnte.

»Ich bin ja *sooo* aufgeregt!«, quiekt Lara, als sie ihren Kleiderschrank aufreißt und beginnt, ihn hektisch zu durchforsten. »Paxton hat sich gerade bei mir gemeldet und heute Abend spontan Lust, mich auszuführen. Er holt mich in einer Dreiviertelstunde ab.«

»Cool«, brumme ich geistesabwesend und blättere durch Jane Austens *Stolz und Vorurteil.* Ich hoffe bloß, ihm bedeutet es genauso viel wie Lara. Dass er sie so kurzfristig fragt, spricht ja eher nicht dafür, aber Lara scheint es gar nicht zu stören. Vielleicht redet sie es sich aber auch nur schön.

Während Lara unser Schlafzimmer in eine Umkleidekabine verwandelt und ein Outfit nach dem anderen anprobiert, versuche ich mich auf meine Lektüre zu konzentrieren und mache mir fleißig Notizen.

»Und? Was meinst du?«, fragt mich Lara eine gute halbe Stunde später kritisch, nachdem sie sich locker hundert Mal umgezogen hat. »Ich wäre vorher normalerweise noch shoppen gegangen und hätte mir für diesen besonderen Abend etwas Passendes gekauft. Aber in Anbetracht der Umstände … Wie findest du es?«

»Du siehst klasse aus. Ich wünsche dir ganz viel Spaß bei deinem Date«, antworte ich und nippe an meinem Tee.

»Dir auch viel Vergnügen mit Mister Darcy«, sagt sie augenzwinkernd und schnappt sich ihre Handtasche vom Garderobenhaken.

Gerade als sie zur Tür raus ist, fällt mir auf, dass ihr Handy noch auf dem Nachttisch liegt. Wenn Paxton nun doch irgendwie komisch oder gefährlich ist, kann sie nicht mal anrufen. Gar nicht gut. Schnell schnappe ich mir das Teil und flitze ihr auf Socken hinterher. *Vielleicht erwische ich sie ja noch*, denke ich, muss meine Geschwindigkeit allerdings drosseln, um mit den glatten Wollstrümpfen nicht auf den Treppenstufen auszurutschen.

Nach einem Sprint durch die riesige Eingangshalle des Wohnheims öffne ich schnaufend die schwere Tür nach draußen und renne bis zur Straße. Wie vom Donner gerührt bleibe ich mit wild pochendem Herz mitten auf dem Gehweg stehen und kann meinen Augen nicht trauen. Ein Brennen zieht sich von oben bis unten durch meinen Körper, und es fühlt sich so an, als würde mein Gehirn einen Augenblick vergessen, wie das mit dem Atmen funktioniert. Julio steigt im coolen Bad-Boy-Look aus der knallroten Sportkarre, mit der ich bereits am Tag meiner Ankunft auf ziemlich unangenehme Art und Weise Bekanntschaft gemacht habe. Er geht auf Lara zu, begrüßt sie und öffnet ihr gentlemanlike die Beifahrertür.

Unfähig, mich zu bewegen, starre ich den beiden noch minutenlang hinterher, obwohl die Rücklichter des Wagens schon längst verschwunden sind. *Was in drei Teufels Namen ist da gerade passiert? Das kann doch alles nicht wahr sein.*

Verwirrt lasse ich mich mit Laras Handy in der Hand auf den Bordstein sinken. *Ist Julio etwa Paxton? Das kann nicht sein!*

Auf einmal fällt ein Regentropfen auf Laras Handydisplay, dann noch einer. Ich blicke nach oben und sehe eine bedrohlich dunkle Wolke über mir. *Na großartig!*

Klatschnass schließe ich kurz darauf bibbernd die Zimmertür hinter mir. Ich ziehe das Handy aus meiner Hosentasche und lege es zurück auf Laras Nachttisch. Dann wische ich meine Brillengläser trocken und pelle mich aus meinen ekelig am Körper klebenden Klamotten.

Nachdem ich meine nassen Sachen zum Trocknen über die Heizung gelegt habe, schlüpfe ich in meinen Schlafanzug und hole meinen Föhn aus dem Schrank. Nach einer Weile bin ich zwar wieder trocken, trotzdem friere ich noch. Ich befülle meinen Becher mit wohlduftendem Tee aus meiner Thermoskanne und mummle mich zusätzlich auf meinem Bett in die Decke ein.

Wie ein blinkendes Karussell kreisen meine Gedanken unaufhörlich um das, was sich eben unmittelbar vor mir abgespielt hat und wofür ich keinerlei vernünftige Erklärung habe. Bestimmt hat mein Verstand mir nur einen Streich gespielt. Auf die Entfernung kann ich mich auch getäuscht haben. Die Ähnlichkeit zwischen Julio und Paxton ist verblüffend, aber möglicherweise bloß Zufall. Es gibt ja Menschen, die fast wie Doppelgänger aussehen, obwohl sie nicht verwandt sind. Ich kann mir einfach nicht vorstellen, dass Julio mich angelogen hat. *Weshalb sollte er auch so was tun?* Plötzlich kommt mir ein Einfall, ich stelle meinen Tee ab, angle mir meinen Laptop vom Schreibtisch, direkt hinterm Fußende des Betts, und tippe in die Suchmaske des Browsers mit zittrigen Fingern *Paxton Romero* ein. Es gibt bestimmt unzählige Bilder von ihm im Netz. Ich brauche ganz dringend Klarheit.

Wie von Sinnen betrachte ich die Auswahl der Bildrecherche über den Website-Ergebnissen. Das ist eindeutig der Kerl, mit dem Lara eben zusammen weggefahren ist. Paxton sieht Julio wirklich verdammt ähnlich, mal abgesehen vom Styling. Er hat seine rabenschwarzen Haare mit Gel gebändigt und trägt auf fast allen Bildern eine Lederjacke und Sonnenbrille. Genau wie heute Abend. Passend zum coolen Look des Luxuswagens. Ich kann mir beim besten Willen nicht vorstellen, dass Julio so eine Angeberkarre fährt.

Ich klicke mich weiter durch die verschiedenen Artikel und finde dabei unzählige Berichte über Paxtons ausschweifendes Partyleben mit dem *Who's who* der New Yorker Prominenz. Er hat auf jedem Schnappschuss der Paparazzi ein anderes bildhübsches Mädchen im Arm. Damit nicht genug: Schließlich stoße ich auf eine Schlagzeile, die mir regelrecht das Blut in den Adern gefrieren lässt.

Ungläubig lese ich den reißerischen Titel immer und immer wieder: *Paxton Romero beim Koksen mit Topmodel Ivanka Sanchez erwischt.* Darunter ist ein Foto aus einem Club, auf dem er ein schwarzes T-Shirt trägt. Ich habe endgültig genug gesehen. Paxton und Julio wirken vielleicht wie Zwillinge, aber ich kann echt nicht glauben, dass es sich um dieselbe Person handelt.

Ich will die Website gerade schließen, als mein Blick auf den Rand seines T-Shirt-Ärmels fällt. Auf einmal weiß ich nicht mehr, was ich denken soll.

Überfordert klappe ich meinen Laptop zu. *Er hat mich angelogen*, realisiere ich. Es ist doch unmöglich, dass Paxton und Julio das gleiche Tattoo haben. Die Flügelspitze des Adlers räumt sämtliche Zweifel aus. Julio ist Paxton, und Paxton ist Julio.

Ich lasse mich geschockt auf mein Kissen sinken und starre an die Zimmerdecke. Mir wird auf einmal klar, wieso er mich damals in die Abstellkammer geschubst hat. Bestimmt hat er versucht, sich mit mir – dem naiven Mädchen, das keine Ahnung von seinem New Yorker Promistatus hat – irgendwas zu beweisen. Und ich dusselige Kuh falle natürlich voll auf ihn rein. Das war garantiert nur ein Spielchen für ihn. Er ist mit Sicherheit davon ausgegangen, dass er mich flachlegt, bevor ich herausfinde, wer er in Wirklichkeit ist. Ich komme mir so dumm vor. Nicht dass ich überhaupt jemals in Betracht gezogen hätte, mit ihm zu schlafen. *Oder vielleicht doch?*

Beim bloßen Gedanken daran wird mir heiß und kribbelig. Das, was ich gespürt habe, als er mich geküsst hat, habe ich noch nie zuvor empfunden, und ein Teil von mir hätte dieses Gefühl am liebsten weitererkundet. Ich muss mir, auch wenn ich es nicht will, eingestehen, dass ich mich vermutlich auf ihn eingelassen hätte. Was jetzt keinesfalls mehr passieren wird.

Kopflos bleibe ich liegen. An Lernen ist bei dem heillosen Durcheinander eh nicht mehr zu denken. Ich muss dringend mit Lara reden. *Nur was sage ich ihr? Dass Julio sich als ihr Traummann Paxton Romero entpuppt hat? Sie wird mir bestimmt nicht glauben und mich hassen.* Ich ziehe mir meine Bettdecke übers Gesicht und wünschte, ich könnte die Zeit zurückdrehen. Vielleicht muss Lara überhaupt nicht erfahren, dass zwischen Paxton und mir etwas gelaufen ist. Die Sache hat sich ja sowieso erledigt. Er geht schließlich jetzt mit Lara aus, so wie sie es sich in den Kopf gesetzt hat.

Mir wird plötzlich klar, dass ich Julio so oder so für immer verloren habe. Paxton ist für mich tabu, und ich weiß auch gar nicht, ob ich ihm seine Lüge verzeihen könnte, selbst wenn er es mir erklären würde. Ein heftiger, stechender Schmerz durchzieht mich. Er ist nicht derjenige, für den ich ihn gehalten habe, und ich will auf keinen Fall meine Freundschaft mit Lara aufs Spiel setzen. Es ist wohl das Beste, wenn ich meine

Klappe halte und mich für die beiden freue, falls sie zusammenkommen. Sie weiß ja, dass Paxton ein Bad-Boy ist und am laufenden Band Frauen abschleppt. Sein Ruf eilt ihm schließlich voraus. Wenn sie ihn will, kann sie ihn gerne haben.

Plötzlich höre ich, wie sich die Tür öffnet. »Schläfst du schon, Emma?«, fragt Lara mit leiser Stimme, und ich tue so, als ob.

Ich kann mir gerade nicht anhören, wie großartig ihr Date mit Paxton gelaufen ist. Dafür tut das, was ich eben entdeckt habe, viel zu weh.

6

Als ich am nächsten Tag aufwache, sind meine Augen verquollen, und mein Körper fühlt sich schlapp an, als wäre ich einen Marathon gelaufen oder hätte den Mount Everest bestiegen. Nicht dass ich eins davon jemals getan hätte, aber ich stelle es mir zumindest so vor.

Ich taste auf dem Nachttisch nach meiner Brille, setze sie auf und werfe einen Blick auf die Anzeige meines Weckers. Erschrocken stelle ich fest, dass ich den halben Tag verschlafen habe. Erschöpft lasse ich mich zurück aufs Kissen fallen. Mein Kopf hämmert, als hätte ich einen Presslufthammer verschluckt, und mein Hals brennt beim Schlucken wie Feuer.

»Schläfst du immer noch, Emma?«, fragt Lara im Flüsterton, nachdem sie die Tür einen Spaltbreit geöffnet hat.

»Nein, bin wach. Aber ich glaube, ich habe mir eine dicke Erkältung eingefangen«, erkläre ich heiser.

»Das glaube ich auch, so wie du dich anhörst«, stimmt Lara mir zu. »Brauchst du was? Soll ich dir einen Tee bringen?«

Mit einem Mal fühle ich mich wegen der Geschichte mit Paxton noch mieser als sowieso schon. Lara ist so lieb zu mir, und ich habe hinter ihrem Rücken mit der Liebe ihres Lebens rumgemacht. Zwar nicht mit Absicht, aber trotzdem.

»Danke, aber ich brauche nur ein bisschen Ruhe«, antworte ich mit kratziger Stimme.

»Okay, wenn doch, dann schreib mir einfach eine Nachricht, und ich bin sofort wieder bei dir.« Lara schließt leise die Tür hinter sich und ich meine Augen.

*

Der seltsame Fall des Doktor Jekyll und Mister Hyde. Schlagartig bin ich hellwach und sitze mit dieser Erkenntnis schweißgebadet senkrecht im Bett. Mein Herz schlägt so heftig, dass ich befürchte, es würde mir jeden Moment aus der Brust springen, und mein eiskalter Körper vibriert dabei so heftig, dass meine Zähne klappern. *Es war nur ein Fiebertraum*, versuche ich mich zu beruhigen. Es will mir allerdings partout nicht gelingen. Der Traum fühlte sich so real an. Ich sehe das regennasse Kopfsteinpflaster im Schein der gelblich glimmenden Gaslaternen immer noch vor mir. Und Paxton, wie er mit einer Frau im Arm einen Pub verlässt. Ich erinnere mich noch genau, wie ich anschließend von jetzt auf gleich im Studentenwohnheim war. Ich konnte beobachten, wie Paxton in der Abstellkammer verschwindet und kurz darauf als Julio mit Wuschelfrisur, im grauen T-Shirt mit dem Logo der Uni, wieder herauskommt.

Die ganze Sache mit Paxton alias Julio ist für mich total verwirrend. Einerseits habe ich einen hilfsbereiten Menschen kennengelernt, der sich um seine kleine Schwester sorgt, auf der anderen Seite gibt es all diese Berichte im Internet über eine Person, die in New York die Nächte durchfeiert und dabei mit Topmodels Drogen nimmt. Vielleicht ist es ja tatsächlich ein bisschen so wie in der Novelle, die ich gerade für einen meiner Kurse durcharbeite. Nur frage ich mich langsam, wie viel Paxton in Julio steckt und ob ich mit seiner Bad-Boy-Seite Bekanntschaft machen will.

Ich krame eine Packung mit Schmerztabletten aus meiner Nachttischschublade hervor, nehme eine heraus und spüle sie mit Wasser herunter. Ich schließe erneut meine bleischweren Augenlider und versuche, nicht mehr länger über den komischen Traum nachzudenken.

*

Den ganzen Sonntag habe ich im Bett gelegen, und dennoch fühle ich mich am Montagmorgen immer noch nicht viel besser. Heute steht allerdings ein Test in Literaturgeschichte an, weshalb ich mich trotzdem aus dem Bett quäle.

»Und? Fühlst du dich besser?«, fragt Lara, als ich aus dem Schlafzimmer komme.

»Nicht wirklich«, gestehe ich ihr. »Aber ich will meine Kurse und Vorlesungen nicht versäumen.«

»Papperlapapp, wenn du krank bist, bist du krank.« Lara mustert mich besorgt. »Du siehst immer noch fiebrig aus. Am besten sage ich Professorin Rotmeyer Bescheid, damit sie den Arzt ruft, und du legst dich wieder hin.«

Gerade will ich ihr widersprechen, als mir schummerig vor Augen wird. »Du hast ja recht«, sage ich betreten und gebe mich geschlagen. »Bestimmt besser, bevor ich noch jemanden anstecke.«

»Außerdem sollte man sich immer vernünftig auskurieren. Du willst doch nichts verschleppen. Zurück ins Bett! Ich bring dir gleich einen Tee.«

»Danke, du bist die Beste«, erkläre ich und mache kehrt.

Mit letzter Kraft lasse ich mich auf die Matratze sinken. Ich hätte es vermutlich eh nicht bis zum Hörsaal geschafft. Zum Glück habe ich eine Freundin wie Lara, die sich um mich sorgt und für mich da ist.

»Hier ist dein Tee.« Lara stellt die Tasse mit dem Beutel auf meinen Nachttisch. »Ich habe mit Professorin Rotmeyer gesprochen, und der Arzt kommt gleich bei dir vorbei. Sie hat gesagt, dass im Moment eine Grippewelle rumgeht und du schön im Wohnheim bleiben sollst.«

»Versprochen«, erwidere ich und hoffe inständig, dass es bei mir nur eine harmlose Erkältung ist.

»Melde dich bei mir, wenn was ist. Ich gucke zwischendurch auf mein Handy«, sagt Lara mütterlich und schließt die Tür leise hinter sich.

*

Die ganze Woche lang musste ich mit Halsweh und Fieber das Bett hüten. Die Grippe hatte mich tatsächlich voll erwischt. Lara hat sich währenddessen rührend um mich gekümmert. Als sie mitbekam, dass ich mit meiner Mutter telefoniert habe – die sich, wie könnte es auch anders sein, fürchterliche Sorgen gemacht hat –, nahm sie mir das Handy aus der Hand und versicherte ihr zur Beruhigung, dass sie auf mich aufpasst. Einfach megasweet.

Gestern ging es mir dann Gott sei Dank wieder so gut, dass ich mich zu Lara aufs Sofa gesellen konnte. Gemeinsam haben wir den ganzen Sonntag gemütlich eine Folge *The Big Bang Theory* nach der anderen geguckt. Die Ablenkung hat mir wahnsinnig gutgetan, denn in den vergangenen Tagen, die ich allein im Bett lag, hatte ich eindeutig zu viel Zeit zum Nachdenken. On top hat mich ein gewisser Jemand mit seinen fesselnden tiefblauen Augen andauernd bis in den Schlaf verfolgt. Immerhin hat Lara bisher kein einziges Wort über das Date mit ihm verloren, worüber ich verdammt erleichtert bin. Wenn es nach mir geht, will ich so wenig wie möglich davon wissen und diesen Typen einfach vergessen. Julio ist ab sofort und auf ewig für mich gestorben, und sein zweites Ich, bekannt als Paxton Romero, ist mir sowieso egal.

Heute konnte ich endlich wieder Vollgas geben, und netterweise hat mir meine Kommilitonin Abigail ihre Notizen kopiert. Den Test in Literaturgeschichte konnte ich auch direkt nachschreiben. Die Sonne scheint, und nach einer Woche Quarantäne habe ich spontan nach der letzten Vorlesung beschlossen, eine Runde mit Daisy ans Meer zu fahren. Die alte Lady hat schon viel zu lange herumgestanden, weil ich meistens den kostenfreien Shuttle-Service auf dem Campus nutze.

Als ich am Nachmittag gut gelaunt den Parkplatz erreiche und mein quietschgelbes Schätzchen sehe, macht mein Herz einen Luftsprung. Ich krame den Schlüssel aus dem Rucksack und drücke auf den kleinen Funkknopf. Sofort blinkt mein Auto fröhlich auf.

»Ich freue mich auch. Auf geht's«, flüstere ich Daisy zu, als ich meinen Rucksack und eine Wolldecke in den Kofferraum packe.

Entspannt lasse ich mich anschließend auf das weiche Leder des Fahrersitzes gleiten. Ich stelle das Navi auf meinem Handy ein, und keine fünf Minuten später bin ich, mit runtergekurbelten Fensterscheiben, auf dem direkten Weg zum Meer. Das habe ich mir seit meiner Ankunft hier auf dem Campus vorgenommen. Aber mit solchen schönen Dingen ist es wie mit allen Sachen im Leben, man muss sich Zeit dafür nehmen.

Ich drehe den Lautstärkeregler am Radio voll auf und singe ausgelassen mit. Je näher ich meinem Ziel komme, desto salziger riecht die Luft. Ich fahre die Beach Street entlang, bis ich einen kostenfreien Parkplatz finde. Ich stelle Daisy ab, schnappe mir meinen Rucksack und die Decke.

Als ich den weichen Sand unter meinen Füßen spüre, gibt es kein Halten mehr. Ich ziehe meine Sneakers aus und renne bis zum Meer. Wie sehr ich dieses Gefühl vermisst habe! Zu Hause war ich fast jeden Tag zumindest kurz am Wasser. Seit ich denken kann, haben wir Familienausflüge mit unserem Boot unternommen, und mein Vater hat mir das Segeln beigebracht. Ich atme tief ein und wieder aus. *Wieso habe ich das nicht schon viel früher gemacht?*

Auch wenn hier an der Universität alles neu und aufregend ist, vermisse ich natürlich meine Familie und Lake Leelanau. Allerdings war mir nicht bewusst, wie sehr mir das blau glitzernde Wasser und der freie Blick bis zum Horizont gefehlt haben.

Nachdem ich eine Weile in die Ferne gestarrt und mir einfach nur den Wind um die Nasenspitze hab wehen lassen, breite ich die Decke im Sand aus. Ich mache es mir bequem und hole eine Packung Käsecracker, meine Thermoskanne mit Tee und Arthur Millers Drama *Tod eines Handlungsreisenden* aus dem Rucksack. Kurz darauf bin ich voll und ganz in die Geschichte vertieft, die wir als Nächstes im Kurs durchnehmen.

*

Mit einem fetten Grinsen im Gesicht und vom frischen Meereswind freigepustetem Kopf biege ich am frühen Abend auf den proppenvollen Parkplatz vor dem Wohnheim ein. Ich drehe erst eine und dann noch eine Runde, doch alles scheint restlos zugeparkt zu sein. *Was für ein Mist*, denke ich frustriert.

Gerade als ich meine verzweifelte Suche nach einer freien Lücke endgültig aufgeben will, entdecke ich schließlich doch noch ein Plätzchen. Erleichtert atme ich auf und manövriere Daisy Millimeter für Millimeter in die enge Lücke zwischen zwei Sportkarren. Ganz behutsam quetsche ich mich aus der Fahrertür ins Freie und bin froh, dass ich so zierlich gebaut bin. Andernfalls wäre ich nie im Leben aus meinem Wagen gekommen.

Ich hole noch eben meinen Rucksack und die Wolldecke aus dem Kofferraum, schließe die Heckklappe und drücke auf den Autoschlüssel. Zu meiner Überraschung blitzen nicht nur Daisys Scheinwerfer, sondern zeitgleich ebenfalls die des Wagens links von mir kurz auf. Ich blicke mich um und suche nach dem Besitzer. Bestimmt war es bloß Zufall, und jemand hat im gleichen Moment aufgesperrt.

Ich kann auf dem Parkplatz niemanden entdecken. Verwundert schaue ich mir das Auto neben meinem genauer an und falle fast vom Glauben ab. Mir war gar nicht klar gewesen, neben wessen Sportwagen ich da eingeparkt habe.

Ausgerechnet Paxtons bescheuerte Angeberkarre!, fluche ich lautlos in mich hinein.

Ich betätige ein weiteres Mal meinen Funkschlüssel, nur um erneut verblüfft festzustellen, dass beide Autos einträchtig aufleuchten. *Das kann doch alles nur ein schlechter Scherz sein, so was funktioniert technisch doch überhaupt nicht!*, denke ich verwundert und wiederhole den Vorgang abermals, während ich mich auf dem gut beleuchteten Parkplatz umsehe. Vielleicht bin ich ja in einer dieser Prank-Shows gelandet, wo ahnungslosen Leuten vor laufender Kamera Streiche für das Reality-TV gespielt werden. Doch hier ist keiner.

Plötzlich packt mich die Neugierde. Seit Ewigkeiten frage ich mich, was andere an diesen tiefergelegten Schlitten so unfassbar toll finden. Einschließlich meines Bruders Toby, der damals von einem Auto wie diesem geträumt hat.

Schlagartig erinnere ich mich wieder an das riesige Poster an seiner Zimmerwand, das er stolz vom Besuch einer Tuning-Messe mitgebracht hat. Er durfte eine Proberunde mit seinem Traumwagen drehen und hat anschließend noch wochenlang von diesem Erlebnis geschwärmt. Ich glaube, ab da hatte unser Dad verstanden, dass Tobys Herz nicht für Segelboote, sondern für Autos schlägt. Oder besser gesagt, schlug.

Ohne weiter darüber nachzudenken, gehe ich zur Fahrertür und öffne sie einen Spalt. Und bevor mir klar wird, was ich da eigentlich gerade tue, habe ich auf dem schwarzen Ledersitz Platz genommen. Der typische Neuwagenduft umhüllt mich, und andächtig fahre ich mit meinen Fingerspitzen über das glatte Lederlenkrad. Ich blicke in den Rückspiegel und stelle mir vor, wie es sich anfühlen muss, mit diesem Rennwagen über die freie Fahrbahn zu brettern. Ziemlich verlockende Vorstellung, muss ich schon zugeben.

Auf einmal fällt mir im Rückspiegel eine schwarze Zeichenmappe ins Auge, die auf der Rückbank liegt. Bevor ich michs versehe, habe ich danach gegriffen, und sie liegt geöffnet auf meinen Knien. Ich blättere gleichermaßen fasziniert und beeindruckt durch die fotorealistischen Bleistiftzeichnungen.

Neben den Gesichtern berühmter Persönlichkeiten, wie Lady Gaga und Leonardo DiCaprio, gibt es auch mehrere Porträts einer mir unbekannten, wunderschönen jungen Frau. Man erkennt in jedem einzelnen Strich, wie viel Liebe in diesen Kunstwerken steckt. *Vielleicht ist das ja eine seiner Modelfreundinnen aus New York*, denke ich und schließe die Mappe schnell wieder.

Es war wirklich nicht meine Absicht, in seinem Privatleben herumzuschnüffeln. Aber wenn das hier echt seine Zeichnungen sind, dann ist er, gut versteckt hinter seiner Bad-Boy-Fassade, ein talentierter, sensibler Künstler. Dieser Kerl beeindruckt mich immer wieder aufs Neue.

Gerade als ich die Mappe an exakt dieselbe Stelle auf dem Rücksitz geschoben habe, rutscht mir mein Handy aus der Hosentasche und landet im dunklen Fußraum. Vorsichtig beuge ich mich vom Sitz aus weiter nach hinten und taste danach. Ich bekomme anstelle meines Handys allerdings etwas viel Softeres zwischen die Finger. Neugierig ziehe ich es hervor und starre auf einen rosafarbenen Spitzen-BH, mit eingestickten feuerroten Herzen auf den Cups. Mit einem Schlag fällt es mir wie Schuppen von den Augen. Diesen BH hat Lara mir vor drei Wochen nach ihrer letzten Shoppingtour stolz vorgeführt. Angeblich ein edles Einzelstück aus einer französischen Boutique. Superexklusiv und selbstverständlich teuer. *Oh mein Gott!*, denke ich erschrocken und schleudere das Wäscheteil, als wenn ich mich daran verbrannt hätte, zurück in die Dunkelheit unter dem Sitz.

Im Anschluss starte ich einen weiteren Versuch, mein Handy wiederzufinden. Es hilft alles nichts. Ich muss meine Sneakers abstreifen und nach hinten auf die Rückbank klettern. Nach dieser akrobatischen Zirkusnummer taste ich jeden Quadratzentimeter unter dem Beifahrersitz ab. Mit Erfolg.

Puh, das ist gerade noch einmal gut gegangen! Jetzt aber nichts wie raus aus dem Wagen, bevor mich doch noch jemand erwischt, denke ich erleichtert und umklammere mein Handy mit meiner vor Aufregung zitternden Hand.

So umsichtig wie möglich versuche ich von der Rückbank über Handbremse und Gangschaltung hinwegzusteigen, um zurück auf den Fahrersitz zu gelangen. Als ich schon fast glaube, diesen Drahtseilakt unfallfrei absolviert zu haben, stoße ich mit meinem Ellbogen gegen das Autodach über der Mittelkonsole. Wie von Zauberhand öffnet sich über mir ein Ablagefach und gibt mir den Blick auf einen glänzenden Gegenstand im Inneren frei. Sofort steigt Panik in mir auf. *Was zum Teufel macht Paxton mit einer Knarre?*

Blitzartig schiebe ich die Ablage wieder zu und schlüpfe in meine Sneakers. Dieser Typ ist doch total durchgeknallt. Möglicherweise bedroht er ja seine Dates mit dem Ding, wenn sie nicht machen, was er von ihnen will. Oder er ist womöglich wirklich in illegale Drogengeschäfte verwickelt, wie die Presse behauptet. Jedenfalls bedeutet es nichts Gutes, wenn jemand eine Waffe spazieren fährt.

7

Auch am nächsten Tag habe ich immer noch nicht verdaut, was ich da zufällig in Paxtons Wagen gefunden habe. *Wozu braucht er bitte schön eine Pistole in seinem Auto? Ist er womöglich tatsächlich Mitglied in einer dieser New Yorker Straßengangs und deshalb in kriminelle Geschäfte verwickelt?* Fragen über Fragen schwirren mir durch den Kopf, und ich kann mir einfach keinen Reim darauf machen. Darum habe ich mir die vergangene Nacht um die Ohren geschlagen und stundenlang das Web durchsucht. Bei meiner Recherche konnte ich allerdings nicht viel mehr herausfinden, als ich ohnehin schon wusste. Sein Vater ist ein megaerfolgreicher Modedesigner, er hat eine drei Jahre jüngere Schwester namens Zoe, seine Mutter war ein erfolgreiches Model und ist sehr früh verstorben, und er selbst ist offensichtlich das schwarze Schaf der Familie Romero. Geld, Drogen, Frauen – laut der Presse ist Paxton kein Kind von Traurigkeit. Wobei die Artikel, die ich finden konnte, entweder über ein Jahr alt waren oder erst vor einigen Monaten zum Start der Uni eingestellt worden sind. Dazwischen scheint Paxton aus der Öffentlichkeit spurlos verschwunden zu sein. Seltsam. Aber zumindest weiß ich nun, wer die Schönheit auf seinen liebevollen Zeichnungen sein muss. Als ich eine Aufnahme seiner Mutter in einem alten Presseartikel über ihren mysteriösen Tod gesehen habe, fiel es mir wie Schuppen von den Augen. Er hat sie gezeichnet.

Ich weiß, wie schrecklich es ist, einen geliebten Menschen zu verlieren. Paxton war damals gerade einmal sechs Jahre alt und musste laut Medienberichten mit ansehen, wie seine Mutter starb. Die polizeilichen Untersuchungen konnten nicht abschließend klären, ob es sich um einen tragischen Unfall oder Selbstmord gehandelt hat. Fest steht nur, dass es eine Überdosis an Betäubungsmitteln war. Weshalb ich noch weniger verstehe, wieso Paxton nicht die Finger von Drogen lässt.

»Träumst du, Emma?«, fragt mich meine Kommilitonin Abigail im Flüsterton, während sie mir unsanft in die Seite stupst. »Professorin Moore hat dich gerade aufgerufen!«

»Ja, ich bin hier«, sage ich reflexartig und strecke dabei peinlicherweise meinen rechten Zeigefinger pfeilschnell in die Höhe, um wie früher in der Schule aufzuzeigen.

»Wie wunderbar, Miss Newton«, entgegnet Professorin Moore schmunzelnd. »Sie dürfen Ihre Hand runternehmen!« Dann hakt sie meinen Namen auf der Anwesenheitsliste ab und setzt sich auf die Tischkante des Pults. »Den lästigen Papierkram haben wir für heute hinter uns, und zu meiner großen Freude starten wir vollzählig in den neuen Themenblock unseres Kurses. In den nächsten Wochen beschäftigen wir uns mit der Kraft der Gefühle.«

Professorin Moore macht eine kleine Pause und nimmt einen Schluck Wasser, bevor sie fortfährt. »Wir setzen uns in den kommenden Wochen damit auseinander, welche Rolle die Gefühle in der Sprache spielen und wie sie zum Beispiel das Handeln von Romanfiguren leiten. Mein überaus geschätzter Kollege Professor Bloom aus dem Bereich bildende Künste hatte hierzu die ausgezeichnete Idee, ein fächerübergreifendes Projekt zu realisieren.« Ein gespanntes Raunen geht durch den Raum, während unsere Dozentin erneut an ihrem Glas nippt und uns für einen weiteren Augenblick auf die Folter spannt, bis sie endlich weiterspricht. »Sie werden jeweils mit einem seiner Kunststudenten zusammenarbeiten und Ihre Ergebnisse kommende Woche als Einstieg in die Thematik präsentieren. Anschließend werden diese als Grundlage für weitere Diskurse und Textanalysen dienen. Weil die Aufgabe extrem wichtig ist, fließt Ihre Arbeitsleistung deshalb auch zu zwanzig Prozent in Ihre Punktzahl am Ende des Semesters ein.«

Professorin Moore greift sich den Stapel Umschläge vom Pult und hält sie demonstrativ in die Luft. »Die werde ich gleich an Sie austeilen. Darin finden Sie alle wichtigen Informationen sowie den Namen Ihres zugeteilten Projektpartners. Lesen Sie sich die Unterlagen aufmerksam durch. In der zweiten Stunde wird es dann eine Kennenlernrunde mit dem Kunstkurs geben, wo Sie auch gerne Fragen stellen können.«

Mein erstes Uni-Projekt, denke ich euphorisch und freue mich vor allem darauf, mein neu erlerntes Wissen direkt umzusetzen, statt es wie üblich für einen Test aufzubereiten.

Als ich meinen Briefumschlag in den Händen halte, kann ich es kaum erwarten, den Inhalt zu studieren. Das ist so aufregend. Ich ziehe den Zettel heraus, falte ihn ungeduldig auseinander und lese mir die knappe Aufgabenstellung auf der Vorderseite durch. Wir sollen gemeinsam eine Collage zu einem Gefühl erstellen und dafür beispielsweise Zitate, Illustrationen, Gedichte oder Fotografien verwenden.

»Ich habe als Thema *Glück*«, flüstert Abigail mir grinsend

zu. »Da muss ich doch direkt an die Erzählungen aus *Grimms Märchen* denken. Und du?«

»Mein Schlagwort ist *Liebe*«, murmle ich zurück.

»Wie romantisch ist das denn«, wispert sie schwärmerisch. »Meine Projektpartnerin ist Kimberly Stuart. Wir kennen uns aus dem Wohnheim. Sie ist echt cool, und ich habe schon eine Weile ein Auge auf sie geworfen, wusste aber nicht, wie ich sie ansprechen soll.«

»Hört sich an, als hättest du Glück gehabt«, entgegne ich.

»Auf jeden Fall«, kichert Abigail leise.

Nun möchte ich aber auch schleunigst herausfinden, wer mir zugeteilt wurde, und drehe mein Blatt ebenfalls herum.

Schlagartig wird mir übel, es fühlt sich so an, als wäre mir mit voller Wucht in den Unterleib geboxt worden. Ganz bestimmt bilde ich mir das nur ein. Ich schließe meine Augen, in der Hoffnung, dass mir mein übermüdeter Verstand lediglich einen fiesen Streich spielt. Als ich meine Lider langsam wieder öffne, steht dort jedoch nach wie vor schwarz auf weiß derselbe Namen. Paxton Romero. *Kann mich bitte mal jemand kneifen! Warum ausgerechnet er?*, denke ich panisch.

*

Die letzte halbe Stunde konnte ich dem Kurs überhaupt nicht mehr folgen, und in wenigen Minuten werden die Kunststudenten zu uns kommen, um die Projektarbeit zu besprechen. Mein Herz schlägt mir bis zum Hals, während sich mein Magen krampfhaft zusammenzieht. Nervös spähe ich alle paar Sekunden unauffällig zur immer noch verschlossenen Tür. Es ist zum Zerreißen. Jeden Moment wird sie sich öffnen, und Paxton wird mir gegenüberstehen.

Seit er mit Lara in sein Auto gestiegen ist, habe ich ihn nicht mehr gesehen. Beim bloßen Gedanken daran werden meine Handflächen vor Aufregung ganz schwitzig. Ich habe alles versucht, um die Augenblicke, die ich mit ihm – als Julio – verbracht habe, zu vergessen und mir klarzumachen, dass er der berühmte Frauenschwarm Paxton ist. Lara wird bestimmt ausflippen, wenn sie herausfindet, dass ich mit ihrem Traummann Zeit verbringen werde.

Gestern hat sie mir nämlich ihren neuesten Blogeintrag zum Korrekturlesen gegeben, und darin hat sie verliebt von dem *attraktivsten Sohn der New Yorker Modebranche* – ihre, nicht meine Wortwahl – geschwärmt. Ich hingegen halte ihn für extrem gefährlich. Die Waffe sah definitiv nicht wie Spielzeug aus, und allein die Vorstellung, dass er bereit ist, mit so einem todbringenden Gegenstand herumzuhantieren, jagt mir eine Heidenangst ein. Ich muss Lara unbedingt vor ihm warnen, ich weiß nur nicht, wie.

Als Paxton kurz darauf mit den anderen Kunststudenten den Kursraum betritt, läuft mir prompt ein eiskalter Schauer den Rücken herunter, gefolgt von kribbeliger Gänsehaut am ganzen Körper. Unsere Blicke treffen sich im Raum, und sofort heben sich seine Mundwinkel zu einem Lächeln. *Freut er sich etwa darüber, mich hier zu sehen?*

Verunsichert schaue ich schnell von ihm weg und, um mich abzulenken, aus dem Fenster. Dort liefern sich gerade zwei Eichhörnchen ein erbittertes Rennen über die Äste.

»Na, wer gewinnt? Chip oder Chap?«

»Oh Mann! Musst du mich denn so erschrecken?«, fauche ich Paxton an, als er mich unvermittelt hinterrücks anquatscht, und drehe mich auf meinem Stuhl zu ihm um. »Außerdem sind das da überhaupt keine Streifenhörnchen wie in den Comics.«

»Sorry, für mich sehen diese putzigen Tierchen alle gleich aus«, sagt er schulterzuckend und grinst mich schelmisch an. »Nimmst du alles so genau?«

»Im Gegensatz zu dir? Wie soll ich dich denn jetzt nennen? Paxton oder Julio?«

Er zuckt hilflos mit den Schultern, scheinbar hat es ihm die Sprache verschlagen.

»Bitte finden Sie sich in den entsprechenden Projektteams zusammen«, ruft Professorin Moore über das laute Geplapper hinweg. »Wir wollen loslegen.«

Ich rücke stumm den freien Stuhl, rechts von mir, vor und bedeute Paxton mit einer Handbewegung, dort Platz zu nehmen. Im Anschluss drehe ich mich sofort nach vorne zur Tafel, ohne Paxton noch einmal anzusehen, und versuche mich mit aller Macht auf Professor Bloom zu konzentrieren, der uns nun seinerseits begrüßt und Infos zur gemeinsamen Aufgabe gibt. Doch egal, wie sehr ich mich bemühe, ich kann seinen Ausführungen keinerlei Aufmerksamkeit schenken. Denn obwohl Paxton und ich uns gar nicht berühren, spüre ich die Wärme, die er ausstrahlt, auf meiner Haut, als würde ich an einem knisternden Lagerfeuer sitzen.

»Wenn jetzt sämtliche Unklarheiten ausgeräumt sind, können Sie gehen und sich in Ihren Teams absprechen. Wir wünschen Ihnen gutes Gelingen«, verabschiedet sich Professorin Moore.

»Wollen wir uns mit einem Kaffee nach draußen in die Sonne setzen und besprechen, wie wir am besten vorgehen?«, fragt Paxton mich, und ich brauche einen Moment, bis ich reagieren kann.

»Von mir aus«, seufze ich. »Je schneller wir es hinter uns bringen, desto besser.«

Schweigend gehen wir zusammen hinaus und steuern geradewegs den kleinen Kiosk direkt vor dem Gebäude an. Nachdem wir unsere heißen Coffee-to-go-Becher in den Händen halten, suchen wir uns eine Grünfläche etwas abseits vom Rummel.

Wir lassen unsere Rucksäcke auf die Wiese fallen und breiten unsere Jacken nebeneinander aus, um es uns darauf bequem zu machen. Weil ich einfach nicht weiß, was ich sagen soll, warte ich darauf, dass Paxton den Anfang macht, und nippe unterdessen unsicher am süßen Cappuccino mit Karamellsirup.

Es kommt mir wie eine halbe Ewigkeit vor, dass wir stumm dasitzen und die Wolken am Himmel beobachten. Anscheinend fällt es ihm genauso schwer wie mir, etwas zu sagen. Oh Mann. Es war so viel einfacher, als er noch Julio, ein ganz normaler Typ, war und nicht Paxton, den die ganze Welt kennt. *Wie soll ich mich bloß in seiner Gegenwart verhalten? Kann er nicht endlich seinen Mund aufmachen und mich was fragen oder so?*

»Jetzt weißt du ja, wer ich bin«, murmelt er schließlich kaum hörbar und blickt weiter starr nach oben.

»Wieso hast du mir nicht die Wahrheit gesagt?«, traue ich mich, zu meiner eigenen Überraschung, zu fragen, was mich seit Tagen beschäftigt.

Nach einer endlos andauernden Pause wendet er sich mir zu. »Es war schön, dass du mich nicht gleich erkannt hast. So was passiert mir sehr selten.«

»Hast du mich deshalb in die Abstellkammer geschubst? Wolltest du nicht, dass jemand deine Tarnung gleich wieder auffliegen lässt? Oder wolltest du mir damals bloß ungestört näherkommen?«

»Nein, so … so ist das nicht gewesen«, entgegnet er nach kurzem Zögern mit Unsicherheit in der Stimme. »Das mit dem Kuss hatte ich wirklich nicht geplant. Meine Gefühle haben mich in der Dunkelheit einfach überwältigt. Und es hat sich in der Situation mit dir unglaublich richtig angefühlt.« Er holt tief Luft und sieht mir fest in die Augen. »Ich habe keine Ahnung, weshalb ich so reagiert habe. Vermutlich wollte ich nicht riskieren, dass gleich am ersten Tag im Wohnheim noch mehr neue Gerüchte über mich in Umlauf gebracht werden. Es war dumm von mir. Sorry, ich habe nur an mich gedacht.«

»Ein wenig kann ich das sogar nachvollziehen«, erkläre ich mit einem milden Lächeln, auch wenn ich es noch nicht recht glauben kann.

»Julio ist übrigens mein zweiter Vorname, und meine Oma hat mich früher immer so genannt, weil er eine lange Tradition in unserer Familie hat«, wispert er mit belegter Stimme. »Es tut mir leid, ich wollte dich wirklich nicht verarschen.«

»Schon gut. Es hat sich ja jetzt aufgeklärt. Dann lass uns über unsere Projektarbeit sprechen. Hierfür gibt es mehr als genug zu tun«, versuche ich dieses Thema zu beenden und den Fokus wieder auf das Wesentliche zu lenken. Er muss ja nicht wissen, dass ich sein Geheimnis schon vorher gelüftet habe und von seinem Date mit Lara weiß. »Okay, wie wollen wir vorgehen?«

»Um ehrlich zu sein, habe ich keinen Plan, wie wir diese Aufgabe lösen sollen«, gesteht Paxton schulterzuckend.

»Ich habe auch noch keine Idee. Immerhin gibt es ja viele

verschiedene Formen der Liebe«, erkläre ich und spüre, wie mir die Röte ins Gesicht steigt.

»Damit hast du vollkommen recht«, nickt Paxton zustimmend. »Möglicherweise können wir genau dort ansetzen. Die Vorgabe ist ja nur, dass wir das Thema sprachlich und grafisch in einem Projekt umsetzen«, resümiert er. »Wie wir die Collage gestalten, bleibt uns überlassen.«

»Hmm ... wenn uns nichts einfällt, können wir ja brainstormen und eine Mindmap anlegen«, schlage ich nach kurzem Überlegen vor und versuche dabei, nicht wie eine Schiffbrüchige in seinen blauen, verführerisch glitzernden Augen zu ertrinken.

»Klingt für mich nach einem guten Vorschlag.« Er guckt auf seine Uhr, greift sich seinen Rucksack und steht auf. »Ich muss in die nächste Vorlesung. Wann hast du Zeit?«

Er reicht mir seine rechte Hand, um mir aufzuhelfen, doch ich ignoriere sie. Nachdem ich mich aufgerappelt habe, hebe ich meine Sachen auf. Meine Jacke lege ich mir über den Arm, und meinen Rucksack werfe ich mir möglichst lässig über die Schulter. »Samstagnachmittag, um fünf Uhr, könnten wir uns in der kleinen Bibliothek unseres Wohnheims treffen. Passt dir das?«

»Von mir aus. Geht klar«, antwortet er, nimmt seine Jacke aus dem Gras und wendet sich zum Gehen. »Dann sehen wir uns dort. Ich bringe Pappbögen für die Collage mit, davon habe ich noch genügend da. Bis bald. Ciao bella.«

»Mach's gut«, verabschiede ich mich von ihm und warte, bis er aus meinem Blickfeld verschwunden ist. Dann sinke ich mit wackeligen Knien zurück ins Gras. Ich muss mich einfach nur auf unsere Aufgabe konzentrieren, dann bekommen wir diese Partnerarbeit schon hin, und danach werde ich nichts mehr mit ihm zu tun haben. Ich darf diese Gefühle nicht zulassen. Paxton ist tabu für mich. Lara ist total verknallt in ihn, und sie hatten gerade erst ein Date. Schlimm genug, dass ich mit ihrem Traummann versehentlich herumgeknutscht habe. Wenn sie wüsste, dass er immer noch mein Herz höherschlagen lässt und ich jetzt gemeinsam mit ihm Zeit verbringen muss, wäre sie bestimmt sauer auf mich. Abgesehen davon will ich auch gar nichts mehr für Paxton empfinden. Schließlich hat er mich hinters Licht geführt. Obwohl ich ihm glaube, dass die Entschuldigung ernst gemeint war und es ihm wirklich leidtut. Er hat mir etwas vorgemacht. Punkt. Aus. Ende. Er ist nicht der, für den ich ihn gehalten habe.

*

Mit auf und ab wippendem rechtem Fuß sitze ich auf einem der Holzstühle in der Bibliothek und warte angespannt auf Paxton. Er ist bereits eine halbe Stunde zu spät. Vielleicht ist ihm ja etwas Wichtiges dazwischengekommen, oder er hat es vercheckt.

Ungeduldig blättere ich durch die Bücher, die ich mir gestern ausgeliehen habe. Ich hoffe, dass da was für unser Projekt dabei ist. *Was mache ich bloß, wenn er nicht kommt?* Ich will in diesem Kurs auf keinen Fall durchfallen.

Weitere zwanzig Minuten später reicht es mir. Ich habe die Schnauze voll. Am Ende hat Paxton womöglich ein Date mit einer scharfen Tussi und nicht einmal den Anstand, mir abzusagen. Ich fange damit an, meinen Kram zurück in meinen Rucksack zu stopfen. Wenn er keine Lust auf das Projekt hat, kann ich die Collage auch allein fertigstellen.

»Hey, schön, du bist ja noch hier«, spricht mich wie aus heiterem Himmel eine vertraute Stimme an.

Ich blicke von meinem Rucksack auf und direkt in Paxtons Augen. »Wo warst du?«, blaffe ich ihn wütend an.

Meine Laune ist mittlerweile im Keller, und ich warte darauf, dass er sich bei mir für seine Verspätung zumindest angemessen entschuldigt.

»Sorry, meine Schwester hat mich heute Nacht angerufen, und nachdem sie mir gestanden hat, wo sie steckt, bin ich gleich los nach New York. Auf dem Rückweg stand ich dann Ewigkeiten im Stau. Tut mir echt leid, aber ich konnte dich ja nicht erreichen. Du solltest mir deine Nummer geben«, erklärt er und gähnt herzhaft.

Erst jetzt fallen mir der Bartschatten, die verwuschelten Haare und die dunklen Ringe unter seinen Augen auf. Bei diesem Anblick kann ich einfach nicht sauer sein. Er hat mir erzählt, dass er sich Sorgen um seine kleine Schwester Zoe macht. Anscheinend sind diese auch nicht unbegründet.

»Passt schon«, erwidere ich und fühle mich ziemlich mies, weil ich dachte, er versetzt mich wegen eines heißen Flirts. »Hoffe, mit deiner Schwester ist alles okay.«

Paxton legt seine großformatige Zeichenmappe – die mich an meinen unerlaubten Ausflug in sein Auto erinnert und mein schlechtes Gewissen noch weiter befeuert – auf den Tisch, nimmt neben mir Platz und beugt sich zu mir. »Erzähl das bitte niemandem weiter. Mein Vater rastet komplett aus, wenn die Presse davon Wind bekommt.«

»Keine Sorge, das bleibt unter uns«, antworte ich ihm.

»Okay, also, Zoe wurde mit einem älteren Typen in einem

Nachtclub aufgegriffen, wo sie als Minderjährige natürlich absolut nichts zu suchen hat. Sie ist gerade sechzehn, Herrgott, und dieser widerliche Kerl, den sie über so eine App kennengelernt hat, bereits fünfundzwanzig. Wenn ich dieses Schwein in die Finger kriege … vergesse ich mich.« Paxton reibt sich angestrengt über die Stirn. »Jedenfalls gab es im Club eine Razzia. Zoe wurde dabei von der Polizei aufgegriffen und mit aufs Revier genommen.«

»Und? Dann hat sie ihren großen Bruder angerufen?«, frage ich interessiert nach.

»Ja, genau. Unser Vater ist zurzeit beruflich in Paris und hat sie mit der Haushälterin allein in New York gelassen. Wie unverantwortlich kann ein erwachsener Mensch eigentlich sein? Er hat scheinbar nichts dazugelernt.« Er schüttelt frustriert den Kopf. »Aber egal, jetzt bin ich hier, und wir sollten endlich mit unserem Projekt starten. Schließlich habe ich dich lange genug warten lassen, und wir müssen das ja dieses Wochenende fertig kriegen.«

Ich nicke zustimmend und öffne den Reißverschluss meines Rucksacks. Dann packe ich die Bücher, meinen Block und das Federmäppchen erneut aus. »Ein wenig Literatur habe ich bereits besorgt. Dieses Werk hier enthält eine umfangreiche Sammlung von Liebesgedichten. Und in diesem Stapel finden sich berühmte Klassiker, wie zum Beispiel *Romeo und Julia*.«

»Hervorragend. Darauf können wir aufbauen«, erklärt er mit einem verschmitzten Lächeln. »Aber mir ist nicht mehr aus dem Kopf gegangen, was du beim letzten Mal gesagt hast. Du weißt schon, dass es superviele Formen der Liebe gibt.«

Verwirrt schaue ich ihn an und weiß nicht so recht, worauf

er hinauswill. Er holt eine Plastikmappe, gefüllt mit Zeitungsschnipseln, aus seinem Rucksack und reicht sie mir. Beim näheren Betrachten erkenne ich, dass es sich hierbei um private Annoncen handelt. Ob die Geburt eines Kindes, Grüße zum Muttertag, Partnersuche, Vermählungen oder Todesfälle: Sämtliche Anzeigen zeugen von der Liebe zwischen Menschen.

»Wie cool«, sage ich und bin beeindruckt von seiner kreativen Idee. »Wir könnten ein paar der Ausschnitte mit passenden Versen aus Gedichten kombinieren. Was meinst du?«

»Super. Und? Was hältst du davon, wenn wir ein paar Zeilen aus Songtexten, als modernes Pendant, hinzunehmen?«, fragt er mich mit spürbarem Tatendrang.

»Sehr gut, dann ist es sprachlich nicht so eintönig«, antworte ich ebenso euphorisch. »Dann mal ran an die Arbeit.«

Paxton holt aus seinem Rucksack Schere sowie Kleber hervor und öffnet dann die schwarze Mappe, um einen blütenweißen Pappbogen herauszunehmen. »Auf geht's!«

Einträchtig sortieren wir die Papierausschnitte und suchen die besten Exemplare mit unterschiedlichen Anlässen aus. Anschließend gehen wir die Gedichte im Sammelband und nebenbei Songtexte auf Paxtons Tablet durch.

Dabei vergeht die Zeit wie im Nu. Erst als ich eine besorgte Nachricht von Lara bekomme, realisiere ich, dass es bereits kurz nach Mitternacht ist und wir die Letzten sind, die in der Bibliothek hocken. Schnell schreibe ich ihr zurück, dass ich noch mit meinem Projektpartner zu tun habe und es noch dauern kann, bis ich ins Bett gehe. Dass es sich um Paxton handelt, verschweige ich ihr lieber.

Prompt schreibt mir Lara, dass sie jetzt noch in den Club

geht und sicherlich nicht vor drei Uhr zurück ist. Außerdem ermahnt sie mich, nicht zu viel zu lernen, und fragt, ob der Kunststudent, mit dem ich die Nacht durchmache, heiß ist. Oh Gott, wenn sie wüsste, mit wem ich hier zusammensitze.

»Willst du auch einen Kaffee?«, frage ich Paxton, nachdem ich Lara noch einen Smiley mit Nerdbrille und Hasenzähnchen geschickt habe.

»Schwarz«, antwortet er und nickt sichtlich dankbar. »Aber woher willst du um diese Uhrzeit noch Kaffee kriegen?«

»Lass mich mal machen«, sage ich augenzwinkernd und stehe auf. »Bis gleich.«

Nachdem ich die Bibliothek verlassen habe, mache ich erst einmal einen kleinen Abstecher zum Waschraum. Denn ich muss seit mindestens einer halben Stunde ganz nötig, habe aber nicht gewagt aufzustehen, weil ich die Arbeit nicht unterbrechen wollte. Es läuft erstaunlich gut, und inzwischen bin ich sogar ganz froh darüber, dass mir Paxton für die Projektarbeit zugelost wurde. Im Anschluss an meinen Zwischenstopp gehe ich in unser Wohnheimzimmer und bin einmal mehr dankbar dafür, dass Lara uns eine eigene Kaffeemaschine besorgt hat.

Mit zwei dampfenden Bechern, randvoll gefüllt mit wohlduftendem Kaffee, in den Händen und einer Tüte Schokolinsen mit Erdnussbutterfüllung unter meinem Arm eingeklemmt, steige ich vorsichtig die Treppenstufen hinauf und versuche, nichts zu verschütten.

»Du bist meine Rettung«, erklärt Paxton grinsend und nimmt genüsslich einen großen Schluck, als er seinen Becher in den Händen hält.

»Meinst du, wir schaffen es, die Collage heute Nacht noch

fertigzustellen?«, frage ich gähnend und nehme ebenfalls einen kräftigen Schluck.

»Klar, Müdigkeit vortäuschen gilt nicht«, erwidert er und greift nach den Süßigkeiten. »Die mag ich am allerliebsten.«

»Ich auch«, sage ich grinsend und nehme mir eine Handvoll, um sie nacheinander auf meiner Zunge zergehen zu lassen.

Es dauert nicht lange, bis ich spüre, wie das Koffein mit dem Zucker zusammen bei mir für einen regelrechten Energiekick sorgt. Auch Paxton scheint wieder voll konzentriert zu sein und sucht eifrig nach Liebesliedern. Da fällt mir auf, dass er mit Bleistift während meiner Abwesenheit passende Zeichnungen zu den Anzeigentypen skizziert hat. Neben einer Mutter mit Baby im Arm und einem vor Glück strahlenden Hochzeitspaar findet sich das Bild eines Grabsteins. Plötzlich muss ich mit meinen Emotionen kämpfen, denn die liebevolle Inschrift kenne ich nur zu gut.

»*Leben vergeht – Liebe bleibt*«, murmle ich leise vor mich hin, was Paxton offenbar bemerkt, denn er mustert mich eindringlich.

»Schön, nicht wahr? Das haben wir damals für den Grabstein meiner Mom ausgewählt«, sagt er im Flüsterton, obwohl uns niemand hören kann.

Ich nicke traurig. »Erinnert mich an meinen Bruder. Genau das steht auch auf seinem Stein.«

»Sorry«, wispert er betrübt, legt tröstend seine linke Hand auf meine und streichelt mit seinem Daumen sanft über meine Finger. »Du hattest mir ja erzählt, dass er gestorben ist. Was ist denn eigentlich mit ihm passiert?«

»Er hatte einen Autounfall. Sein Wagen hat sich mehrfach überschlagen und ist dann einen Abhang hinabgestürzt«, sage ich kurz und knapp, bevor mich die Emotionen überwältigen. »Die Polizei hat gesagt, er war sofort tot.«

»Das tut mir leid«, erklärt er mitfühlend und blickt mich mit glänzenden Augen an. »Soll ich es ändern?«

»Nein, es gefällt mir und passt prima«, antworte ich mit einem Schluchzer und wische mir mit der Hand über die feuchten Wangen. »Lass es bitte so.«

»In Ordnung«, raunt er und reicht mir ein Taschentuch aus seinem Rucksack. »Hier, bitte. Dann kümmern wir uns jetzt am besten darum, die Verse und Strophen zuzuordnen.«

»Hört sich gut an. Dann mal ran an die Arbeit«, erwidere ich und schlucke meine Trauer, die wie ein dicker Brocken in meinem Hals feststeckt, mit Kaffee hinunter.

8

»Geschafft!«, sage ich zufrieden, als wir endlich mit der Collage fertig sind. Mein Jubel wird von einem unüberhörbaren Magengrummeln untermalt. *Wie peinlich!*

»Lust auf Frühstück?«, fragt mich Paxton mit einem fetten Grinsen im Gesicht. »Ich habe einen Bärenhunger.«

Gar keine schlechte Idee, denke ich. Es ist bereits fünf Uhr morgens, die Mensa öffnet jedoch erst in einer Stunde. »Meinst du, es gibt einen Diner hier in der Nähe, der schon aufhat?«

»Ja, direkt am Strand. Der hat rund um die Uhr geöffnet.«

»Prima! Eine Portion Pancakes mit Ahornsirup wäre jetzt genau das Richtige«, sage ich und beginne meinen Kram in den Rucksack zu packen.

»Abgemacht, dann bringen wir kurz die Sachen weg und treffen uns in zehn Minuten unten vorm Eingang.«

Auf leisen Sohlen schleiche ich ins Wohnheimzimmer, damit ich Lara nicht wecke. Meinen Rucksack stelle ich neben dem Sofa ab, und die benutzten Becher parke ich auf dem Glastisch. Dann schreibe ich noch eben eine Notiz für Lara und lege den Zettel daneben. So weiß sie, dass ich unterwegs bin und es mir gut geht.

Möglichst geräuschlos öffne ich die Schlafzimmertür. Lara schnarcht leise vor sich hin und wacht zum Glück nicht auf. Ich nehme meine Handtasche und den warmen kakifarbenen

Parka vom Garderobenhaken, dann ziehe ich die Tür schnell wieder zu.

Als ich kurz darauf die Treppenstufen im stillen Flur nach unten tapse, ist das Einzige, was ich höre, mein Herz, das vor Aufregung wie wild pocht. Es ist schon verdammt verrückt, nachts loszuziehen, um zu frühstücken. Solche Aktionen zählten bisher nicht gerade zu meinem Leben. Aber gerade lässt der Gedanke an warme Pfannkuchen meine Stimme der Vernunft nicht zu Wort kommen.

»Wollen wir los?«, fragt Paxton, als er neben mich in die kühle Nachtluft tritt. »Mein Wagen steht gleich da drüben.«

Nun wird mir auf einmal doch ein wenig mulmig zumute. Ich wäre sehr viel lieber mit meiner Daisy gefahren, doch mein Kopf hat bereits genickt, bevor sich mein Verstand zugeschaltet hat. Hoffentlich fährt er vernünftig und brettert nicht wie ein Irrer über die Straße. Ich weiß nicht, was ich sagen soll, deshalb folge ich Paxton stumm zu seinem Auto. Wir spazieren nebeneinander durch die Dunkelheit, und es ist plötzlich viel, viel intimer, als mit Sicherheitsabstand an einem Tisch zu sitzen. Außerdem konnten wir die ganze Zeit über unsere Projektaufgabe sprechen. Jetzt fehlen uns wohl beiden die Worte.

Er fährt seinen Wagen aus der Parklücke, und ich steige auf der Beifahrerseite ein. Wenig später verlassen wir das Universitätsgelände. Paxton schaltet das Radio ein, und ich lasse mich nach hinten in den weichen Ledersitz sinken.

Egal, was passiert, nach dieser einmaligen Nacht werde ich nichts mehr mit Paxton zu tun haben. Und ich fahre nur mit, weil ich vor Hunger fast sterbe. Ja, genau. Das hier hat nichts zu bedeuten. Er ist gefährlich. Ein Wolf im Schafspelz. Auch wenn ein Teil von ihm der sensible Künstler, der charmante Julio, der fürsorgliche große Bruder ist. Sein Ruf eilt ihm voraus, und er fährt eine Knarre durch die Gegend. Das sollte mir Warnung genug sein. Ich muss mich einfach nur immer wieder daran erinnern. Abgesehen davon lebt er in einer ganz anderen Welt als ich. Wir könnten nun wirklich nicht verschiedener sein, und deshalb darf ich ab sofort unter keinen Umständen mehr darüber nachdenken, wie sexy er ist. Trotzdem ertappe ich mich dabei, wie mein Blick über sein Profil wandert, während er aufmerksam nach vorne schaut.

Als wir an einer bunt leuchtenden Neonreklame mit dem Wort *Diner* vorbeifahren, setzt er den Blinker und biegt auf einen Schotterparkplatz ein. Paxton stellt seinen Sportwagen ein Stück entfernt von drei beeindruckenden Lkws ab. Dann steigt er aus, öffnet mir die Tür und reicht mir seine Hand.

»Danke«, murmle ich betreten und lasse mir von ihm aus dem Auto helfen.

Nachdem ich ausgestiegen bin, entziehe ich Paxton schleunigst wieder meine Hand. Diese unschuldige Berührung fühlt sich in meinem tiefsten Inneren nämlich ganz und gar nicht unschuldig an. Anschließend folge ich ihm in den Diner im typisch amerikanischen Fünfzigerjahre-Look.

An den Wänden hängen nostalgische Blechschilder mit Werbebotschaften, die schwarzen und weißen Bodenfliesen sind wie Felder eines Schachbretts angeordnet, und in einer Ecke steht sogar eine blinkende Jukebox, aus der Musik kommt. Die Barhocker, Stühle und Sitzbänke sind passend zum Ambiente mit rotem Kunstleder bezogen. Wir nehmen an einem der Tische an der langen Fensterfront im hinteren Bereich des Diners Platz, und die rüstige Kellnerin mit dem grauen Haarknoten, die, abgesehen von den Truckern am Tresen, im Moment keine Kundschaft hat, eilt beschwingt auf uns zu. »Ich bin Eloise. Was wollt ihr zwei Hübschen denn trinken?«

»Für mich bitte einen Schokoladen-Milchshake«, antworte ich freudig.

»Und für mich bitte einen Kaffee, schwarz«, erklärt Paxton und nimmt die Speisekarte aus dem Metallständer auf dem Tisch.

Nachdem Eloise unsere Getränke gebracht hat, bestellen wir Pancakes für mich und ein Sandwich mit Salat, Tomate und Bacon für Paxton.

Glücklicherweise dauert es nicht lange, bis Eloise mit dem beladenen Tablett wieder an unserem Tisch auftaucht. »Lasst es euch schmecken«, sagt sie mit einem mütterlichen Lächeln. Mir läuft beim Anblick des turmhohen Pfannkuchenstapels das Wasser im Mund zusammen.

Gerade als ich den ersten süßen Bissen verputze, geht die Tür auf, und eine Horde junger Nachtschwärmer strömt aufgedreht in das Lokal. Von jetzt auf gleich ist es mit der Ruhe vorbei. *Bestimmt Studenten, die im Club feiern waren,* denke ich und genehmige mir einen kräftigen Zug von meinem eiskalten Milchshake.

Eloise notiert gelassen die Bestellungen der beiden bis auf den letzten Platz besetzten Tische auf ihrem Block. Paxton beißt unterdessen herzhaft in sein üppig belegtes Sandwich, blickt aus dem Fenster und lässt sich von dem Trubel nicht stören. Draußen ist es immer noch stockdunkel, und man erkennt durch die helle Beleuchtung nur die Spiegelung des Innenraums in den Scheiben. Trotzdem guckt er wie gebannt in die Ferne.

»Hey, du bist doch Paxton«, lallt uns eine aufgetakelte Tussi unvermittelt schräg von der Seite an. »Ich steh voll auf dich! Wir müssen unbedingt ein Selfie machen. Sonst glaubt mir keiner, dass ich dich hier getroffen habe.«

Das unverschämte Partymäuschen im Minirock beachtet mich überhaupt nicht, quetscht sich neben Paxton auf die Sitzbank und holt ihr Handy aus der Handtasche, ohne auf eine Antwort von ihm zu warten. Sie legt ungefragt ihren Arm um seine Schulter und drückt ab. So schnell kann sich der arme Kerl gar nicht wehren, vor allem, da er immer noch mit Kauen und Schlucken beschäftigt ist. Im Anschluss greift sie sich selbstbewusst eine weiße Papierserviette aus dem Ständer auf dem Tisch, kramt ihren pinken Lippenstift hervor, schreibt ihre Nummer, gefolgt von ihrem Namen, drauf und verziert das Ganze noch mit einem Abdruck ihres Kussmundes.

»Falls du dich mal einsam fühlen solltest«, haucht sie ihm verführerisch ins Ohr und drückt ihm noch einen Kuss direkt auf die Wange.

Oh mein Gott, Fremdschämen de luxe, denke ich schockiert, und irgendwie tut mir Paxton dabei fast leid. Er hat nichts gemacht, und sie fällt einfach über ihn her, als wäre er Freiwild. Ich bin zwar für Emanzipation, aber ich glaube, sie hat da was falsch verstanden.

»Aurelie, deine Pommes werden kalt«, ruft eine der anderen Mädels vom Tisch zu uns rüber, und der platinblonde, langbeinige Albtraum mit den Mördertitten, die fast aus dem Oberteil springen, erhebt sich.

»Es war sehr schön, dich kennenzulernen, Paxton. Ruf mich an«, säuselt sie und stakst zu ihrer Freundin, um sofort gut hörbar mit ihr zu tuscheln, wobei die beiden überdreht giggeln.

»Das war ja krass«, entfährt es mir, immer noch ungläubig.

»Entschuldige bitte«, erwidert er sichtlich unsicher und reibt seine Stirn. »So was passiert andauernd. Dabei war das sogar noch harmlos.«

»Machst du Witze?!«, entgegne ich bestürzt. »Ich fand das ganz schön dreist.«

»Groupies gehen noch, die tun einem immerhin nichts. Letztens hat sich eine Studentin, mit der ich essen war, um ihr ein Interview für ihren Modeblog zu geben, während der Fahrt ihren BH unter dem Shirt ausgezogen. Ich glaube, sie wollte mich damit irgendwie scharfmachen. Aber ich stehe nicht auf so etwas. Allerdings sind solche Erlebnisse immer wieder lustig«, erzählt er und weiß gar nicht, was mir in diesem Augenblick für eine riesige Last vom Herzen fällt.

Zwischen Paxton und Lara ist an dem Abend also nichts passiert – es war für ihn gar kein Date. Er wollte ihr lediglich einen Gefallen tun und ein paar Fragen für ihren Blog beantworten. Erleichterung macht sich in mir breit. Ich muss in Zukunft also wohl eher nicht damit rechnen, Paxton und Lara in meinem Zimmer beim Rummachen zu erwischen.

»Leider gibt es aber auch unschöne Geschichten, wie Morddrohungen und so. Die sind eine ganz andere Hausnummer. Deshalb ist an unserer Seite auch stets eine ganze Armee von Bodyguards, wenn wir als Familie unterwegs sind. Mein Vater könnte es sich niemals verzeihen, wenn meiner Schwester oder mir etwas passiert. Nervt ein wenig, aber ich kenne es nicht anders«, erzählt er, als wäre es das Normalste auf der Welt.

»Muss bestimmt merkwürdig sein, vor den Augen der Öffentlichkeit aufzuwachsen«, sage ich nachdenklich und stopfe mir genüsslich den letzten Rest meiner Pancakes in den Mund.

Paxton nickt. »Vor allem fühle ich mich immer fehl am Platz, wenn wir über rote Teppiche laufen. Ich meine, eigentlich bin ich ja gar kein Star. Schließlich ist das einzig Berühmte an mir mein Nachname. Und das ist nun wirklich keine bemerkenswerte Leistung. Aber man kann sich seine Familie halt nicht aussuchen.«

»Stimmt wohl«, erwidere ich verdutzt. Denn nach dem, was ich über ihn in den unzähligen Presseartikeln gelesen habe, war ich felsenfest davon ausgegangen, dass er seinen Promistatus genießt. Aber anscheinend ist das Gegenteil der Fall. »Ich kann mir echt nicht vorstellen, wie es sein muss, ständig irgendwo abgelichtet zu werden und, wenn man dann am nächsten Morgen die Zeitung aufschlägt, sich selbst dort zu sehen. Für mich war es schon schlimm genug, die Highschool zu überstehen in einem Kaff, wo jeder jeden kennt.«

»Zumindest laufe ich den meisten Menschen nicht persönlich über den Weg. Die Meinung dieser Leute ist mir egal. Sollen sie sich doch ein falsches Bild von mir machen. Klatsch und Tratsch im Dorf stelle ich mir bedeutend schlimmer vor. Man trifft sich ja immer und überall.«

»Damit hast du auch wieder recht«, stimme ich ihm zu und schlürfe Schokomilch durch den Strohhalm. »Schlimmer geht immer. Man gewöhnt sich dran. Ich habe mich meistens in der Bibliothek verkrochen. Was hast du gemacht, wenn du in New York mal für dich sein wolltest?«

»Nach einer langen Nacht bin ich öfter allein im Morgengrauen zur Brooklyn Bridge gefahren. Ich liebe es, mit Blick auf das glitzernde Wasser und dem Wind in den Haaren einfach nur dazustehen und eine Pizza zu frühstücken«, erzählt Paxton mit einem breiten Grinsen, und seine Augen fangen dabei richtig an zu leuchten.

»Das hört sich schön an. Ich bin auch für mein Leben gerne am Wasser. Noch bevor ich laufen gelernt habe, saß ich schon bei meinem Vater auf dem Schoß und bin mit ihm über den Lake Michigan gesegelt. Das ist für mich Heimat«, gestehe ich mit einem Lächeln.

»Was hältst du davon, wenn wir zahlen und uns den Sonnenaufgang am Meer anschauen?«, fragt Paxton überraschend, und zu meiner eigenen Verwunderung nicke ich sofort.

Er steht auf, geht zu Eloise an den Tresen und begleicht unsere Rechnung. Als er zurück zu mir an den Tisch kommt, habe ich mein Portemonnaie schon rausgeholt und halte ihm zwei Zehn-Dollar-Scheine hin. Er winkt ab. »Lass stecken. Du kannst beim nächsten Mal zahlen.«

Ich murmle ein verlegenes »Danke schön« und frage mich, ob er wirklich denkt, dass wir das hier wiederholen. Für mich ist es nämlich eine einmalige Aktion, weshalb ich lieber selbst gezahlt hätte. Doch ich traue mich nicht, seine nette Geste auszuschlagen.

Wir verlassen gemeinsam den Diner und schlendern gemütlich einen schmalen Trampelpfad entlang. Das melodische Rauschen der Wellen wird währenddessen immer lauter, je näher wir unserem Ziel kommen.

Als das Meer vor uns liegt, ziehen wir unsere Schuhe und Socken aus. Dann nimmt Paxton meine rechte Hand in seine und zieht mich mit sich.

»Perfektes Timing«, erklärt er zufrieden und zeigt zum Horizont. »Siehst du, dort ist schon ein Schimmer zu sehen.«

»Wunderschön«, sage ich und muss mich bemühen, nicht mit den Zähnen zu klappern, als unsere Zehen vom Ausläufer einer Welle umspült werden. »Oh Mann, ist das kalt«, quieke ich erschrocken und weiche ein paar Schritte im Sand zurück.

Paxton zieht mich in seine Arme und umschlingt mich mit seiner Wärme. »So besser?«

Ich nicke und spüre, wie sich die Hitze bis in jeden Winkel meines Körpers zieht. Sein Duft, sein Herzschlag an meinem Rücken, sein heißer Atem in meinem Nacken – ich glühe förmlich.

Stück für Stück wird der Himmel in intensivere Orangetöne getaucht, und die Sterne über uns verblassen nach und nach. Andächtig stehen wir da und beobachten staunend das Schauspiel. Mein Kopf ruht an Paxtons Brust, und ich spüre jeden seiner gleichmäßigen Atemzüge als behutsames Auf und Ab. Es erinnert mich ein bisschen daran, wie sich ein Segelboot bei sanftem Wellengang beruhigend im Wasser hin und her wiegt. Unerwartet durchströmt mich ein unglaubliches Glücksgefühl. Feine Tränen perlen zaghaft über meine Wangen. Ich kann nichts dagegen tun, also lasse ich sie stumm hinabkullern. Sie mit dem Handrücken wegzuwischen, wäre viel zu auffällig. Und ich will auf keinen Fall, dass er mich für eine jämmerliche Heulsuse hält.

Paxton scheint zu spüren, dass ich Halt brauche, denn er schlingt seine Arme noch ein wenig fester um mich. Ich wünschte, er würde mit seinen weichen Lippen meinen Hals liebkosen und meine Haut mit unzähligen sanften Küssen bedecken. Meine Fantasie wird immer unanständiger, während mein Körper von kribbeligen Wellen durchflutet wird. Doch Paxton tut nichts. Stattdessen flüstert er mir zu: »Wir sollten zurück zur Uni fahren.«

Enttäuscht, aber gleichzeitig total erleichtert atme ich mit geschlossenen Augen die salzige Luft ein. »Du hast recht. Wir sollten versuchen, wenigstens noch ein, zwei Stunden Schlaf zu bekommen.«

Paxton entlässt mich aus seiner Umarmung, und es fühlt sich an, als würde ich aus einem Traum erwachen. Auch wenn ich es mir lieber nicht eingestehen würde, habe ich seine Nähe genossen. Aber jetzt, mit Anbruch des neuen Tages, hat mich die Wirklichkeit wieder, und ich weiß, dass ich gerade gefährlich mit dem Feuer gespielt habe. Damit muss Schluss sein. Der sensible Julio existiert nur in meiner Wunschvorstellung, auch wenn es mir der Bad-Boy Paxton mit dem Ausflug hierher noch viel schwerer gemacht hat, das zu akzeptieren.

Schweigend gehen wir den schmalen Sandweg zurück bis zur Straße. Dann reiben wir unsere nackten Füße notdürftig mit den Händen sauber und ziehen Socken und Schuhe an, bevor wir weiterlaufen. Als wir schließlich in seinen Wagen steigen, ist es richtig hell, und er setzt seine getönte Brille auf, um nicht von der strahlenden Sonne geblendet zu werden. Ich schließe meine Augen, genieße die wärmenden Strahlen auf meinem Gesicht und versuche zu vergessen, wie gut es sich eben angefühlt hat, in seinen Armen zu liegen.

*

»Ciao bella, träum was Schönes«, sagt Paxton zum Abschied, als sich unsere Wege im Wohnheim trennen.

»Dito«, erwidere ich möglichst kumpelhaft und wende mich zum Gehen. »Danke für das Frühstück.«

»Gern geschehen, wir sehen uns am Dienstag im Kurs«, sagt er, gähnt beherzt und steigt die Treppe zu seinem Flur hoch.

Ich tue es ihm gleich und drehe mich nicht mehr um. Verwirrt schließe ich kurz darauf die Zimmertür hinter mir. *Warum bringt mich dieser Kerl nur immer wieder aufs Neue so aus dem Konzept?* Dabei ist es voll und ganz ausgeschlossen, dass zwischen uns noch einmal etwas Leidenschaftliches passiert. Es darf einfach nicht sein. Ich muss nur noch die gemeinsame Präsentation unserer Projektarbeit überstehen, danach gibt es für uns keinen Grund mehr, Zeit miteinander zu verbringen. Außerdem könnte er jede Frau haben. Es ist absolut unmöglich, dass Paxton ernsthaft etwas für mich empfindet. Zum einen bin ich schon rein optisch nicht gerade ein Topmodel, und zum anderen leben wir in vollkommen unterschiedlichen Welten. Für ihn ist es normal, mit Promis im Scheinwerferlicht zu posen. Mir hingegen ist es schon unangenehm, wenn ich nur vor der Klasse stehe und etwas sagen muss. Apropos, ich hoffe, dass er bei der Vorstellung unserer Arbeit das Reden übernimmt.

Ich werfe meine Handtasche aufs Sofa und entdecke neben meiner Notiz einen Zettel mit einer Nachricht von Lara. Sie ist joggen und hofft, dass ich eine supertolle Nacht hatte. Mit drei Ausrufezeichen. Sie denkt bestimmt, dass ich mit meinem Projektpartner im Bett gelandet bin oder so. Ich bin heilfroh darüber, dass sie keinen blassen Schimmer hat, mit wem ich unterwegs war. Auch wenn er ihr einen Korb gegeben hat – sie wäre sicherlich stinkwütend auf mich. Ich will ihr nicht wehtun. Unsere Freundschaft ist mir echt wichtig, und deshalb muss ich die Sache mit Paxton für mich behalten.

Insgeheim bin ich verdammt froh, dass er nichts von meiner Freundin will. Es ist nicht so, dass ich Lara ihr Glück nicht gönnen würde. Das ändert aber nichts daran, dass er eine Waffe in seinem Auto aufbewahrt, wie andere Kaugummipäckchen, und vermutlich in kriminelle Aktivitäten verwickelt ist. Früher oder später könnte er Lara damit in Gefahr bringen und ihr das Herz brechen.

Meine Füße sind trotz der Heizung im Auto noch feucht vom kalten Meerwasser, und inzwischen fühlen sie sich wie Eisklumpen an. Ich ziehe meine Sneakers aus und rubble sie mit einem Handtuch so lange trocken, bis ich sie wieder spüre. Als ich schließlich bemerke, wie viel feiner Sand noch zwischen meinen Zehen klebt, schmunzle ich zufrieden. Ich habe das Wasser und den Strand schon immer mehr als alles andere geliebt. Abgesehen von Büchern vielleicht.

In den wundervollen Sommern meiner Kindheit gab es keinen einzigen Tag, an dem mein Bruder und ich ohne sandige Füße nach Hause gekommen wären. Das ist für mich damals das pure Glück gewesen, und diese unbeschwerte Zeit habe ich mir nach seinem Verlust so sehr zurückgewünscht. Offensichtlich hat sich die Leichtigkeit des Lebens ganz unauffällig wieder in mein Herz geschlichen. Genau das hätte sich mein großer Bruder für mich gewünscht.

Nachdem ich mich bis auf die Unterwäsche ausgezogen habe, nehme ich mir meinen Pyjama und ein Paar Wollsocken aus dem Schrank, schlüpfe hinein und dann direkt unter meine Decke.

*

»Na, gut geschlafen?«, fragt mich Lara, die mit einer dicken Schlammpackung im Gesicht auf dem Sofa liegt, als ich gegen zwei endlich aus dem Schlafzimmer schlurfe.

»War eine ziemlich lange Nacht«, murmle ich verpennt.

»Das glaube ich dir gerne«, lacht sie und setzt sich auf. »Willst du auch eine Maske?«

»Wieso eigentlich nicht«, antworte ich Lara achselzuckend und lasse mich neben sie aufs Sofa plumpsen. »Kann ja nicht schaden.«

»Wunderbar, meine Süße. Dann machen wir ein wenig Mädelswellness. Ich bin sofort wieder bei dir.«

Bevor ich michs versehe, trage ich ebenfalls ein rosafarbenes Stirnband, um meine Haare aus dem Gesicht zu halten, und Lara kleistert mir die pampige, merkwürdig riechende Masse aus dem Toten Meer auf die Haut. Im Anschluss überredet sie mich auch noch zu einer Mani- und Pediküre. Obwohl ich mir größte Mühe gebe, mich zu entspannen und meinen Kopf freizukriegen, schweifen meine Gedanken mehr als einmal zu Paxton ab. Die Situation am Meer war unvorstellbar vertraut, fast so, als würden wir uns schon ewig kennen. Ich hätte nie gedacht, dass ich mich in seinen Armen noch einmal so geborgen fühlen würde.

Plötzlich lässt mich das leise Piepsen meines Handys aufschrecken. Paxton verschwendet sicherlich keine Sekunde mehr an den Moment, während ich nicht aufhören kann, daran zu denken. Wie bescheuert von mir! Ich entferne die Zehentrenner von meinen Füßen, da der durchsichtige Nagellack inzwischen getrocknet ist, und laufe rüber ins Schlafzimmer, wo mein Handy zum Laden auf dem Nachttisch liegt. Mit Sicherheit ist es meine Mutter. Bei dem immensen Lernstress zurzeit und der vorübergehenden Ablenkung habe ich mich schon wieder viel zu lange nicht bei meinen Eltern gemeldet. Doch statt des verpassten Anrufes entdecke ich eine neue Nachricht.

Ich öffne neugierig die App und sehe Paxtons Profilbild, ein Selfie, aufgenommen vor der Brooklyn Bridge, neben seinem

Namen. Mit zittrigen Fingern tippe ich den Chat an und lese: *»Hey, Emma. Es war ein echt schöner Morgen mit dir am Meer. Jetzt schuldest du mir ein Frühstück.«* Den letzten Satz hat er mit einem Smiley, der zwinkernd spitzbübisch die Zunge herausstreckt, versehen.

Im ersten Moment weiß ich nicht, wie ich darauf reagieren soll. Eigentlich wollte ich keinen Kontakt mehr zu ihm. Meine Nummer habe ich ihm nur gegeben, falls doch noch etwas wegen der Projektarbeit sein sollte. Vermutlich ist es das Beste, wenn ich die Nachricht lösche und vergesse, was war. Zumindest sollte ich sie für eine Weile ignorieren. Allerdings sieht er an den zwei blauen Häkchen, dass ich sie gelesen habe. Mist. Vielleicht ist es doch besser, wenn ich ihm antworte. Nur aus Höflichkeit. Schließlich müssen wir noch gemeinsam unsere Projektarbeit präsentieren, und es wäre doch irgendwie gemein, wenn ich mich nicht zurückmelde. Denn abgesehen davon, dass ich natürlich keinesfalls vorhabe, mich erneut mit ihm zu treffen, war es in der Tat ziemlich nett heute früh. Okay, um ehrlich zu sein, war es sogar mehr als nett. Aber es ändert nichts daran, dass ich ihm ab sofort aus dem Weg gehen muss. Ansonsten verliere ich noch endgültig meinen Verstand.

Während ich mir mein Hirn darüber zermartere, was ich tun soll, ruft Lara vom Sofa: »Wo bleibst du? Die Maske sollte langsam runter!«

»Komme gleich«, antworte ich schnell, und mein rechter Daumen fliegt wie von allein über die Buchstaben. Ich muss nur noch auf Senden drücken.

Nervös lese ich mir die Nachricht noch einmal in Gedanken vor: *»Fand es auch super. Gebe dir nach dem Kurs gerne einen Kaf-*

fee aus.« Dann füge ich noch einen hochgestreckten Daumen hinzu, und nachdem ich mir halbwegs sicher bin, dass meine Antwort unverbindlich und locker klingt, schicke ich sie ab.

Postwendend taucht unter seinem Namen das Wort *online* auf, und mein Herz macht einen Hüpfer. Nun zeigt die App an, dass er gerade etwas schreibt, und ich warte angespannt auf seine Rückmeldung. Als sie in der Sprechblase unter meiner erscheint, kann ich nicht anders, als sie umgehend zu lesen: »*Ist auf jeden Fall ein sehr guter Anfang. Freu mich drauf.*« Fassungslos starre ich auf das Display. *Ein Anfang für was?*

Eilig schalte ich mein Handy aus und lege es überfordert beiseite, bevor ich in Versuchung komme, ihm wiederum zurückzuschreiben. *Wie soll ich mich ihm gegenüber bloß verhalten?*, frage ich mich und bete dafür, dass er mich nicht noch einmal anschreibt. Ich werde mich nämlich unter keinen Umständen wieder bei ihm melden, und er findet mit Sicherheit ganz rasch eine andere weibliche Beschäftigung.

Ich glaube, ich sollte mir in der Tat mal den in der Zwischenzeit getrockneten und auf meiner Haut unangenehm spannenden Schlamm abwaschen. Ich zwinge mir ein Pokerface auf, damit mir Lara mein Gefühlswirrwarr nicht ansieht.

»Weißt du, was gerade passiert ist?!« Lara stürmt freudig auf mich zu, als ich aus dem Schlafzimmer komme. »Paxtons Schwester Zoe Romero gehört jetzt zu meinen Followern, und sie hat meinen letzten Post über ihren Bruder gelikt. Zurzeit gehen die Besucherzahlen auf meinem Blog durch die Decke. Das ist so krass!«, kreischt sie, während sie mir hopsend um den Hals fällt.

Angesteckt von ihrer Euphorie, springen wir wie zwei überdrehte Fünfjährige auf Cola und Gummibärchen jauchzend durch die Gegend, bis uns die Puste ausgeht. Dann lassen wir uns grinsend rücklings in die flauschigen pinken Kissen fallen, die Lara vor ein paar Tagen im Internet bestellt hat.

»Paxton hat ihr bestimmt von mir erzählt. Anders kann es gar nicht sein. Er ist *sooo* ein toller Typ. Sicherlich hat er superviel um die Ohren, und trotzdem hat er daran gedacht, meinen Blog zu erwähnen«, schwärmt sie kurz darauf wie ein verliebter Teenager mit rosigen Wangen, während ich mir mit einem Handtuch das Gesicht abtrockne.

»Kann schon sein, aber interpretierst du da nicht etwas zu viel rein?«, gebe ich vorsichtig zu bedenken. Immerhin weiß ich, dass er von ihrer kleinen Striptease-Einlage eher amüsiert als angetan war. Ich will einfach nicht, dass sie am Ende total enttäuscht ist.

»Papperlapapp, es ist nur noch eine Frage der Zeit, bis er erkennt, dass ich genau die Richtige für ihn bin. Wir haben voll viel gemeinsam, und wahrscheinlich ist er nur so zurückhaltend, weil es ihm schwerfällt, fremden Menschen zu vertrauen. Weißt du, wenn man berühmt ist, wird man oft ausgenutzt. Da ist es doch verständlich, dass er am Anfang eher reserviert ist. Aber am Ende kriege ich jeden Kerl, den ich will, und dieses heiße Schnuckelchen lasse ich mir garantiert nicht von irgendeiner anderen Tussi vor der Nase wegschnappen.«

An Selbstbewusstsein mangelt es Lara auf jeden Fall nicht, denke ich und bekomme ein klein wenig Angst beim Blick auf ihre langen, spitz gefeilten roten Krallen. Ich hoffe, dass sie mir damit nicht die Augen auskratzt, wenn sie doch noch herausfinden sollte, dass ich mit ihm rumgeknutscht habe.

9

Während Lara den Sonntagabend auf dem Sofa verbringt und an einem neuen Eintrag für ihren Blog arbeitet, beschließe ich, noch schnell meine Wäsche zu waschen. Geistig bin ich allerdings zu meinem Leidwesen gerade schon wieder bei Paxton. Seine kurze Nachricht will mir partout nicht mehr aus dem Kopf gehen. Eventuell hätte ich ihm doch zurückschreiben sollen. Keine Ahnung, schließlich war ich noch nie in so einer Situation und bin mir nicht mal sicher, ob er mit mir flirten wollte oder eben nicht.

»Über meinem Schreibtischstuhl hängt noch eine Jeans. Wäre voll lieb, wenn du die mitwäschst. Aber bitte nicht in den Trockner. Danke schön!«, ruft Lara mir zu, während ich meine getragenen Klamotten von gestern noch in meinen Wäschekorb packe.

»Klar, mach ich gerne«, antworte ich abwesend und lege ihre Hose gedankenverloren zu meinen Sachen in den Korb.

Lara könnte mir ganz bestimmt bei meinem Paxton-Problem weiterhelfen. Immerhin ist sie viel erfahrener als ich, wenn es um Männer geht. Aber sie darf keinesfalls erfahren, mit wem ich die Nacht durchgemacht habe und wessen ozeanblaue Augen mich nicht mehr klar denken lassen. Ich halte lieber meine Klappe. Lara würde so lange nachbohren, bis ich ihr den Namen verrate. Da bin ich mir sicher.

Zu guter Letzt lege ich noch mein Handy samt Kopfhörern

und den angefangenen Roman *American Psycho* auf den riesigen Wäscheberg.

Blutrünstige Horrorgeschichten mit Psychopathen, Mord und Totschlag sind eigentlich nicht mein Ding. Um ehrlich zu sein, bekomme ich von solchen Schilderungen ab und zu sogar Albträume. Aber dieses Buch steht leider auf der Leseliste für einen meiner Kurse. Vielleicht wird es weniger schlimm, wenn wir es dann analysieren und interpretieren. Zuvor muss ich mich allerdings, ob ich nun will oder nicht, durch den widerlichen Stoff quälen. Zumindest kann ich die Warterei in der Waschküche damit sinnvoll nutzen und mich möglicherweise vorübergehend sogar von Paxton ablenken.

Also mache ich mich mit dem proppenvollen Korb auf den Weg durch das Wohnheim bis in den Keller. In dem länglichen Raum reihen sich auf der linken Seite Waschmaschinen und Trockner aneinander, in der Mitte befindet sich ein Tisch zum Sortieren der Wäsche, und an der gegenüberliegenden Wand, die mit coolen Graffiti besprüht ist, stehen drei grüne Stoffsofas mit kunterbunten Kissen.

Allem Anschein nach bin ich die Einzige, die heute Abend nichts Besseres vorhat, als ihre Wäsche zu machen. Da mir eh nicht nach Gesellschaft und Gequatsche ist, bin ich darüber verdammt erleichtert. Ich hole aus dem Spender eine Portion Waschmittel und befülle eine der gigantischen Trommeln mit meiner gesamten Ladung Schmutzwäsche. Zum Glück brauche ich meine Sachen nicht nach unterschiedlichen Programmen zu sortieren. Lara hingegen gibt ihre Designerstücke meistens in die Reinigung oder muss sie zumindest lufttrocknen. Das wäre mir viel zu aufwendig.

Nachdem die randvolle Maschine surrend und gluckernd ihren Dienst beginnt, mache ich es mir auf einem der Sofas bequem, streife meine Schuhe ab, lege die Füße hoch und stöpsle mir Musik in die Ohren. Anschließend öffne ich das Buch. Zwar finde ich die Geschichte um den wohlhabenden jungen Serienkiller extrem schauderhaft, nichtsdestotrotz interessieren mich die psychologischen Aspekte. Ich finde besonders bewegend, dass die Romanfigur verzweifelt versucht, ihre seelische Leere – die sie nicht durch den Konsum von Luxusgütern füllen kann – mit Gewaltorgien zu stillen. Eine brandaktuelle Thematik, wie ich finde. Nicht so überspitzt, aber dennoch. Ich glaube, es gibt heutzutage viele Menschen, die sich alles leisten können und nicht glücklich sind, weil ihnen etwas im Leben fehlt, das man nicht mit Geld kaufen kann. Bei diesem Gedanken muss ich prompt an die Presseartikel über Paxtons Partyexzesse in New York denken. Möglicherweise hat er ja auch ein klaffendes Loch in seiner Seele und macht deshalb einen auf Bad-Boy. Selbstverständlich rechtfertigt es noch lange nicht die Drogen und seine Waffe im Wagen, aber zumindest wäre es eine Erklärung für sein Verhalten.

*

Nachdem ich mich durch das zweite Drittel des Buchs gequält habe, kann ich die fertige Wäsche endlich in den Trockner packen. Eine kleine Unterbrechung tut mir ganz gut, denn mir ist mittlerweile regelrecht flau im Magen von den ekeligen Beschreibungen. Mein Ziel ist es trotzdem, heute noch bis zum Ende zu kommen. Dann habe ich es wenigstens hinter mir. Schlecht ist mir ja sowieso schon. Ich atme tief ein und aus. Stecke mir meine Kopfhörer mit sanfter Instrumentalmusik in die Ohren und mache mich wieder ans Lesen.

Ich blättere gerade inmitten einer brutalen Szene, mit Anspannung im gesamten Körper, die Buchseite um, als mir unvermittelt jemand eine Hand von hinten über die Augen legt. Vor Schreck zucke ich zusammen und ziehe die Luft scharf ein. »Was zur Hölle soll das!«, kreische ich panisch und ziehe die Kopfhörer raus. *Von allen Studenten, die hier im Wohnheim leben, wieso muss ausgerechnet er, am Sonntagabend, auf die Idee kommen, seine Wäsche zu machen?*

»Was liest du?«, fragt Paxton mit Unschuldsmiene. »Muss ja spannend sein, wenn du nichts mehr mitbekommst.«

Ich halte das Buch hoch, sodass er den Titel auf dem Cover lesen kann. »Ist für einen meiner Kurse«, sage ich und lege den Roman beiseite. Dann setze ich mich auf und lasse meine Füße über den Sofarand baumeln.

»Ganz schön krasse Story. Mir dreht sich schon beim bloßen Gedanken an Blut der Magen um. Horrorfilme kann ich mir auch nicht angucken«, erklärt Paxton zu meiner Verwunderung und lässt sich neben mich auf das Sitzpolster fallen.

»Echt, und ich dachte, du bist der coole, abgebrühte Bad-Boy aus New York, den nichts schocken kann.« Als ich seinen perplexen Gesichtsausdruck sehe, realisiere ich, was ich da gerade eben tatsächlich laut gesagt statt gedacht habe, und schlage mir betreten die Hand vor den Mund.

»So viel zu meinem Ruf. Aber daran bin ich selber schuld«, sagt er kleinlaut, mit trauriger Miene, und erhebt sich vom Sofa. »Schade, ich dachte, du würdest nicht nur das glauben, was über mich geschrieben wird.«

Zu meiner eigenen Überraschung greife ich nach seinem

Arm, um ihn vom Gehen abzuhalten. »Sorry, das war wirklich nicht so gemeint. Es hat mich bloß erstaunt.«

»Ich mache dir ja gar keinen Vorwurf, Emma«, erwidert er mit Kloß-im-Hals-Stimme und setzt sich wieder zu mir. »Es gab eine Zeit in meinem Leben, da wollte ich genau so von der Welt wahrgenommen werden. Wie man sieht, mit durchschlagendem Erfolg. Leider Gottes kann ich nicht mehr rückgängig machen, was ich verbockt habe.«

»Vielleicht nicht gerade von heute auf morgen«, wende ich nachdenklich ein. »Aber du kannst daran arbeiten. Es ist nie zu spät, etwas zu verändern.«

»Ja, das stimmt. Nur holt einen die Vergangenheit meistens früher oder später ein.« Er wendet seinen Blick von mir ab und schaut starr zu Boden.

Ich kann nicht anders, als meine rechte Hand auf seine zu legen und sie sanft zu drücken. Irgendwie habe ich plötzlich das ungute Gefühl, dass hinter seiner Aussage sehr viel mehr steckt, als er gerade sagen will oder kann. Ich bohre nicht weiter nach und umschließe stattdessen sein Kinn mit meiner anderen Hand, um sein Gesicht zärtlich in meine Richtung zu drehen.

Paxton sieht mich sprachlos mit seinen glänzenden Augen an. Der heiße, prickelnde Schauer, der daraufhin von oben bis unten durch meinen Körper jagt, raubt mir sämtliche Worte. Dafür flammt überfallartig das unbändige Verlangen in mir auf, Paxton mit meinen Lippen Trost zu spenden.

Zaghaft lässt er mit einem Mal seine rechte Hand behutsam unter mein T-Shirt, über meinen Bauchnabel und meine Taille zu meinem Rücken wandern. Dabei hinterlässt er mit seinen Fingerspitzen auf meiner Haut eine erregende Spur. Dann hebt er meinen Oberkörper mit leichtem Druck vom Sofa nach oben und näher an seinen, während er mich mit seinem intensiven Blick durchdringt, als würde er mit aller Macht versuchen, meine Gedanken zu lesen.

Nervös fahre ich mit meinem Daumen über seine weichen Lippen. Ein warmes, aufregendes Kribbeln macht sich in mir breit und verdrängt damit meinen letzten Rest Selbstbeherrschung. *Oh Gott, ich will ihn spüren, und zwar sofort!*

Schließlich zieht er mich noch dichter an sich. Wie von ihm hypnotisiert, lasse ich zu, dass seine Hand unter meinen BH-Verschluss gleitet. Vorsichtig schiebt er die Häkchen ein Stück nach vorne und dann leicht nach oben, um ihn gekonnt zu öffnen. *Bestimmt nicht das erste Mal, dass er so etwas tut,* denke ich.

Kurz stockt mir der Atem, als er seine Hand aus meiner löst, meinen Hintern packt, mich auf seinen Schoß hebt und mich mit sich in die Kissen fallen lässt. In seinen Blick, der unbeirrt auf mir haftet, mischt sich nun etwas Feuriges, die Anspannung in mir ist inzwischen unerträglich.

Seine Fingerspitzen tasten sich quälend langsam unter dem Stoff von meinem Rücken zu meinen Brüsten vor und umspielen schließlich meine Nippel mit kreisenden Bewegungen, was mir ein leises Stöhnen und ihm ein zufriedenes Lächeln entlockt. Ich lasse meine Hand von seinem Gesicht über seinen Hals in den Nacken rutschen und spüre als Reaktion, wie sein Atem schneller geht. Für einen Moment überkommt mich ein leichter Anflug von Unsicherheit, doch dann lässt er seine Lippen endlich auf meine sinken, und ich vergesse begierig alles um mich herum.

*

Der schrille Weckruf meiner fertigen Maschine schleudert uns zurück in die Wirklichkeit. *Ich bin so eine dumme Nuss*, fluche ich panisch in mich hinein und springe, wie von der Tarantel gestochen, von Paxtons Schoß auf, schlüpfe in meine Schuhe und eile zur Maschine. »Shit! Shit! Shit! Wie konnte ich das nur vergessen?«

»Hey, was ist denn auf einmal los? Hab ich was falsch gemacht?«, fragt Paxton und läuft mir hinterher.

»Nein, nein. Du kannst nichts dafür«, versuche ich ihn zu besänftigen, während ich den Inhalt des Trockners mit flatterndem Herzen in meinen Wäschekorb packe.

»Was ist denn passiert?«, erkundigt sich Paxton erneut und sieht mich irritiert an.

»Das hier«, antworte ich aufgewühlt und halte ihm Laras Designerjeans hin.

»Ojemine, die ist wohl eingelaufen.«

»Und wie«, seufze ich betrübt.

»Ich glaube, die lässt sich nicht mehr retten«, erklärt er schulterzuckend. »Das ist zwar ärgerlich, aber so schlimm nun auch wieder nicht.«

Klar, wenn man über Papis goldene Kreditkarte verfügt und einfach alles neu kaufen kann, was einem kaputtgeht, denke ich. Ein paar Hundert Dollar wird das Luxusteil sicherlich gekostet haben. Ich werde den Schaden selbstverständlich bezahlen und mich in den kommenden Monaten eben etwas mehr einschränken. Frustriert lege ich die Hose zu meinen anderen Sachen in den Korb.

»Da hast du recht. Es ist ja kein Weltuntergang«, antworte ich, während ich ungelenk mit meinen Händen unter dem T-

Shirt herumhantiere, um meinen BH zu verschließen. Und obwohl ich das normalerweise wie im Halbschlaf mache, gestaltet es sich nun in Paxtons Anwesenheit schwieriger als gedacht.

»Soll ich dir vielleicht behilflich sein?«, fragt er mich spitzbübisch grinsend und mustert mich mit hochgezogenen Augenbrauen.

»Ich brauche deine Hilfe nicht!«, fauche ich ihn harscher als beabsichtigt an und schaffe es schließlich doch noch, die fummeligen Häkchen in die Ösen zu schieben. »Ich muss gehen. Bis übermorgen.«

Die Stimmung ist auf einmal total unterkühlt, ich kann Paxton nicht mehr in die Augen sehen. Das gerade hätte keinesfalls geschehen dürfen. Sowieso ist dieser ganze Schlamassel nur passiert, weil ich wegen ihm abgelenkt war. Ich könnte mir selbst eine kleben. Zumindest hat uns keiner beim Rumknutschen erwischt.

»Okay, bis dann«, verabschiedet er sich ebenso distanziert von mir und wendet sich seiner Trommel zu, die laut Anzeige gerade beim Endschleudern angelangt ist.

Ich nehme meinen vollen Korb und verlasse damit geknickt die Waschküche, ohne mich noch mal umzudrehen. Hoffentlich ist es nicht ausgerechnet Laras Lieblingsjeans gewesen, die ich ruiniert habe.

Mit einem betrübten Gesichtsausdruck betrete ich das Wohnheimzimmer, wo Lara immer noch im Schneidersitz, mit ihrem Laptop auf dem Schoß, auf dem Sofa sitzt. Ihre Finger sausen über die Tastatur, und sie bemerkt mich erst, als die Tür hinter mir geräuschvoll ins Schloss fällt. Sie wendet sich vom Bildschirm ab und mir zu.

»Es tut mir leid«, versichere ich Lara mit gesenkter Stimme.

»Mir ist ein dämliches Missgeschick unterlaufen. Deine Hose ist versehentlich mit im Trockner gelandet.«

»Ach, das olle Ding«, erklärt sie gleichgültig. »Ist doch kein Drama.«

»Echt?«, frage ich verdattert, und als sie bestätigend nickt, werden meine Augen vor Erleichterung feucht.

»Hey, kein Grund zu weinen.« Lara legt ihren Laptop weg und kommt mit besorgter Miene auf mich zugestürzt. »Sonst ist alles okay mit dir, Süße?« Sie nimmt mir den Korb aus den Händen, stellt ihn auf dem Boden ab und schlingt ihre Arme um mich. »Wenn was ist, kannst du mit mir reden!«

Ich schüttle vehement den Kopf. »Danke, es ist nichts. Die letzten Wochen waren einfach nur anstrengend.«

»Ja, das kenne ich. Da kann man schon einmal einen kleinen emotionalen Anfall kriegen«, sagt sie augenzwinkernd. »Wenn sonst etwas sein sollte, sag es mir, wenn du magst.«

»Mache ich, versprochen«, erkläre ich, und es gelingt mir, ein Lächeln aufzusetzen. »Du bist die allerbeste Freundin, die man sich nur wünschen kann«, sage ich gerührt und muss aufpassen, dass ich nicht erneut anfange zu heulen.

Ich habe Laras Freundschaft gar nicht verdient, denke ich mit heftigen Gewissensbissen. Wenn sie das mit Paxton und mir herausfindet, wird es ihr garantiert das Herz brechen. Ich habe den Ehrenkodex gebrochen und mit ihrem Traummann rumgemacht. Schon wieder. Und diesmal kann ich mich nicht länger damit herausreden, dass ich keine Ahnung hatte, wer er ist. Das mit Paxton muss dringend aufhören. Ansonsten ist es nur noch eine Frage der Zeit, bis Lara es mitbekommt und ich sie deshalb für immer verliere.

*

Unruhig warte ich vor dem Kursraum darauf, dass Paxton mit unserer gemeinsam erstellten Collage aufschlägt. Es sind nur noch fünf Minuten bis zum Beginn des Kurses. *Was, wenn er mich hängen lässt und einfach nicht kommt?* Dann stehe ich ohne etwas in den Händen da.

»Kommen Sie herein Miss Newton, wir wollen anfangen«, fordert Professorin Moore mich auf, endlich einzutreten.

»Mein Projektpartner fehlt«, entgegne ich verzweifelt und ärgere mich tierisch über ihn. Er hätte mir dieses Mal wenigstens schreiben können, wo er schon meine Nummer hat.

»Darauf können wir leider keine Rücksicht nehmen. Tut mir leid.« Sie legt ihre Hand auf die Klinke und bedeutet mir damit unmissverständlich, dass sie die Tür schließen will.

Jetzt bekomme ich eine niedrige Punktzahl, obwohl ich mir die ganze Nacht für dieses Projekt um die Ohren geschlagen habe. *So ein Mist!*

Frustriert nehme ich Platz und verfolge, wie ein Team nach dem anderen seine Collage zu einem der ausgewählten Gefühle vorstellt. Wut. Trauer. Freude. Angst. Glück. Ich muss schon sagen, die Arbeiten sind verdammt gut, aber ich bin davon überzeugt, dass unsere Collage mindestens genauso toll ist. Nur wird das keiner mehr erfahren.

»Miss Newton, leider muss ich feststellen, dass Ihr Partner nach wie vor unentschuldigt fehlt. Können Sie uns denn auch so irgendwas zur schönsten aller Emotionen, der Liebe, präsentieren?«, fragt Professorin Moore mich mit einem aufmunternden Lächeln, und ich erhebe mich nervös vom Stuhl.

»Entschuldigen Sie bitte, die Collage wollte Mister Romero

mitbringen. Zumindest unsere Idee kann ich grob skizzieren«, antworte ich unsicher, als unvermittelt die Tür auffliegt.

Völlig außer Atem steht Paxton im Rahmen, mit der Zeichenmappe in der Hand. »Bin ich zu spät?«

Professor Bloom schnellt mit hochrotem Kopf von seinem Platz neben dem Pult auf. »Um pünktlich zu sein, auf jeden Fall! Ich hoffe, Sie haben eine gute Erklärung, Mister Romero. Bei mir dürfen Sie nämlich nicht mit einem besonderen Promi-Bonus rechnen«, schnauzt er Paxton in voller Lautstärke vor der Klasse an.

»Es gab in meiner Familie einen dringenden Notfall, und ich bitte vielmals um Verzeihung. Selbstverständlich erwarte ich keine Sonderbehandlung, aber bitte bestrafen Sie nicht Miss Newton für mein Fehlverhalten«, stammelt Paxton bedrückt.

»Na schön«, verkündet Professor Bloom nun mit gemäßigterem Tonfall. »Dann zeigen Sie uns, was Sie zusammen vorbereitet haben.«

Ich kann sehen, wie Paxton erleichtert aufatmet. Anschließend befestigt er unsere Pappe an der letzten freien Pinnwand, die frontal zur Klasse steht. Ich stelle mich neben ihn, und er beginnt damit, einige einleitende Worte zum Thema Liebe zu sagen. Zum Glück muss ich nur hier und da Fragen zur Auswahl der Gedichte und Songtexte beantworten, den Rest übernimmt er. Als unsere Dozenten und Kommilitonen schließlich begeistert klatschen, bin ich happy. Ich hätte nicht mehr damit gerechnet, dass die Sache hier so ein gutes Ende nimmt. Was nicht heißt, dass ich Paxton diese Aktion verzeihe. Eine kleine, nervige Stimme in meinem Hinterkopf fragt sich allerdings, ob das mit dem familiären Problem nur eine Ausrede von ihm war oder ob seine Schwester möglicherweise erneut in Schwierigkeiten gesteckt hat und er deshalb nicht eher hier sein konnte.

Als der Kurs wenig später beendet ist, kommt Paxton auf mich zu und reicht mir mein Buch. »Das hast du in der Waschküche liegen lassen.«

»Ach«, sage ich ein wenig entgeistert. »Daran habe ich gar nicht mehr gedacht, danke.«

»Kein Thema. Es tut mir total leid, dass ich fast unsere gemeinsame Arbeit ruiniert habe. Es ging nicht anders. Das musst du mir einfach glauben.« Sein müder Blick spricht Bände, und mein Groll auf ihn ist mit einem Mal verflogen.

»Schon okay«, erwidere ich und packe das Buch in meinen Rucksack. »Für meine Familie würde ich auch alles stehen und liegen lassen.«

»Dennoch, du hast was gut bei mir«, erklärt er mit ernster Miene. »Wie wäre es mit einem Kaffee?«

»Klar, wieso nicht«, entgegne ich, denn im Grunde war es ohnehin geplant.

Schweigend schlendern wir zum kleinen Kiosk direkt vor dem Gebäude und versorgen uns mit einer extragroßen Portion Koffein und zwei Schokoladencroissants. Bevor Paxton eine Möglichkeit hat, sein Geld herauszuholen, bezahle ich schnell für uns beide. Immerhin hat er mich beim letzten Mal eingeladen, und nun sind wir quitt.

Vor Aufregung habe ich heute Morgen beim Frühstück kaum etwas runtergekriegt, weshalb mein Magen freudig jubiliert, als ich nun gierig in das Croissant beiße. Außerdem darf man mit vollem Mund nicht sprechen. Was mir ziemlich gelegen kommt, denn ich weiß schon wieder nicht, worüber ich mit ihm reden soll. Offenbar geht es ihm genauso, und wir spazieren wortlos nebeneinanderher.

Irgendwie entfernen wir uns Schritt für Schritt weiter von den belebten Plätzen und wandern schließlich einen schmalen Pfad durch einen versteckten Blumengarten entlang. Es duftet herrlich, und die farbenfrohen Knospen der herbstlichen Spätblüher erinnern mich an den traumhaft schönen Garten daheim, den meine Mutter hingebungsvoll hegt, pflegt und natürlich passend zur Jahreszeit dekoriert. Zu Halloween haben wir beispielsweise immer gemeinsam eine Kürbisfamilie mit gruseligen Fratzen geschnitzt. Mit Kerzen bestückt, wurden sie dann auf der weißen Holzbank in unserem Vorgarten platziert. Das hat wahnsinnigen Spaß gemacht. Bei der Erinnerung an unsere Tradition muss ich augenblicklich heftig schlucken. *Ob meine Eltern wohl auch ohne uns Kinder im Haus an diesem Ritual festhalten?* Mir wird es definitiv fehlen.

Auf einmal spüre ich, wie sich Paxtons Hand vorsichtig in meine schiebt. »Ich mag dich wirklich sehr, Emma«, flüstert er, obwohl uns niemand hören kann. »Du bist etwas ganz Besonderes für mich, und ich würde dich echt gerne besser kennenlernen. Wenn du mich lässt.«

Überrumpelt von seiner Offenheit, bleibe ich stehen, und er ebenfalls. Bisher dachte ich, er hätte kein aufrichtiges Interesse an mir. Ich meine, dass er mit mir bloß zum Zeitvertreib knutscht, hätte ich bei einem Typen wie ihm viel eher erwartet. »Meinst du das ernst?«, frage ich zögerlich.

Er nickt. »Ich habe damals gemeint, was ich gesagt habe. Du hast mich umgehauen. Nach allem, was zwischen uns passiert ist, dachte ich, dass du mich vielleicht auch magst.«

Wie recht er hat, denke ich verzweifelt und würde ihm am liebsten um den Hals fallen. Doch das darf ich mir keinesfalls anmerken lassen. Er ist tabu für mich. Basta!

»Du musst gar nichts sagen«, füllt er die peinliche Pause. »Gib mir bitte einfach die Möglichkeit, Zeit mit dir zu verbringen.« Er sieht mir nun mit festem Blick direkt in die Augen, was meinen Puls sofort in die Höhe schnellen lässt.

Oh Gott, wieso muss er es mir so schwer machen? Ich wünschte, er wäre Julio. Dann könnte ich einfach mit ihm ausgehen, ohne dass meine Freundin mich dafür hasst und ich mir Sorgen um irgendwelche Waffen machen muss. Trotzdem bin ich neugierig darauf, herauszufinden, wer Paxton wirklich ist, und vielleicht noch mehr darauf, wie es sich anfühlt, mit ihm zusammen zu sein. Denn der Vorgeschmack auf dem Sofa hat mich die halbe Nacht um den Schlaf gebracht. Noch nie zuvor habe ich ein so unbändiges, heftiges Verlangen verspürt wie in seiner Gegenwart. Ungeachtet dessen löse ich meine Hand aus seiner. »Ich glaube, das ist keine gute Idee.«

Für eine Ewigkeit stehen wir stumm voreinander, ohne uns dabei anzusehen. Schlussendlich bricht Paxton das Schweigen. »Na schön. Wenn du mir nicht mal eine Chance geben willst.« Er kratzt sich betreten am Hinterkopf. »Dann muss ich das wohl oder übel akzeptieren.«

Mit versteinerter Miene wendet er sich zum Gehen. Hilflos folge ich ihm und würde am liebsten ungeschehen machen, was ich eben zu ihm gesagt habe. »Warte«, rufe ich, bevor ich es mir anders überlegen kann. »Ich wollte dir nicht wehtun. Das musst du mir glauben. Es ist nur so, dass …« Mitten im Satz verstumme ich plötzlich, weil mir die Worte fehlen. Wie soll ich ihm bloß erklären, dass wir uns nicht miteinander treffen können, weil ich das Lara nicht antun kann?

Paxton bleibt stehen, dreht sich zu mir um und sieht mich traurig an. »Ich verstehe schon, du vertraust mir nicht mehr, weil ich dir damals nicht gleich gesagt habe, wer ich bin«, wispert er mit belegter Stimme. »Ich hätte einfach gerne die Möglichkeit, meinen Fehler bei dir wiedergutzumachen.« Er greift erneut nach meiner Hand, und ich lasse es zu.

»Okay«, höre ich mich sagen und bin davon selbst mindestens genauso erstaunt wie Paxton.

Seine Mundwinkel heben sich nach einem unendlich langen Moment zu einem Lächeln. »Du wirst es nicht bereuen, Emma.«

Das hoffe ich auch, denke ich besorgt, muss mir allerdings eingestehen, dass ich zugleich verdammt froh darüber bin, dass unsere gemeinsame Geschichte doch noch nicht endet. Es fühlt sich so gut an, in seiner Nähe zu sein, und schon der Gedanke, ihn wieder zu verlieren – seine Lippen nie wieder zu schmecken, sein wildes Herzklopfen nie wieder zu spüren, seinen Duft nie wieder einzuatmen –, schmerzt wie verrückt.

»Eine Sache wäre da noch«, stammle ich unsicher und ziehe Paxton mit mir zu einer Bank. »Ich muss dir was erzählen.«

»Was ist denn los?« Paxton nimmt neben mir Platz und sieht mich erwartungsvoll an. »Du kannst mir alles sagen.«

»Du kennst doch Lara Bradshaw«, beginne ich zögerlich.

Paxton überlegt kurz. »Du meinst, die Modebloggerin?«

»Genau. Sie ist meine beste Freundin und Mitbewohnerin.« Ich hole tief Luft und bin mir nicht sicher, ob ich hier gerade das Richtige tue. Nur habe ich keinen Plan, wie ich mit Paxton ausgehen kann, ohne dass er die Wahrheit kennt.

»Ach so, das wusste ich gar nicht«, entfährt es Paxton überrascht. »Du musst dir aber keine Gedanken machen, wir waren nur miteinander aus, weil ich ihr ein paar Fragen für ihre Follower beantwortet habe.«

»Ich weiß, du hast mir im Diner davon erzählt. Mir war sofort klar, dass es sich um Lara gehandelt hat. Für sie war eure Verabredung allerdings ein Date, und auch wenn es sich komisch anhört, ich musste ihr hoch und heilig versprechen, dass ich die Finger von dir lasse. Nur wusste ich zu diesem Zeitpunkt nicht einmal, wer du bist. Und als ich dann zufällig erfahren habe, dass du nicht Julio, sondern der Traummann meiner allerbesten Freundin bist …« Plötzlich versagt meine Stimme, und für eine Weile sehen wir uns stumm in die Augen. *Ich wünschte, Paxton würde was dazu sagen.*

Nervös halte ich meinen Atem an, bis Paxton sich endlich räuspert. »Stimmt, ihr ging es nicht bloß um das Interview. Dass Lara auf mich abfährt, hat sie ziemlich deutlich mit ihrem BH zum Ausdruck gebracht.«

»Verstehst du, ich will ihre Gefühle nicht verletzen. Sie ist immer noch verknallt in dich. Mir wäre es deshalb lieber, wenn wir es langsam angehen lassen könnten und uns erst einmal besser kennenlernen, bevor sie von uns erfährt.«

»Ich werde mich zurückhalten. Versprochen. Schließlich bin ich nicht ganz unschuldig an der verqueren Situation. Wenn ich dir von Anfang an gesagt hätte, wer ich in Wirklichkeit bin …« Nun ist es Paxton, dem es die Sprache verschlägt.

»Wir können die Zeit nicht mehr zurückdrehen«, murmle ich betreten. »Vielleicht ist es ja auch Schicksal, dass wir uns begegnet sind, und irgendwie findet sich alles von allein.«

10

Die restliche Woche hat sich wie ein besonders klebriger Kaugummi gezogen. Seit Paxton und ich miteinander gesprochen haben, ist einige Zeit vergangen, und bisher hat er sich an unsere Abmachung gehalten. Ich möchte einfach herausfinden, ob da tatsächlich mehr zwischen uns ist, bevor ich Lara davon erzähle. Und vor allem will ich wissen, auf wen ich mich einlasse. Insbesondere die Pistole bereitet mir nach wie vor ein ungutes Gefühl in der Magengrube. Allerdings traue ich mich auch nicht, ihn darauf anzusprechen. Immerhin müsste ich ihm dann gestehen, dass ich in seinem Wagen war. Vermutlich gibt es ohnehin eine vernünftige Erklärung dafür. Dass er in seiner Jugend viele Fehler gemacht hat, die er heutzutage bereut, weiß ich ja bereits. Ich bin mir nur nicht sicher, ob ich mit seinem Leben in der Öffentlichkeit und mit seiner Vergangenheit umgehen kann.

Mittlerweile frage ich mich, ob Paxton darauf wartet, dass ich mich zuerst bei ihm melde. Ich bin zwar froh, dass er sich zurückhält und ich die Möglichkeit hatte, meine Gedanken ein wenig zu sortieren, andererseits vermisse ich ihn, wage es aber nicht, den ersten Schritt zu machen.

Inzwischen ist es Freitagabend, draußen regnet es in Strömen, und ich gucke zusammen mit Lara *Wie ein einziger Tag*. Ich liebe die romantischen Bücher von Nicholas Sparks, und diese Geschichte ist mein absoluter Favorit, die Verfilmung kannte ich bisher noch nicht. Als wir vorhin nach Filmen gesucht haben und Lara festgestellt hat, dass ihr Lieblingsschauspieler Ryan Gosling darin eine Hauptrolle hat, waren wir uns schnell einig. Nun sitzen wir gemütlich auf dem Sofa und leiden mit Noah, der seine Allie gerade vermeintlich an einen anderen Mann verliert.

Plötzlich gibt mein Handy, das vor mir auf dem Glastisch liegt, ein *Bing* von sich, und Paxtons Name ploppt, gut sichtbar, auf dem Display auf. Schnell greife ich danach und kippe dabei versehentlich die Chipstüte auf meinem Schoß um. Dadurch ist Lara zum Glück so abgelenkt, dass ich mein Handy unbemerkt mit zittrigen Fingern umdrehen kann. Ich muss dringend diese Push-Meldungen im Sperrbildschirm wieder deaktivieren. Die hatte ich nur eingestellt, damit ich trotz des Ruhemodus unauffällig in der Vorlesung mitbekomme, wenn er sich meldet. *Was für eine dumme Idee.*

»Tut mir leid«, stammle ich und fange hektisch damit an, das Knabberzeug aufzusammeln.

»Ach, kein Problem. Lass liegen, ich hole eben den Staubsauger«, erklärt Lara, drückt auf Pause und steht auf.

Ich gehe zum Mülleimer und werfe die Chips hinein. Während Lara immer noch im Schlafzimmer verschwunden ist, kann ich mich nicht länger gedulden und tippe die App an, um die Nachricht zu lesen: *»Hey, Emma. Ich hoffe, du hast die Woche gut rumgekriegt. Hast du schon was für morgen geplant? Ich würde mich gerne mit dir treffen und was unternehmen.«*

Yippie, er will tatsächlich ein richtiges Date mit mir, denke ich glücklich. Gerade als ich ihm auf seine Einladung antworten will, kommt Lara auch schon zurück, und ich verstecke mein Handy rasch hinter einem Sofakissen.

»So, kann weitergehen«, verkündet Lara, nachdem sie die Krümel im Handumdrehen aufgesaugt hat.

»Perfekt! Danke dir«, erkläre ich erleichtert und drücke, mit hibbeliger Vorfreude auf das Wiedersehen mit Paxton, den Start-Button auf der Fernbedienung.

*

Es ist zwei Uhr mittags, in einer halben Stunde bin ich mit Paxton verabredet. Gott sei Dank ist Lara heute früh zu ihrer Mutter nach New York gefahren und bleibt das restliche Wochenende dort. Ich bin heilfroh, dass ich mir keine Ausrede einfallen lassen und sie anlügen musste. So oder so fühle ich mich ihr gegenüber schon schrecklich genug.

Mein schlechtes Gewissen wegen dieser Geheimniskrämerei frisst mich förmlich auf. Ich will meine Freundin nicht anlügen. Nur ist es im Augenblick einfach nicht der richtige Zeitpunkt, um ihr die Wahrheit zu sagen. Vor allem, solange ich nicht weiß, ob die Sache zwischen ihm und mir überhaupt eine Zukunft hat.

Da Paxton mir partout nicht verraten wollte, was wir machen, bin ich mit der Auswahl meines Outfits komplett überfragt. Seit ungefähr zwanzig Minuten laufe ich deshalb schon wie ein aufgescheuchtes Huhn vor meinem geöffneten Kleiderschrank herum. Das bisherige Ergebnis setzt sich zusammen aus einer dunkelgrauen Jeans, einem dünnen smaragdgrünen Pulli und knöchelhohen schwarzen Stoffsneakers. Ich hoffe bloß, dass er nicht vorhat, mit mir in ein schickes Restaurant zu gehen. Dafür bin ich in diesen Sachen total underdressed.

Ich will mich auch nicht zu sehr in Schale werfen. Nachher geht er mit mir ins Kino, und ich sehe aus, als wollte ich in die Oper. Im Gegensatz zu mir wüsste Lara mit Sicherheit ganz genau, was das richtige Outfit fürs erste Date wäre. Aber ich kann sie ja schlecht fragen. Kurz fällt mein Blick auf die teuren Pumps, die sie mir geschenkt hat. Eventuell sollte ich doch die sexy High Heels zur ansonsten unspektakulären Aufmachung anziehen. Kopflos tausche ich meine Schuhe und lege dann sogar noch einen Hauch von dem kirschroten Lippenstift auf, zu dem mich Lara damals für den Abend im Club überredet hat. Anschließend betrachte ich meinen Look im Spiegel, und auf einmal komme ich mir selbst fremd vor.

Hastig wische ich mir meine Lippen sauber, ziehe die Pumps aus und die Sneakers an. *Das bin definitiv wieder ich*, denke ich erleichtert beim erneuten Blick auf mein Spiegelbild und schüttle meine Löwenmähne noch einmal auf.

Mit dem Parka im Arm und meiner Handtasche über der Schulter verlasse ich das Zimmer. Ich bin so was von nervös. *Was, wenn Paxton nicht kommt, weil er es sich anders überlegt hat oder ihm wieder etwas dazwischengekommen ist?* Als ich die Treppe herunterkomme, steht er bereits im Foyer, und meine Zweifel sind wie weggewischt. Erleichtert atme ich auf und gehe auf ihn zu.

»Wow«, sagt er mit großen Augen, die von einem strahlenden Lächeln umspielt werden. »Du siehst toll aus.«

»Du auch«, erwidere ich verlegen und untertreibe damit maßlos. Paxton trägt eine kuschelige blaue Strickjacke, die er nicht zugeknöpft hat, in Kombination mit einem einfachen weißen Shirt und Bluejeans. Ich finde diesen lässigen Style viel attraktiver als seinen Bad-Boy-Look mit Lederjacke und gegelten Haaren.

»Wollen wir los?« Er reicht mir seine Hand, und ich schaue mich angespannt um, doch es ist keiner da, der Notiz von uns nehmen könnte. Wir sind allein, also lege ich meine Hand in seine und nicke.

*

Jetzt fahren wir schon seit mehr als einer Dreiviertelstunde an der Küste entlang in Richtung New York. Langsam, aber sicher frage ich mich, wo Paxton mit mir hinwill.

»Hast du auch Hunger?«, fragt er schließlich, ohne seinen achtsamen Blick vom Straßenverkehr abzuwenden. »Ich könnte einen kleinen Zwischenstopp vertragen.«

»Und wie«, entgegne ich, denn das Mittagessen hatte ich vorhin ausfallen lassen, weil mir die Zeit davongerannt ist.

Wir halten zu meiner Freude nicht an einem edlen Restaurant, sondern einfach an einem Fast-Food-Laden, wo wir uns Burger, Pommes und Nachtisch bestellen.

»Na, dir scheint es offenbar geschmeckt zu haben«, stellt Paxton belustigt fest, als ich mir mit einer Serviette die Soße vom Kinn abputze. »Willst du noch einen Nachschlag?«

»Ha, ha, sehr witzig!« Ich verdrehe die Augen und stibitze mir seine übrigen Fritten, um sie mir genüsslich in den Mund zu schieben.

»Hey, so war das jetzt nicht gemeint«, protestiert er mit gespielter Empörung. »Ich hätte nicht gedacht, dass du eine gemeine Pommesdiebin bist.«

»Musst du halt besser aufpassen.« Ich zucke mit den Schultern und gucke dabei so unschuldig wie ein Lamm.

»Na warte«, sagt er herausfordernd und schnappt sich mit einem schelmischen Grinsen meine Apfeltasche.

Ich verschränke schmollend meine Arme und muss mich dabei echt zusammenreißen, um nicht sofort laut loszuprusten. »Das wagst du nicht.«

Paxton öffnet demonstrativ die Pappverpackung und schiebt das heiße Gebäck in Zeitlupe ein Stück heraus. »Hmm … was bietest du mir denn im Gegenzug dafür an?«

Am liebsten würde ich von meinem Platz aufspringen und ihn statt der Apfeltasche vernaschen, denke ich und spüre, wie ich vor Verlegenheit erröte. Schließlich bin ich es gewesen, die darauf bestanden hat, die Sache mit uns im Schneckentempo anzugehen. Ich muss mich am Riemen reißen. Was gar nicht so leicht ist, denn die Luft zwischen uns knistert wie verrückt.

»Was hältst du davon, wenn wir teilen?«, versuche ich die Situation zu entschärfen, aber ich erkenne in seinem Blick Enttäuschung. Er hat sich vermutlich etwas anderes erhofft.

Gestärkt machen wir uns wenig später wieder auf den Weg. Paxton hat immer noch nicht durchblicken lassen, was unser Ziel ist. Als wir endlich von der Hauptstraße abfahren, werde ich mit jeder Minute ungeduldiger.

»Ich dachte, wo du das Meer so magst, könnten wir zusammen abtauchen und uns Nemo und seine Freunde angucken«, lüftet Paxton schließlich das Geheimnis, als wir kurz darauf an einem Hinweisschild vorbeifahren.

»Wie cool«, sage ich freudig. »Zum letzten Mal war ich mit den Pfadfinderinnen in einem Aquarium.«

»Du warst früher tatsächlich Girl Scout«, schlussfolgert Paxton amüsiert. »Habt ihr auch mit Keksen gedealt?«

»Nein«, antworte ich grinsend. »Wir haben damals im Sommer direkt vor dem Sportplatz Kräuterlimonaden verkauft.«

»Sehr geschäftstüchtig, die jungen Damen«, stellt er fest. »Gut zu wissen, dass du Erfahrung mit der Wildnis hast. Dann ist das, was ich für später geplant habe, garantiert genau nach deinem Geschmack.«

Schon wieder spannt mich dieser Kerl auf die Folter. Dabei ist der Besuch hier schon genial und eine Megaüberraschung. So etwas ist genau mein Ding, und ich bin erleichtert, dass ich die sexy Pumps im Schuhkarton gelassen habe.

Paxton parkt seinen Wagen, und wir betreten kurz darauf den hübsch gestalteten Empfangsbereich. Zu meiner Verwunderung sind die Kassen aber gar nicht besetzt. Dafür strömen durch den Ausgang mehrere Grüppchen mit kleinen Meeresforschern. Enttäuschung macht sich in mir breit, als ich auf einem Infoscreen lese, dass das Aquarium bereits in einer halben Stunde geschlossen wird. Vermutlich hat Paxton sich bei den Öffnungszeiten vertan, und jetzt lassen sie uns natürlich nicht mehr rein.

»Warte einen Moment hier. Ich bin gleich wieder bei dir«, sagt Paxton und verschwindet schnellen Schrittes.

Was hat er bloß vor?, frage ich mich verwundert. Wenn die Ausstellung gleich schließt, sollten wir besser ein anderes Mal wiederkommen.

Ich trete ungeduldig von einem Bein auf das andere, bis Paxton einige Minuten später in Begleitung wiederauftaucht.

»Herzlich willkommen zur privaten Backstage-Tour«, begrüßt mich ein junger Mitarbeiter beschwingt und reicht mir seine Hand. »Mein Name ist Carsten, ich studiere Meeresbiologie und werde euch heute Abend in die faszinierende Welt der Ozeane mitnehmen.«

Mein Herz macht einen Hüpfer, als ich begreife, was Paxton für uns organisiert hat. Wir können uns die Ausstellung ganz in Ruhe angucken und bekommen sogar Einblicke hinter die Kulissen. *Wie ist er nur darauf gekommen? Er versucht alles, damit unser erstes Date unvergesslich wird. Was mich angeht, hat er es geschafft.*

»Bevor es jedoch auf Expedition geht, dort drüben befinden sich die Waschräume und die Garderobe«, unterbricht Carsten meine Gedanken. »Ich empfehle euch, die Jacken hierzulassen. Es ist ziemlich warm in den meisten Ausstellungsräumen.«

»Prima, danke dir«, sagt Paxton, nimmt meine Hand, und wir folgen seinem Ratschlag.

Anschließend führt uns Carsten zu den ersten Wasserbecken, mit bunten Korallen und farbenfrohen Fischen. Es kommt mir so vor, als hätten wir das Tor zu einer anderen, magischen Welt betreten. Besonders interessant wird es, als wir einen Einblick in die für Besucher normalerweise unzugänglichen Areale, wie die Aufzuchtstation, bekommen. Händchen haltend lauschen Paxton und ich aufmerksam Carstens Ausführungen zu den gigantischen und winzig kleinen Meeresbewohnern. Dabei gefallen mir vor allem die possierlichen Seepferdchen und die drolligen Babyschildkröten.

»Jetzt zeige ich euch zum Abschluss unseres Rundgangs noch meinen Lieblingsort«, sagt Carsten, und wir folgen ihm zu einem gläsernen Tunnel.

Ich blicke nach oben und sehe zwei gewaltige Haie, die lautlos über unsere Köpfe hinwegschwimmen. »Das ist unglaublich schön«, raune ich Paxton beeindruckt zu. »Danke für diesen wunderbaren Tag.«

»Nichts zu danken.« Paxton legt seinen Arm um meine Hüfte und zieht mich an sich. »Ich bin froh, dass du mitgekommen bist.«

»Das war es von meiner Seite, ihr beiden. Ich hoffe, es hat euch gefallen und ihr empfehlt mich als Gästeführer weiter«, verabschiedet sich Carsten, und ich bin traurig, dass unser Ausflug schon beendet ist.

Gerade als ich mich bei Carsten für die sensationelle Führung bedanken will, räuspert er sich. »Wenn ihr wollt, dürft ihr jetzt eure Sachen holen und hier euer Lager für die Nacht aufschlagen.« Er deutet auf das Ende des Ganges, der in einer großen Glaskuppel unter dem Wassertank mündet. »Ihr könnt euch gerne noch ein bisschen umsehen. Wir bringen euch gleich noch einen Picknickkorb, damit ihr nicht verhungert. Die Lichter werden um Mitternacht ausgeschaltet, und morgen früh gibt es ab halb neun Frühstück in der Cafeteria.«

Vollkommen überwältigt blicke ich Paxton an und kann nicht glauben, dass er geplant hat, mit mir unter Haien zu campen. »Ist das wahr?«

Paxton nickt. »Wenn du Lust dazu hast?«

»Und wie«, sage ich freudestrahlend und kann nicht anders, als mich auf die Zehenspitzen zu stellen und ihm einen Kuss auf die Wange zu drücken. »Das ist der Wahnsinn.«

Wir verabschieden uns mit einem herzlichen Dankeschön von Carsten, dann gehen wir zur Garderobe, ziehen unsere Jacken an und treten raus in die Kälte. Als Paxton den Kofferraum seines Wagens öffnet, kann ich es nicht fassen. Er hat tatsächlich alles Nötige dabei. Eine Luftmatratze, zwei Schlafsäcke, Kissen und einen vollgestopften Rucksack. »Du hast nicht zufällig auch noch an Zahnbürsten gedacht?«, frage ich ihn beeindruckt.

»Klar doch«, antwortet Paxton und grinst mich verschmitzt an. »Ich habe alles dabei, was wir brauchen.«

Wieder zurück unter der Glaskuppel, erwartet uns schon der angekündigte Picknickkorb. Wir errichten, unter den wachsamen Augen der imposanten Haie, unser Lager. Paxton rollt die große Luftmatratze auf dem Boden aus und schließt sie an eine batteriebetriebene Pumpe an. Ich packe derweil die Schlafsäcke aus den Beuteln, und wenig später können wir es uns zusammen gemütlich machen.

»Eine schönere Freude hättest du mir wirklich nicht machen können«, sage ich zu Paxton, nehme seine Hand und ziehe ihn mit mir auf die Luftmatratze.

»Das ist *sooo* romantisch«, murmle ich fasziniert, während wir nebeneinander nach oben zu den Haien blicken.

»Finde ich auch«, erwidert Paxton, dreht sich zu mir und schiebt seine linke Hand in meinen Nacken. »Niemand kann uns hier stören.«

Paxtons Gesicht ist nun genau über mir, und er fährt mit der anderen Hand andächtig über meine Sommersprossen. So wie er es schon mal getan hat, bevor wir uns geküsst haben. Die Erinnerung an das berauschende Gefühl von seinem Mund auf meinem lässt mich alles um mich herum vergessen.

»Küss mich«, wispere ich an seinen Lippen. »Bitte!«

Er nickt lächelnd und streichelt mir mit seiner rechten Hand durchs Haar. »Nichts lieber als das, mein Seestern.«

Ich schließe die Augen, und mein ganzer Körper vibriert vor Anspannung. Ich fühle, wie sich sein Oberkörper auf meine Brust schiebt, und meine Hände wandern wie von selbst auf seinen Rücken. Dann spüre ich seinen schneller werdenden Atem auf meinem Mund. Merke, wie er mit seinen Lippen immer näher kommt, bis er sie sanft auf meine sinken lässt.

*

Mit einem glücklichen Lächeln und erhitzten Wangen von der kribbeligen Knutscherei machen wir uns schließlich daran, den Weidenkorb auf der ausgebreiteten Picknickdecke zu plündern. Während ich das Geschirr verteile, packt Paxton die Getränke und Metalldosen mit dem Essen aus. Unter den Deckeln kommen Minipizzen, Hackfleischbällchen, Tomaten-Mozzarella-Spieße, Nudelsalat, Gemüsesticks, Kräuterquark, Cracker, Käsewürfel und Trauben zum Vorschein.

»Das ist ja ein richtiges Festmahl«, stoße ich begeistert aus. »Kannst du mir bitte eine Orangenlimo aufmachen?«

»Sicher doch.« Paxton öffnet zwei Flaschen und reicht mir anschließend eine rüber. »Auf einen besonderen Abend.«

Wir stoßen an, und dann machen wir uns mit Heißhunger über die Leckereien her.

»Die schmeckt nicht schlecht«, urteilt Paxton, nachdem er eine von den Minipizzen verdrückt hat. »Aber die allerbeste Pizza, die ich kenne, macht Francesco in Brooklyn. Die musst du unbedingt mal probieren.«

»Klingt super«, entgegne ich freudig. »Da bin ich dabei.«

»Abgemacht«, erwidert Paxton kauend. »Komm doch einfach nächstes Wochenende mit mir nach New York. Ich besuche meine Familie und würde mich freuen, wenn du mich auf unsere Charity-Gala begleitest.«

Habe ich mich gerade verhört? Lädt mich Paxton tatsächlich dazu ein, ihn nach Hause und obendrein auf eine offizielle Veranstaltung zu begleiten? So viel zum Thema, es langsam angehen zu lassen. Ich finde, das ist ein verdammt großer Schritt. Und für so eine Gala hätte ich auch gar nichts Passendes anzuziehen. Ohne Vorwarnung steigt Panik in mir auf. Ich bezweifle nämlich, dass eine gute Fee auftaucht und mich in eine Prinzessin verwandelt. So was passiert nur im Märchen. Ich räuspere mich. »Zwar würde ich schon gerne, aber …«

»Wenn dir das noch zu früh ist, verstehe ich das«, fällt Paxton mir verständnisvoll ins Wort. »Kein Ding. Was hältst du davon, wenn wir noch eine Runde durch die Ausstellung drehen?«

Dankbar für den Themenwechsel, nicke ich. »Gute Idee.«

Paxton reicht mir seine Hand, wir stehen auf und schlendern durch den Tunnel zu den Ausstellungsräumen. Ich genieße seine Nähe, und am meisten, dass wir allein sind. In der Stille, zwischen Stachelrochen, Quallen und einem gigantischen Oktopus, kann uns niemand stören.

Paxton holt sein Handy aus der Hosentasche. »Komm, lass uns vor dem Schiffswrack ein Selfie zusammen machen.«

»Cool, dann haben wir eine schöne Erinnerung.«

»Genau«, erwidert er und führt mich vor die Glasfront der traumhaften Unterwasserwelt. »Damit ich einen Beweis dafür habe, dass der Abend heute mit dir kein Traum war.«

Paxton zieht mich eng an sich, schmiegt seine Arme von hinten fest um meine Mitte und legt seine weichen Lippen in einem sanften Kuss auf meine rechte Wange. Es fühlt sich toll an, ihn so nah an meiner Seite zu spüren, und ich wünschte, er würde mich nie mehr loslassen.

*

»Ich kann kaum glauben, dass es schon kurz vor Mitternacht ist«, sage ich zu Paxton und verspüre dabei einen Anflug von Nervosität. Denn die Vorstellung, dass wir gleich die Nacht eng aneinandergekuschelt auf einer Luftmatratze verbringen, lässt meine Unsicherheit erneut aufflammen.

Paxton legt fürsorglich seinen Arm um meine Schulter und flüstert mir ins Ohr: »Du brauchst keine Angst zu haben, ich beschütze dich vor den Haien.«

»Dann muss ich mich ja überhaupt nicht fürchten«, erwidere ich und muss grinsen, denn die kolossalen Raubfische, die über unseren Köpfen ihre Kreise ziehen, sind das, was mir am wenigsten Sorgen bereitet.

Als wir unser Nachtlager erreicht haben, holt Paxton einen Stoffbeutel aus dem Rucksack und reicht ihn mir. »Hier habe ich Zahnputzzeug und was Bequemes zum Anziehen für dich.«

»Du hast ja wirklich an alles gedacht«, entgegne ich baff.

»Sicher, du wusstest doch nicht, dass du mit mir die Nacht verbringst.« Paxton zwinkert mir zu und nimmt einen zweiten Beutel heraus. »Komm, wir müssen uns beeilen.«

Im Waschraum ziehe ich mir geschwind die kuschelige blau-weiß karierte Flanellhose und das graue Schlafshirt mit der Glitzeraufschrift *Sleep like a Sheep* auf der Vorderseite an. Die Schildchen im Inneren der Kleidungsstücke verraten mir, dass die Teile tatsächlich von Guillermo Romero designt wurden. Ich hätte niemals erwartet, dass es bei so einer angesagten Modemarke auch normale Klamotten gibt. Diesen süßen Pyjama hätte ich mir im Laden garantiert gekauft, wenn ich ihn mir überhaupt hätte leisten können. Auf jeden Fall hat Paxton genau meinen Geschmack getroffen. Schon wieder.

Nachdenklich putze ich mir die Zähne. Ich komme immer noch nicht darüber hinweg, dass Paxton mir Schlafsachen besorgt und all das hier für uns beide organisiert hat. Ich erkenne überhaupt keine Ähnlichkeit zum Bad-Boy in den unzähligen Presseartikeln, der am liebsten in Clubs geht und Drogen nimmt. Bleibt nur eine einzige entscheidende Frage: *Hat er sich endgültig von seinem früheren Leben verabschiedet oder nicht?*

Pünktlich, als das Licht ausgeschaltet wird, liegen wir in unseren Schlafsäcken, und die Haie über unseren Köpfen sind im spärlichen Schein der Notbeleuchtung nur noch als dunkle Schatten zu erkennen. Paxton blickt stumm nach oben, und ich wage es nicht, etwas zu sagen. Mein Kopf ruht behaglich auf seiner breiten Brust, dadurch kann ich jeden seiner Atemzüge unter mir spüren und das leise Pochen seines Herzschlags hören. Es fühlt sich einfach unglaublich gut an, und ich bin mir nicht sicher, ob ich ein Auge zumachen kann, oder besser gesagt: will. Am liebsten würde ich diesen Moment für immer festhalten und alle Zweifel aus meinen Gedanken verbannen. Nur ist das gar nicht so leicht. Irgendwann muss ich Lara die Wahrheit sagen, auch wenn ich noch keine Ahnung habe, wie ich das anstellen soll.

11

Als Paxtons Handy uns um acht Uhr weckt, liegen wir immer noch eng aneinandergekuschelt, sicher verpackt in unseren Schlafsäcken, auf der Luftmatratze. Inzwischen ist die Beleuchtung in dem fensterlosen Raum wieder eingeschaltet, und es ist an der Zeit, unser Nachtlager zu räumen, bevor die ersten Besucher kommen.

»Guten Morgen, mein Seestern«, raunt Paxton mir grinsend zu und blickt mich verträumt an. »Hast du gut geschlafen?«

Ich strecke mich glücklich und reibe mir den Schlaf aus meinen Augenwinkeln. »Wie ein Stein auf dem Meeresgrund«, gähne ich zufrieden. »Und selbst?«

»Tief und fest«, antwortet er grinsend und streichelt mir über die Wange. »Es fühlt sich unbeschreiblich gut an, neben dir zu liegen, dass ich gar nicht aufstehen will.«

»Geht mir genauso.« Ich schaue gebannt nach oben. »Einfach magisch«, murmle ich fasziniert.

»Meinst du die Haie oder mich?«, fragt Paxton schmunzelnd, befreit sich aus seinem Schlafsack und beugt sich direkt über mich.

»Am besten küsst du mich, damit ich es herausfinden kann«, wispere ich dicht an seinem Ohr, und mein Puls schnellt in die Höhe, als sein Mund meinem immer näher kommt.

Kurz bevor wir uns berühren, stoppt Paxton und verharrt für

einen Moment. Sein Atem bringt meine Lippen zum Pulsieren. Die Erregung zieht sich bis in meine Fußspitzen, während ich ihn flehend mit weit geöffneten Augen anblicke. Langsam schiebt er den seitlichen Reißverschluss meines Schlafsacks ein Stück hinunter, als würde er ein Geschenk vorsichtig auspacken. Seine rechte Hand wandert schließlich unter mein Shirt, immer weiter hoch, und umfasst behutsam meine Brust. Sanft beginnt er damit, mich mit seinen Fingerspitzen zu streicheln. Sein Daumen kreist auf meinem Nippel, was mich aufstöhnen lässt.

Meine Hände legen sich wie von selbst auf seine Schultern. Ich will ihn sofort an mich ziehen. Paxton hält meinem Druck entgegen, und meine Finger pressen sich mit jedem der Impulse, die er wie kleine Stromstöße elektrisierend durch meinen Körper jagt, fester auf seine Haut. Am liebsten würde ich mich aus dem engen Kokon freistrampeln. Paxton dreht sich über mich, sodass mein Schoß unter seinem liegt. Und obwohl zwischen uns die Schlafsäcke und für meinen Geschmack viel zu viele Kleidungsstücke sind, spüre ich die anwachsende Erregung in seiner Mitte. Ich halte es vor Ungeduld kaum noch aus. *Warum küsst er mich nicht endlich?*

Meine Finger gleiten von seiner Rückenmuskulatur in seinen Nacken, bis ich sein Gesicht in meinen Händen halte. Meine Daumen streichen über seine Wangen. Paxton schließt lächelnd seine Lider, und dann küsse ich ihn einfach. Hole mir das, wonach ich mich am meisten sehne. Sein Mund gewährt meiner Zunge bereitwillig Einlass, als sie sich zwischen seine Lippen drängt. Es kommt mir fast so vor, als hätte er bloß darauf gewartet, dass ich den Anfang mache. Ich schließe ebenfalls meine Augen und nehme nur noch dieses sinnliche Spiel zwischen unseren begierigen Mündern wahr.

*

»Ich könnte mich daran gewöhnen, neben dir aufzuwachen und mit dir zu frühstücken«, erklärt Paxton, als ich ihm Kaffee nachschenke. »Wieso kommst du nächstes Wochenende nicht doch mit mir? Meine French Toasts sind legendär.«

»Hört sich verlockend an«, gebe ich geschmeichelt zurück, und mir wird plötzlich ganz heiß bei der Erinnerung an die leidenschaftlichen Küsse nach dem Aufwachen heute früh. »Aber …« Meine Stimme versagt auf einmal, und ich würde am liebsten aufstehen, um wegzurennen.

Paxton schließt seine Hand beruhigend sanft um meine und sieht mich aufmunternd an. »Was ist los? Raus mit der Sprache.«

Bestärkt durch seine einfühlsame Art, nehme ich all meinen Mut zusammen. »Es ist nicht so, dass ich nicht will. Nur, du hast gesagt, dass du mit deiner Familie auf eine Charity-Gala gehst. Dafür habe ich nichts Passendes zum Anziehen.«

Paxton starrt mich einen Moment verwundert an, dann formt sich sein Mund zu einem breiten Lächeln. »Das ist doch kein Problem und lässt sich ganz leicht ändern.«

»Ich weiß, nur leider habe ich dafür einfach nicht genug Geld«, erwidere ich beschämt und schaffe es dabei nicht, ihm in die Augen zu sehen. »Tut mir leid.«

»Muss es nicht. Ich kann gut nachvollziehen, dass du nicht so viel für ein Kleidungsstück ausgeben willst.« Paxton legt seine Hand liebevoll auf meine. »Du weißt schon, dass mein Vater Designer ist und ein Modelabel hat? Außerdem leihen sich selbst die ganzen Stars Outfits für solche Anlässe aus, weil sie die Sachen sowieso kein zweites Mal tragen können. Glaub mir, das ist überhaupt kein Thema.« Er streichelt mir mit seinem Daumen über meinen Handrücken. »Kommst du mit, wenn ich dir ein Ballkleid besorge?«

Ich zucke unschlüssig mit den Schultern. Mir ist das Ganze nämlich immer noch megaunangenehm. Was mir leidtut, denn ich habe das Gefühl, dass er sich ehrlich darüber freuen würde, mich mit nach New York zu nehmen. Er kann ja nichts dafür, dass er aus einer reichen, berühmten Familie stammt, womit gewisse Verpflichtungen verbunden sind. Ich will ihm nicht auf der Tasche liegen, doch vielleicht sollte ich in diesem Fall ausnahmsweise über meinen eigenen Schatten springen und mich auf dieses Abenteuer einlassen. »Abgemacht, aber nur, wenn ich dich in Brooklyn auf eine Pizza einladen darf.«

»Geht klar!«, entgegnet er perplex. »Das hat noch nie eine Frau getan.« Er zwinkert mir zu. »Auch auf die Gefahr hin, dass ich mich wiederhole: Du bist etwas ganz Besonderes für mich, Emma.«

Er steht, mit meiner Hand immer noch fest in seiner, vom Stuhl auf, zieht mich hoch in seine Arme, und dann versinken wir in einem Kuss, der meine Welt aus den Angeln hebt.

*

Beseelt kehre ich am Vormittag zurück ins Wohnheimzimmer. Lara hockt im Schneidersitz auf dem Sofa und blättert relaxt in einem Modemagazin. »Du siehst aus, als hättest du eine heiße Nacht gehabt«, bemerkt sie feixend.

»Wie kommst du denn bitte darauf?«, frage ich sie entgeistert und fühle mich im gleichen Moment ertappt.

Lara legt kichernd ihre Zeitschrift beiseite. »Du hast so ein verträumtes Glänzen in den Augen. Das hat man nur, wenn man gevögelt hat. Jetzt sag schon, ist er hot?« Sie sieht mich durchdringend an, und ich habe das Gefühl, mein Magen zieht sich zu einem festen Knoten zusammen. Nicht dass ich etwas Verbotenes getan hätte. Obwohl es sich trotzdem irgendwie so anfühlt, jetzt, wo Lara mich verhört. Ich will sie nicht anlügen – die Wahrheit kann ich ihr allerdings auch nicht erzählen. Wobei mir schlagartig einfällt, dass ich unbedingt noch ein wasserdichtes Alibi für das kommende Wochenende brauche.

Ich ziehe meine Schuhe an der Tür aus, gehe in das Schlafzimmer und lege den Stoffbeutel und die Handtasche auf mein Bett. Dann hänge ich meinen Parka an der Garderobe auf und lasse mich zu Lara aufs Sofa fallen. »Ich will nicht drüber reden.«

»Das bedeutet, du hattest einen heißen One-Night-Stand mit ihm«, schlussfolgert sie hellauf begeistert und klatscht in die Hände. »So was muss dir doch nicht peinlich sein, Süße. Mir, deiner Freundin, kannst du solche Sachen erzählen. Ich verurteile dich nicht.«

Prompt schießt mir die Schamesröte ins Gesicht bei der Vorstellung, was Lara über mich denkt. Nichtsdestotrotz ist es mir immer noch lieber, als wenn sie wüsste, was tatsächlich passiert ist. Ich versuche gar nicht erst, sie vom Gegenteil zu überzeugen, und lasse sie stattdessen in dem Glauben. So muss ich sie zumindest nicht anschwindeln.

»Eine Lady genießt und schweigt«, sage ich möglichst verschwörerisch und fange an zu lachen.

Lara fängt ebenfalls an zu kichern und knufft mir freundschaftlich in die Seite. »Du überraschst mich immer wieder, Michigan Girl.«

Kein Wunder. Ich überrasche mich in letzter Zeit ja sogar selber, denke ich unsicher und frage mich, ob ich nicht gerade im Begriff bin, eine gewaltige Dummheit zu begehen. Gleichzeitig habe ich mich noch nie zuvor so lebendig gefühlt wie mit Paxton.

»Und? Wie war es bei deiner Mutter?«, versuche ich endlich das Thema zu wechseln.

»Seit sie eine Therapie macht, hat sie sich glücklicherweise wieder etwas gefangen und ist in der Lage, die Wohnung zu verlassen«, erzählt Lara erleichtert. »Wir sind sogar zur Maniküre und waren shoppen, so wie früher. Das ist doch ein Anfang, oder?«

»Ich denke auch, dass es ein gutes Zeichen ist«, pflichte ich ihr bei, und Lara legt ihren Arm um mich.

»Ohne dich wäre ich noch völlig durchgedreht.« Lara drückt mir ein Küsschen auf die Wange. »Du bist die Allerbeste!«

»Ich habe doch gar nichts gemacht«, entgegne ich verlegen, und mein schlechtes Gewissen überrollt mich wie eine Lawine. Lara vertraut mir, und ich hintergehe sie eiskalt. Aber wenn ich ihr jetzt gestehe, dass zwischen Paxton und mir etwas läuft, hasst sie mich für immer. Ich beschließe, die Klappe zu halten. Solange ich mir selbst noch nicht einmal sicher bin, ob das mit Paxton eine Zukunft hat, will ich ihr nicht unnötig wehtun.

*

Den restlichen Sonntag habe ich mit einer großen Kanne Kräutertee am Schreibtisch verbracht und bin meine handschriftlichen Notizen zu den Kursen durchgegangen, um Karteikarten für die nächsten Prüfungen zu erstellen. Ich überlege kurz, ob ich mich noch ein paar Minuten zu Lara aufs Sofa gesellen soll oder ob ich schlafen gehe. Sie guckt schon den halben Abend so eine alberne Castingshow für Topmodels. Darauf stehe ich allerdings ganz und gar nicht. Eigentlich bestehen solche Sendungen doch nur aus Zickenkrieg, Geheule und noch mehr Zickenkrieg. Gerade als ich beschlossen habe, mich fürs Bett fertig zu machen, und meine Leselampe ausschalten will, meldet sich mein Handy.

Ich tippe die App an und sehe, dass Paxton mir ein Foto geschickt hat. Es ist der Schnappschuss von uns beiden vor dem bunten Aquarium. Den hatte ich schon fast vergessen. Plötzlich fühlt sich die Beziehung zwischen uns noch ein ganzes Stück greifbarer an, jetzt, wo ich die Aufnahme von uns zusammen betrachte und seine Nachricht dazu lese: *»Freu mich darauf, das Wochenende mit dir in New York zu verbringen.«*

Wir beide sehen aus wie ein richtiges Pärchen, denke ich, während ich jedes Detail des Bildes in mich aufsauge. *»Geht mir auch so«*, tippe ich aufgeregt und füge einen grinsenden Emoji mit geröteten Wangen hinzu.

»Sehr gut, ich habe meinem Vater nämlich erzählt, dass ich in Begleitung zur Gala komme und er die Sitzordnung ändern lassen soll.«

»Echt?«, schreibe ich verblüfft. *»Ich hoffe bloß, das macht ihm keine Umstände, so kurz vorher.«*

»Keine Sorge, die Assistentin meines Vaters gibt der Eventagentur einfach Bescheid, und dann wird alles geregelt.« Als ich seine Antwort lese, wird mir einmal mehr bewusst, wie sehr sich unsere Welten unterscheiden. Selbstverständlich hat sein Vater

Personal, das sich um solche Angelegenheiten kümmert. *Wie dumm von mir!*

Auf einmal taucht noch eine weitere Nachricht von ihm in unserem Chat auf und hält mich davon ab, noch länger darüber nachzudenken. »*Was machst du gerade?*«

Ich mache ein Foto von meinem Tisch, der mit stapelweise Büchern, Textmarkern und Schreibkram vollgepackt ist, und schicke es ihm. »*Hab noch gelernt, wollte aber gerade Feierabend machen. Und du?*«

»*Ich liege schon im Bett. Leider ohne dich.*« Der Zwinker-Smiley, den Paxton hinterherschickt, befeuert meine Fantasie – in der sich unsere nackten, erhitzten Körper voller Leidenschaft in den Laken wälzen – nur noch mehr und verursacht dadurch eine glühende Flut der Erregung in mir. Ich greife zur Wasserflasche, die auf meinem Nachttisch steht, und stürze die Flüssigkeit meine Kehle hinunter.

»*Träum was Schönes*«, antworte ich ihm schnell und beende meinen Satz mit einem schlummernden Smiley.

»*Ich versuche es. Du auch. Gute Nacht, mein Seestern. Wir sehen uns Freitagabend.*« Ich schließe die App und lege mein Handy beiseite. *Oje, wie soll ich diese Woche nur überstehen, ohne andauernd an Paxton zu denken?* Vor allem daran, dass wir in New York zwei Nächte zusammen verbringen werden. Auch wenn meine Gefühle, seit ich ihm begegnet bin, Achterbahn fahren und mein Kopfkino immer öfter nicht gerade jugendfreie Filme im Programm hat – ich bin mir überhaupt nicht sicher, ob ich schon bereit für diesen Schritt bin. Oh Gott, er hat garantiert schon jede Menge Erfahrung mit seinen vielen Modelfreundinnen gesammelt und bestimmt gewisse Erwartungen an unser Wochenende, die ich noch nicht bereit bin zu erfüllen. *Wieso habe ich mich bloß darauf eingelassen, ihn zu begleiten?*

*

Als ich am Freitagmorgen richtig wach bin, lese ich erneut Paxtons Nachricht, die er mir gestern spätabends geschrieben hat, als ich schon eingeschlafen war: *»Ein Fahrer holt dich morgen Nachmittag um halb sechs vorm Wohnheim ab. Ich muss noch dringend etwas erledigen, wir treffen uns dann später.«*

Das fängt ja gut an, denke ich und packe meine restlichen Sachen in Laras geräumige Sporttasche, die die ideale Größe für das Wochenendgepäck hat.

Vorgestern habe ich endlich den Mut aufgebracht, ihr zu erzählen, dass ich verreise. Natürlich wollte sie sofort wissen, wohin es geht. Also habe ich ihr gesagt, dass ich mich mit meiner Tante in New York treffe. Zumindest ist das die halbe Wahrheit. Okay, wem mache ich hier eigentlich was vor, es ist gelogen, und ich fühle mich deshalb verdammt mies. Dass Lara mir unzählige Tipps gegeben hat, wo ich mit meiner Tante unbedingt hingehen muss, und so lieb war, mir auch noch ihre Tasche für den Kurztrip zu borgen, macht es nicht gerade leichter. Aber jetzt gibt es eh kein Zurück mehr, weshalb ich versuche, mein schlechtes Gewissen vorerst zu verdrängen und mich stattdessen auf die gemeinsame Zeit mit Paxton zu freuen. Ich will herausfinden, ob es zwischen uns beiden wirklich etwas werden könnte. Und wenn ich mir ganz sicher bin, werde ich auch Lara von meinen Gefühlen erzählen. Sie muss es erfahren, ich möchte sie nur nicht unnötig verletzen, falls sich doch herausstellt, dass Paxtons und meine Welt einfach viel zu verschieden sind und wir überhaupt nicht zusammenpassen.

Wenig später stehe ich mit der Tasche in der Hand vor dem Wohnheim. Es ist fünf vor halb sechs, und ich warte darauf, dass ich abgeholt werde. Nur habe ich keine Ahnung, wonach ich hier am Straßenrand Ausschau halten soll. *Nach einem normalen Taxi oder einem Chauffeur mit Limousine?* Unruhig schaue ich erneut auf die Uhr meines Handys.

Auf die Sekunde genau hält ein schwarzer SUV mit getönten Scheiben vor mir. Ein Mann, der aussieht, als wenn er für eine Security-Firma, den Geheimdienst oder die *Men in Black* arbeitet, steigt auf der Fahrerseite aus und kommt mit schnellem Schritt auf mich zu.

»Sind Sie Miss Newton?«, fragt er mich mit strenger Miene.

Ich nicke verschüchtert und traue mich nicht, diesem haushohen Muskelprotz im Anzug die Hand zu reichen. Er nimmt mir mein Gepäck ab und öffnet mir die hintere Tür des Geländewagens. »Steigen Sie bitte ein, Miss Newton. Mister Romero erwartet Sie am Flughafen.«

»Danke«, murmle ich verlegen und folge der Anweisung.

Erleichterung macht sich in mir breit, als mir klar wird, dass ich nicht den ganzen Weg bis New York allein im Wagen zurücklegen werde, sondern Paxton ein paar Meilen entfernt treffe. Obwohl es mich schon ein bisschen verwundert, dass für diese kurze Strecke tatsächlich Maschinen in die Luft gehen. Da dauern ja Check-in und Sicherheitskontrolle länger als der gesamte Flug.

Eine Viertelstunde später erreichen wir den Airport, und nachdem wir geparkt haben, hilft mir Frank – wie ich meinen namenlosen Chauffeur in der Zwischenzeit heimlich getauft habe, weil er mich ein wenig an Kevin Costner in *Bodyguard* erinnert und ich es nicht wage, ihn anzusprechen, um ihn nach seinem richtigen Namen zu fragen – aus dem Auto. Anschließend holt er mein Gepäck aus dem Kofferraum, und ich folge ihm zum Eingang des Flughafens. Frank lässt mich keine Sekunde aus dem Auge und führt mich durch die große Halle, an den Schaltern der Fluggesellschaften vorbei und zu einem Korridor, der laut Hinweisschildern ausschließlich von den Flughafenmitarbeitern und Crewmitgliedern betreten werden darf.

Ich frage mich mittlerweile, ob Frank überhaupt weiß, wo wir hinmüssen. Im Laufschritt, den ich eingelegt habe, um mitzukommen, werfe ich einen flüchtigen Blick durch die seitliche Glasfront und sehe das beeindruckende Rollfeld direkt vor mir, wo gerade ein Sportflugzeug Richtung Startbahn fährt. Schließlich gelangen wir zu einer verschlossenen Sicherheitstür. Frank zieht eine Chipkarte aus seiner Brusttasche und hält sie gegen das Lesegerät. Automatisch öffnet sich die Tür und gibt uns den Weg zu einem exklusiven Wartebereich mit grauen Loungemöbeln aus Leder, Stehtischen mit weißen Hussen und einem Tresen frei. Ich sehe mich um und entdecke Paxton, der lässig auf einem der Barhocker sitzt. Als er mich erblickt, springt er auf und eilt zu mir.

»Ich bin so froh, dass du da bist«, erklärt er und nimmt mich zur Begrüßung in den Arm. »Entschuldige bitte, dass ich kurzfristig noch umdisponieren musste.«

Bevor ich die Chance habe, etwas zu sagen, kommt Frank auf uns zu. »Mister Romero, Ihr Helikopter ist jetzt aufgetankt und wieder startbereit.«

»Danke«, antwortet Paxton und nimmt meine Hand. »Dann kann es ja losgehen. Bist du bereit, Emma?«

Auf einmal habe ich das ungute Gefühl, meine Beine sacken unter mir weg. »Du willst jetzt aber nicht selber fliegen, oder?«

»Nee, nee, keine Angst«, lacht er. »Das überlasse ich lieber einem Piloten. Außerdem kann ich so den ganzen Flug über deine Hand in meiner halten.« Paxton zwinkert mir zu und führt mich durch die Schiebetür hinaus zum Landeplatz. Ein schwarzer Helikopter wartet auf uns. Es ist nicht zu übersehen, dass er Paxtons Familie gehört: Das Logo des Modelabels, das aus den kantigen Umrissen der Buchstaben *G* und *R* besteht, prangt in Gold auf der Seite.

Frank ist uns mit meiner Tasche gefolgt und verstaut sie im hinteren Teil des Helikopters. Dann nimmt er auf dem Vordersitz neben dem Piloten Platz und begrüßt ihn mit Handschlag. Unterdessen klettern wir auf die Rückbank, und Paxton ist mir dabei behilflich, den Gurt richtig anzulegen. Dabei streifen seine Hände unbedacht meine Brüste, und augenblicklich mischt sich in meine flatterige Aufregung atemraubende Erregung. Ich setze meine Kopfhörer auf, hole tief Luft und umklammere Paxtons Hand. Die Rotorblätter beginnen sich über unseren Köpfen langsam zu drehen, dann werden sie schneller und schneller, bis wir vom Boden abheben. Mein Herz macht einen Luftsprung, ich schließe die Augen und bin dankbar, dass Paxton mir durch seinen festen Händedruck Sicherheit gibt.

Nachdem ich mich ein wenig an das flaue Gefühl in meiner Magengegend gewöhnt habe, traue ich mich, einen zögerlichen Blick aus dem Fenster zu werfen. Die Bauwerke, Fahrzeuge und Bäume unter uns werden immer winziger, bis sie wie Spielzeug aussehen, während die untergehende Sonne alles in ein warmes orangerotes Licht taucht.

Mein Gott, ist das schön, denke ich fasziniert. *Der absolute Wahnsinn.* Ich hätte niemals im Leben damit gerechnet, dass wir in einem Helikopter nach Manhattan geflogen werden. So etwas kannte ich bisher nur aus Kinofilmen. Aber vermutlich ist Paxton es gewohnt, mal eben so von A nach B zu jetten. Als wenig später die glitzernde Skyline der City in der Abenddämmerung vor uns liegt, stupse ich Paxton mit dem Ellbogen zaghaft in die Seite.

Er schiebt seinen Kopfhörer von einem Ohr, und ich tue es ihm gleich. Dann beugt er sich noch dichter zu mir. »Gefällt es dir?«

»Das ist der Hammer. Von hier oben sieht die City wie ein Kunstwerk aus.«

»Oh ja, ich liebe es auch, Manhattan aus dieser Perspektive zu betrachten. Daran werde ich mich wohl niemals sattsehen«, erklärt er grinsend.

Er ist so nah an meinem Gesicht, dass ich seinen Atem auf meinem Hals spüre. Am liebsten würde ich Paxton küssen. Ich traue mich in Anwesenheit von Frank und dem Piloten jedoch nicht.

Also schiebe ich den Kopfhörer wieder zurück auf mein Ohr und blicke stumm aus dem Fenster, bis wir wenig später auf einem Flugplatz landen.

Wir verlassen den Helikopter, und erneut kümmert sich Frank um das Gepäck. Anschließend geleitet er uns beide zu einem schwarzen Geländewagen, der dem SUV von vorhin zum Verwechseln ähnlich sieht. Dann fahren wir weiter in das Herz von Manhattan. Wir schieben uns durch den dichten Innenstadtverkehr zwischen den Häuserblocks entlang, und ich komme aus dem Staunen nicht mehr raus. Alles ist so gigantisch! Als wir kurz darauf an einem der gläsernen Türme halten, aussteigen, die in weißem Marmor erstrahlende Lobby betreten und in einem glänzenden Fahrstuhl nach oben fahren, fühle ich mich endgültig wie ein Promi. Ich hatte zwar damit gerechnet, dass er nicht gerade in einer Absteige lebt, aber das hier sprengt den Rahmen meiner Vorstellungskraft.

Die Tür gleitet im achtzigsten Stockwerk lautlos zur Seite und entlässt uns direkt in ein durchgestyltes Luxusapartment. Die Beleuchtung ist bereits eingeschaltet, und in der Mitte des Wohnraums prasselt ein flackerndes Feuer im Kamin. Daneben steht eine gemütlich wirkende steingraue Stoffcouch mit einem halbhohen Metalltisch davor. Neben dem Fernseher hängen Pop-Art-Kunstwerke an der Betonwand. Auf der linken Seite des Raums befindet sich eine offene Hochglanzküche mit roten Fronten, einer Kochinsel und einem silbernen Side-by-Side-Kühlschrank. Alles ist megastylish. Am allerbesten gefällt mir die Glasfront, die sich über die komplette Länge des Wohnraums erstreckt und eine unfassbare Aussicht über die City bietet, die einen bei Nacht glauben lässt, dass die Sterne vom Himmel auf die Erde gefallen wären.

»Wir sind in einer guten halben Stunde mit meiner Familie im Restaurant zum Essen verabredet. Dafür müssen wir nur ein paar Etagen mit dem Fahrstuhl nach oben fahren, also bleibt noch genügend Zeit«, sagt Paxton mit Blick auf seine Armbanduhr. »Wenn du möchtest, kannst du dich vorher im Gästebadezimmer frisch machen.«

Ich freue mich selbstverständlich darauf, Paxtons Vater und seine Schwester Zoe kennenzulernen, aber ich dachte, dass wir erst mal ein wenig für uns wären. Dennoch setze ich ein Lächeln auf. »Sehr gerne. Zeigst du mir, wo es langgeht?«

»Sicher doch, folge mir«, sagt er und führt mich aus dem Wohnraum heraus, bis zum Ende eines schmalen Flurs, wo er eine Tür öffnet. »Licht an«, ruft er ins Nichts, und sofort wird es wie von Zauberhand angenehm hell im Raum.

»Ogottogottogott«, murmle ich geplättet vor mich hin, als ich in das elegant eingerichtete Schlafzimmer komme.

Das riesige Boxspringbett ist ordentlich mit blütenweißer Bettwäsche bezogen, und das Kopfteil wird von Dutzenden grauen und lavendelfarbenen Zierkissen gesäumt. Auf dem Nachttisch stehen Wasserflaschen, eine mit und eine ohne Sprudel, und zwei Gläser bereit. *Fehlt nur noch das Schokoladentäfelchen auf dem Kissen*, denke ich sprachlos, während Paxton die Tasche mit meinen Klamotten vor dem Bett abstellt.

»Hier drüben befindet sich das Bad, und wenn du irgendwas brauchst, gib mir bitte Bescheid. Ich bin direkt nebenan.« Paxton räuspert sich verlegen. »Natürlich fände ich es sehr schön, wenn du bei mir schläfst. Ich weiß, dass du es langsam mit uns angehen willst. Deshalb kannst du auch gerne hier übernachten. Wie du magst.«

»Das ist lieb von dir«, sage ich und sinke, überwältigt von den vielen Eindrücken, auf die Matratze. »Ich mache mich dann mal fertig, und wir sehen uns gleich.«

Paxton verlässt das Zimmer, und ich lasse mich rücklings in den Kissenberg fallen. Nach unserer ersten gemeinsamen Nacht im Aquarium kann ich mir nichts Schöneres vorstellen, als mit ihm einzuschlafen und morgens wieder aufzuwachen. Trotzdem weiß ich nicht, ob es mir nicht doch noch zu früh dafür ist, mit ihm unter einer Decke zu liegen. Wenn ich im Gästezimmer bleibe, brauche ich mir zumindest keine Gedanken darüber machen, ob er vielleicht Dinge von mir erwartet, für die ich mich noch nicht bereit fühle. Auch wenn es mich vermutlich um den Schlaf bringt, zu wissen, dass uns lediglich eine Wand voneinander trennt. Denn mein ganzer Körper sehnt sich mit jeder einzelnen Berührung von ihm noch mehr nach seinen leidenschaftlichen Küssen und diesem intensiven Kribbeln.

Hin- und hergerissen verschiebe ich diese Entscheidung auf später und raffe mich auf. Meine Tasche nehme ich vom Boden und stelle sie auf das Fußende des Betts. Zum Glück hat Lara mir ein elegantes Cocktailkleid aus ihrem Fundus aufgeschwatzt, falls ich mit meiner Tante in die angesagte Bar gehen will, von der sie mir vorgeschwärmt hat.

Mit heftigen Schuldgefühlen packe ich meinen Kulturbeutel, die Schachtel mit den edlen Pumps, das zauberhafte petrolfarbene Kleid aus fließendem Stoff mit halblangen Spitzenärmeln und eine hauchdünne Seidenstrumpfhose aus.

Nachdem ich in Windeseile meine Kleidung gewechselt habe, gehe ich ins Bad, stelle das Täschchen mit meinen Utensilien auf dem Waschtisch ab und betrachte mich in dem beleuchteten Spiegel. Ich lege noch einen Hauch Make-up auf. Zwar finde ich mich auch ohne Rouge, Wimperntusche und Co. vollkommen in Ordnung, aber mit fühle ich mich einfach einen Tick erwachsener. Und seit Lara mir den richtigen Umgang mit all den Beauty-Produkten gezeigt hat, bekomme ich es sogar hin, die Vorzüge meines Gesichts zu betonen und gleichzeitig immer noch wie ich zu wirken. Ich muss jetzt bloß noch meine Haare bändigen, die von dem Wind auf dem Landeplatz ganz zerzaust sind. Ich entscheide mich für einen seitlich geflochtenen Zopf und mache mich ans Werk.

12

Paxton steckt seinen Kopf zur Schlafzimmertür rein, als ich gerade aus dem Bad komme. Er lächelt mich zwar an, doch sein Blick wirkt unsicher. »Du siehst umwerfend aus, Emma. Können wir los?«

»Ich wäre so weit«, antworte ich, gehe einen Schritt auf ihn zu und nehme seine linke Hand in meine. »Alles okay mit dir?«

Er führt mich zum Bett und bedeutet mir, mich neben ihn zu setzen. »Um ehrlich zu sein, bin ich ein wenig nervös. Mein Vater ist ziemlich exzentrisch, und das ist noch freundlich formuliert. Viel lieber hätte ich den ersten Abend allein mit dir verbracht, Pizza gegessen und dir die Stadt gezeigt. Ich will dich nicht unter Druck setzen oder so. Aber mein Vater hat darauf bestanden, dich vor der Gala kennenzulernen, und er akzeptiert kein Nein. Tut mir leid.«

»Oh«, stoße ich verwundert aus. »Meine Eltern würden genauso erwarten, dass ich dich mitbringe und vorstelle. Damit habe ich dich jetzt offiziell vorgewarnt, nur falls du mich irgendwann mal nach Michigan begleiten willst.«

»Danke, dass du das so locker nimmst. Für mich ist es eine total ungewohnte Situation. Meinen Vater hat es bisher nicht gekümmert, mit wem ich ausgehe. Dieses Verhalten ist neu für mich.«

»Dinge ändern sich eben. Ist doch schön, dass er Interesse

an deinem Leben zeigt. Seine Einladung freut mich auf jeden Fall sehr.« Ich erhebe mich von der Matratze und halte Paxtons Hand dabei weiterhin fest in meiner. »Komm schon, sonst verspäten wir uns noch.«

Paxtons Blick entspannt sich langsam, als wir gemeinsam in den Fahrstuhl steigen, und während wir die Etagen hochklettern, versinke ich in seinen ozeanblauen Augen. Als wir in der exklusiven Sky-Lounge zu unserem Tisch geführt werden, rutscht mir mein Herz dann doch ein wenig in die Hose. Zum Glück sind wir vor Paxtons Familie im Restaurant, und ich kann mich in der eindrucksvollen Location erst einmal umsehen.

Im Zentrum befindet sich eine runde Bar mit einer riesigen Glasröhre in der Mitte, wo im blau beleuchteten Wasser Luftbläschen aufsteigen. Unter der Decke baumeln Hunderte Glühbirnen in verschiedenen Formen, die den Raum in ein warmes gelbliches Licht tauchen. Auf den tiefschwarzen, mit feinen weißen Linien durchzogenen Marmorfliesen säumen rechteckige Glastische mit grazilem Goldgestell die Panorama-Aussicht. Die Stühle sind mit blauem Samt bezogen und wirken wie gemütliche Sessel. Paxton rückt mir einen Stuhl direkt am Fenster vor, und nachdem ich mich gesetzt habe, nimmt er gegenüber Platz. Ich bin erstaunt, dass ich mich trotz des noblen Ambientes, meiner ungewohnt eleganten Kleidung und Paxtons Businesslook – silbergrauer Anzug mit weißem Hemd und Krawatte – keine einzige Sekunde unwohl fühle. Ganz im Gegenteil.

»Bruderherz«, quiekt Zoe aufgeregt, als sie und ihr Vater zu uns an den Tisch kommen. Wir erheben uns zur Begrüßung, und augenblicklich fällt Zoe ihrem Bruder um den Hals.

Guillermo Romero reicht mir lächelnd die Hand. »Sie müssen Emma sein. Freut mich sehr. Ich bin Paxtons Vater.«

Für ein paar Sekunden bin ich verdattert. Vor mir steht ein charismatischer Mann mit weißem Haar – und er trägt einen bequemen gold-schwarzen Trainingsanzug. Solch einen legeren Style habe ich nach dem, was ich im Internet an Bildern gesehen habe, echt nicht erwartet. »Herzlichen Dank für die Einladung. Es ist sehr schön, Sie kennenzulernen, Mister Romero«, begrüße ich ihn, immer noch leicht irritiert.

»Nenn mich doch bitte Guillermo«, erklärt er schmunzelnd. »Sonst komme ich mir so alt vor. Außerdem liegt die Freude ganz auf meiner Seite.« Er zwinkert mir zu und drückt seinen Sohn ebenfalls herzlich, nachdem Zoe ihn wieder freigegeben hat.

Zoe eilt nun um den Esstisch herum zu mir und umarmt mich überschwänglich, als wenn wir längst Freundinnen wären. »Es ist supercool, dass du heute dabei bist.« Sie trägt ein rosafarbenes Kleid aus Spitze, das ihren zierlichen Körper sanft umspielt, und lässt sich auf den freien Platz neben mir fallen. Sie wirkt so gar nicht wie jemand, der in Clubs mit älteren Männern abhängt. »Paxton hat mir schon *sooo* viel von dir erzählt. Du hast meinem Brüderchen ganz schön den Kopf verdreht.«

»Zoe, bist du wohl still«, rügt Paxton seine Schwester grinsend. »Du kannst wie üblich wohl nichts für dich behalten, kleines Plappermaul.«

Sie zuckt unschuldig mit den Schultern. »Ich sag bloß die Wahrheit.«

Bevor Paxton darauf etwas erwidern kann, kommt der Kellner an unseren Tisch. »Guten Abend, haben Sie vielleicht schon einen Getränkewunsch?«, fragt er uns höflich und verteilt derweil die Speisekarten.

»Bringen Sie uns doch bitte zunächst eine Flasche Wasser, medium«, antwortet Guillermo.

»Sehr gerne, Sir. Ich bin gleich wieder bei Ihnen, um Ihre Bestellung aufzunehmen.«

Der Kellner lässt uns allein, und wir widmen uns der Menüauswahl. Ich bin ein bisschen verloren, denn teilweise kenne ich noch nicht mal die aufgeführten Zutaten. So wie es aussieht, muss man aber mindestens ein Menü, bestehend aus Vorspeise, Hauptgericht und Dessert, nehmen. Immerhin beim letzten Gang bin ich mir absolut sicher. Das warme Küchlein mit flüssigem Schokoladenkern an frischen Waldbeeren klingt perfekt.

»Hast du schon entschieden, was du nimmst?«, flüstert mir Paxton über den Tisch hinweg zu.

»Bis auf den Nachtisch noch nicht«, wispere ich kopfschüttelnd und blicke ihn ratlos an.

»Der Brotsalat mit Rucola, Tomaten und Parmigiano Reggiano ist superlecker, und dazu kann ich dir die in Salbeibutter geschwenkten Tagliatelle mit Steinpilzen empfehlen. Die sind der Hammer.«

»Hört sich gut an«. Ich klappe die Speisekarte zu und lege sie beiseite. »Genau das werde ich nehmen. Danke dir.«

»Nicht dafür.« Paxton lächelt mir aufmunternd zu, während der Kellner mit der Wasserflasche und einem Tablett an unseren Tisch kommt, auf dem sich vier Probierlöffel befinden, deren Griff so nach hinten gebogen ist, dass nichts von der hübsch angerichteten Füllung herausfallen kann.

»Als Gruß aus der Küche darf ich Ihnen Garnelen auf fruchtigem Avocado-Mango-Salat anbieten. Guten Appetit.«

»Danke, das klingt hervorragend«, entgegnet Guillermo, und der Kellner reicht uns die exquisiten Kostproben.

Im Anschluss notiert er sich der Reihe nach unsere Essenswünsche, und zu guter Letzt ordert Guillermo noch eine weitere Flasche Wasser sowie ein Glas Rotwein zu seinem Hirschbraten in Preiselbeersoße. Nachdem der Kellner sich mit der Bestellung auf den Weg zur Küche gemacht hat, probieren wir die appetitlich duftenden Happen.

»Wenn das Essen genauso köstlich schmeckt wie das hier, falle ich nachher garantiert pappsatt ins Bett«, entfährt es mir, bevor ich meine Zunge zügeln kann.

»Die Küche von Pablo ist in der Tat ausgezeichnet«, stimmt Guillermo mir mit einem breiten Grinsen zu. »Deine Freundin hat Geschmack, mein Junge.«

»Bist du dir sicher, Daddy? Wie du ja weißt, steht sie auf Paxton«, scherzt Zoe kichernd. »Sorry, Emma. Nimm das bitte nicht ernst. Er ist ein toller Kerl, wirklich. Abgesehen davon, dass er mir damals, als wir noch zusammengelebt haben, ständig meine Lieblingskekse weggefuttert hat. Was das angeht, musst du wahnsinnig vorsichtig sein.«

»Danke für die Warnung, ich werde mich in Acht nehmen«, verspreche ich lachend und lege meine Hand entspannt auf Paxtons. »Auf die selbst gebackenen Zimtschnecken meiner Mutter hat er nämlich auch schon ein Auge geworfen.«

Paxton fährt sich unmerklich mit seiner Zungenspitze über die Lippen. »Das waren die leckersten, die ich je gegessen habe. Sie muss eine Küchengöttin sein.«

»Macht deine Mutter das denn beruflich?«, fragt Guillermo interessiert und nippt an seinem Glas.

»Nein, aber sie backt im Jahr tonnenweise Kekse und Kuchen für die Veranstaltungen unserer Kirchengemeinde. Sie leitet dort außerdem den Chor«, erzähle ich. »Und mein Vater hat einen eigenen Bootsverleih mit Werkstatt.«

»Wir haben früher, als ich noch in meinen Dreißigern war, eine Zeit lang auf einem gemütlichen Hausboot gewohnt. Paxtons Mutter liebte das Wasser, nur mit den Kindern war es uns irgendwann zu gefährlich.«

Ich nicke. »Das verstehe ich sehr gut. Ich konnte bereits wie ein Fisch schwimmen, bevor ich Sprechen gelernt habe. Meinen Eltern ist es extrem wichtig gewesen, da wir oft am Strand, beim Segeln oder Angeln waren.«

Zoe wendet sich mir zu und sieht mich mit großen Augen an. »Paxton hat mir ja schon erzählt, dass du nicht in der City aufgewachsen bist. Für mich ist allein die Vorstellung, in einem Kaff zu wohnen, wo es nur Natur gibt, ein Albtraum. Wie hast du das bloß überlebt?«

»Ehrlich gesagt war es für mich das Paradies. Und sobald man einen Führerschein hat, ist es ja auch kein Problem, zur nächsten Mall zu kommen.«

»Ich würde auch gerne Auto fahren, aber das hat Paxton mir bis zu meinem einundzwanzigsten Geburtstag ja vermasselt«, entfährt es Zoe, und Paxtons Haltung wirkt auf einmal angespannt.

Guillermo sieht seine Tochter mit einem strengen Blick an. »Es reicht, Zoe, das ist jetzt kein passendes Thema.«

Ich habe das ungute Gefühl, dass ich gerade versehentlich eine Sache auf den Tisch gebracht habe, die für alle Beteiligten unangenehm ist. Zum Glück werden uns in dem Moment die Vorspeisen serviert und sorgen für Ablenkung.

*

»Deine Familie ist klasse«, sage ich später, als Paxton zu mir auf die Couch kommt und mir ein Weinglas mit der versprochenen Himbeerlimonade reicht. »Irgendwie hatte ich mir deinen Vater ganz anders vorgestellt. Nicht so locker.«

»Diesen fürchterlichen Tick mit den Trainingsanzügen hat er erst seit seinem sechzigsten Geburtstag. Als wenn er dadurch jünger wirken würde«, erklärt Paxton frustriert und verdreht dabei demonstrativ die Augen. »Total lächerlich!«

»Na ja, besser als mein Dad. Der hat es in seiner Midlife-Crisis mit Wasserski versucht und sich dabei fast den Hals gebrochen. Meine Mom ist beinah durchgedreht.«

»Glaube ich dir gerne. Zumindest ist mein Vater noch nicht auf die Idee gekommen, Bungee-Jumping oder so etwas auszuprobieren. Zuzutrauen wäre es ihm allerdings.« Paxton nippt an seiner Limo und rutscht auf der gigantischen Couch noch ein Stück näher an mich heran.

Das Deckenlicht ist angenehm gedimmt, im Hintergrund läuft leise Jazzmusik, und im Kamin prasselt ein knisterndes Feuer, das den Wohnraum mit heimeliger Wärme erfüllt. Mit einem Mal wird mir bewusst, wie verführerisch die ganze Situation ist. Ein behagliches Plätzchen und niemand, der uns stören könnte. *Ob Paxton annimmt, dass wir heute Abend dort weitermachen, wo wir auf der Luftmatratze aufgehört haben?*

»Alles in Ordnung?«, fragt Paxton und sieht mich besorgt an. »Du bist plötzlich so schweigsam.« Er lockert seine Krawatte, legt sie ab und öffnet den obersten Hemdknopf.

»Es ist nur, ich bin mir auf einmal unsicher, was du vielleicht von mir erwartest«, stottere ich und schaffe es nicht länger, ihm in seine nachtblauen Augen zu sehen. »Ich meine, du weißt schon.«

»Denkst du etwa, dass ich dich nur hierhergebracht habe, um dich flachzulegen?«, fragt Paxton und schließt seine Hand sanft um meinen Oberarm.

»Nein, natürlich nicht«, wispere ich mit belegter Stimme, wobei ich mich seltsamerweise zur gleichen Zeit erleichtert und vor den Kopf gestoßen fühle. »Wäre es denn so abwegig?«

»Wie kommst du denn darauf?«, fragt er kopfschüttelnd und fährt zaghaft mit seinen Fingern über die hauchdünne Spitze meines Kleids, was allein schon ausreichend ist, um mir einen heißen Schauer durch den Körper zu jagen. »Ich möchte, dass du dich mit mir hundertprozentig wohlfühlst, und werde dich bestimmt nicht zu einer Sache drängen, für die du noch nicht bereit bist. Hast du das verstanden, Emma?«, fragt er mich eindringlich und sieht mir dabei fest in die Augen.

Mir fällt ein Stein vom Herzen, und ich lasse es zu, dass er seinen Arm innig um mich legt. »Was hältst du davon, wenn wir die unbequemen Ausgehklamotten gegen unsere kuscheligen Schlafanzüge tauschen und uns einen Film angucken?«, schlägt er vor und gibt mir ein Küsschen auf die Schläfe.

»Das hört sich prima an«, antworte ich und bin froh, dass Sex vorerst kein Thema mehr zwischen uns ist, auch wenn es mir äußerst schwerfällt, nicht daran zu denken, wie es wohl wäre.

*

Warmes Tageslicht strömt durch das bodentiefe Fenster in den Raum und küsst mich sanft wach. Ich brauche einen Augenblick, bis ich realisiere, wo ich überhaupt bin. In ein Nest aus

Kissen gebettet, liege ich allein unter einer gigantischen Daunendecke. Das Letzte, woran ich mich erinnere, ist Jennifer Lawrence, die zusammen mit Chris Pratt versucht, die Avalon vor dem Untergang zu retten. Dann bin ich eingeschlafen. Paxton muss mich von der Couch in das Gästezimmer getragen haben.

Ich entdecke meine Brille auf dem Nachttisch und setze sie auf. Anschließend krabble ich, immer noch schlaftrunken, aus den luxuriösen Federn und tapse ins Bad, um mir die Zähne zu putzen.

Staunend blicke ich mich in dem Wellnesstempel um. Gestern sind so viele Eindrücke auf mich eingeprasselt, dass mir gar nicht aufgefallen ist, wie viele Annehmlichkeiten das Apartment bietet. Neben der Dusche aus cremefarbenen Natursteinen und Glas mit einer riesigen Regenwaldbrause und Massagedüsen an der Wand gibt es auch noch eine Eckbadewanne mit Sprudelfunktion. Das ist der absolute Wahnsinn.

Ich spucke den Zahnpastaschaum aus und wasche mein Gesicht gründlich. Dann öffne ich meinen geflochtenen Zopf und kämme ausgiebig mein wuscheliges Haar, um es danach zu einem halbwegs ordentlichen Dutt zusammenzubinden. Zwar habe ich keine Idee, wie spät es ist, aber mein Magen knurrt wie verrückt, also belasse ich es vorerst bei der Katzenwäsche und hoffe, dass Paxton schon aufgestanden ist.

Als ich auf Socken und immer noch im Pyjama das Wohnzimmer betrete, sehe ich Paxton, der mit dem Rücken zu mir vor dem geöffneten Kühlschrank steht und nacheinander Milch, Eier und Butter herausnimmt. Sein Haar ist noch leicht feucht, und abgesehen von den schwarzen, eng anliegenden Shorts trägt er nichts außer dem Adler, der sich über seinen Bizeps spannt. Wie angewurzelt verharre ich auf der Stelle und frage mich, ob ich vielleicht doch besser wieder kehrtmachen soll.

Gerade als ich mich umdrehen will, kommt Paxton mir zuvor. »Du bist schon wach.« Er mustert mich erstaunt mit einem breiten Grinsen. »Hast du Hunger?«

»Oh ja«, antworte ich mit geröteten Wangen, wobei ich mich ein klein wenig ertappt fühle. Und dass mein Blick nun an seinem muskulösen Oberkörper haftet, macht die ganze Situation nicht unbedingt besser. Ich versuche mich zu sammeln und schaue zu den Lebensmitteln auf der Arbeitsplatte. »Soll ich dir helfen?«

»Gerne«, erwidert er. »Ich ziehe mir noch schnell was über, und dann wollte ich dir die versprochenen French Toasts zaubern. Eigentlich mit Service ans Bett.«

»Du weißt, was mich glücklich macht«, sage ich augenzwinkernd, obwohl er sich von mir aus auch in seinen sexy Shorts an den Herd stellen könnte.

Kurz darauf kommt er in einer grauen Jogginghose und einem weißen T-Shirt zurück in die Küche, unterdessen habe ich es mir auf einem der beiden Barhocker bequem gemacht. »Was soll ich tun?«

»Wenn du magst, könntest du dich ums Obst kümmern.« Paxton holt eine Tüte mit Weißbrotscheiben, ein Paket Zucker und einen Gewürzstreuer mit Zimtpulver aus dem großen Vorratsschrank und stellt die Sachen zu den anderen Zutaten.

»Sicher doch«, antworte ich und nehme die drei Glasschüsseln entgegen, die er mir reicht.

Im Anschluss öffnet er eine der unzähligen Schubladen und

gibt mir noch ein kleines Messer und ein Brettchen heraus. »Prima. Dort drüben ist eine Schale mit Bananen, Äpfeln und Kiwis. Die Reste kannst du einfach in die Spüle werfen, die hat einen Abfallzerkleinerer.«

»Okidoki«, sage ich, Paxton schaltet das Radio ein, und wir machen uns zu Rockmusik einträchtig an die Zubereitung unseres Frühstücks. Von meinem Platz aus habe ich dabei einen perfekten Ausblick über die grüne Oase Manhattans. Der Central Park liegt vor uns wie ein flauschiger Teppich, ausgerollt inmitten der Bauten aus Glas und Metall. Zwischendurch schweift mein Blick allerdings unaufhörlich zur nicht minder hübschen Aussicht direkt neben mir ab. Ich hätte niemals gedacht, dass Paxton eine so gute Figur an der Pfanne macht. Routiniert wendet er die Toastscheiben aus dem Handgelenk. »Hast du das irgendwo gelernt?«, frage ich verblüfft.

»Ich habe eine ganze Weile in einer Küche mitgeholfen, da schnappt man viel auf.« Er entzieht mir seinen Blick, wendet sich abrupt ab und holt zwei Teller aus dem Hochschrank.

Irgendwie habe ich das Gefühl, dass es ihm unangenehm ist, und hake deshalb nicht weiter nach. Da ich fertig damit bin, genügend Obst in Scheiben und Stücke zu zerteilen, freunde ich mich mit der Kaffeemaschine an. Nachdem ich kapiert habe, wie das Touchdisplay funktioniert, bekomme ich es hin, zwei dampfende Tassen Kaffee zuzubereiten, für ihn schwarz und für mich mit warmem Milchschaum sowie einem Löffel Zucker. Derweil richtet Paxton die mittlerweile himmlisch duftenden goldbraunen Toastscheiben zusammen mit den frischen Früchten und einem Klecks dunkler Schokoladensoße auf den Tellern an.

Von hinten lege ich meine Arme behutsam um Paxtons Mitte und schmiege mich an seinen Rücken. »Wenn das Frühstück nur halb so gut schmeckt, wie es aussieht, lasse ich keinen Krümel übrig.«

Er nimmt meine Hände in seine, löst sie von seinem Körper, dreht sich mit einem glücklichen Lächeln zu mir um und hebt mich dann mit Leichtigkeit an meiner Taille auf die Arbeitsplatte. Anschließend schiebt er meine Oberschenkel mit den Händen sanft auseinander, was mich von Kopf bis Fuß elektrisiert. Seine Hände wandern weiter zu meinem Hintern, und er zieht mich noch näher an sich heran. Meine Finger fahren seine Arme hinauf, während sich seine quälend langsam unter dem dünnen Stoff des Schlafshirts zu meinen nackten Brüsten hinaufschieben. Sein Blick ist mit einem Mal voller Leidenschaft, und ich bin mir ziemlich sicher, dass ich nicht die Einzige bin, die gerade Heißhunger bekommt.

»Ich würde dich gerne küssen«, raunt mir Paxton mit seiner tiefen, samtigen Stimme ins Ohr. »Darf ich?«

Mein Nicken gibt ihm die Gewissheit, nichts gegen meinen Willen zu tun. Wie könnte er auch. Innerlich bebe ich vor Verlangen, ihn endlich zu spüren. Als sich seine Lippen mit leichtem Druck auf meine pressen, durchströmt mich eine Welle der Euphorie. Ein Rausch aus Begierde, Lust und Ekstase, der mich all meine Bedenken aufs Neue vergessen lässt. Seine Zunge dringt zu meiner vor, gleichzeitig vollführen seine Daumen bedächtige, kreisende Bewegungen an meinen empfindlichen Nippeln, die sich unter seiner erregenden Berührung aufrichten. Als mein Unterleib daraufhin anfängt zu pulsieren, umklammern meine Finger krampfhaft seine durchtrainierten

Oberarme, auf der Suche nach Halt, wobei er mir ein intensives Stöhnen entlockt, das durch seinen Mund auf meinem gedämpft wird. *Oh Gott, ich bin absolut verloren.* Paxtons glühende Lippen rutschen meinen Hals bis zu meinem Dekolleté küssend hinab. Unsere Atemzüge werden dabei mit jedem Kuss schwerfälliger und tiefer. Als er mein Oberteil anhebt und plötzlich eine meiner Brustwarzen mit seiner Zungenspitze liebkost, wird mir von jetzt auf gleich so heiß, dass ich mich am liebsten meines Pyjamas vollständig entledigen würde. In den süßlichen Duft der French Toasts mischt sich der frische, zitronige Geruch seines Shampoos. Meine rechte Hand vergräbt sich in seinem welligen Haar, und ich schließe die Augen, als ich seine Erektion, dicht an meinen Schoß gedrückt, nicht mehr leugnen kann. Mir ist klar, dass wir eigentlich schon viel zu weit gegangen sind, um aufzuhören. Auch wenn wir es sollten, ansonsten wird unweigerlich passieren, wofür es zu diesem Zeitpunkt noch viel zu früh ist. Offenbar wird das Paxton im gleichen Moment ebenfalls bewusst, denn er bricht ruckartig ab, stützt seine Hände schwer atmend neben mir auf die Arbeitsplatte und bringt so Abstand zwischen unsere erhitzten Körper.

»Sorry, ich bin zu weit gegangen«, wispert er verlegen, und ich sehe ihm an, dass er innerlich hin- und hergerissen ist, genau wie ich.

Verwirrt lege ich meine rechte Hand an seine Wange, streiche mit meinem Daumen über die glatt rasierte Haut und brauche ein paar Sekunden, bis ich mich gefangen habe und sprechen kann. »Lass uns frühstücken, sonst wird es noch kalt«, hauche ich atemlos.

»Oh ja, da hast du wohl recht«, stimmt er schmunzelnd zu. »Wollen wir es uns auf der Couch gemütlich machen?«

»Gute Idee.« Ich nehme die Kaffeebecher, und Paxton folgt mir mit den Tellern und Besteck.

Ich stelle die Becher auf dem Couchtisch ab, und als wir uns gesetzt haben, reicht Paxton mir meinen Teller.

»Deine French Toasts schmecken super«, erkläre ich zufrieden, nachdem ich das Frühstück gekostet habe. »Du hast wirklich nicht übertrieben.«

»Da bin ich aber erleichtert. Ich hätte dich niemals unter Vorspiegelung falscher Tatsachen herlocken wollen«, erwidert Paxton augenzwinkernd und schiebt sich ein Stück Obst in den Mund. »Wenn du magst, würde ich für zwölf Uhr einen Wagen ordern, und dann können wir zum Flagship-Store meines Vaters fahren, um unsere Outfits für die Gala auszusuchen.«

»Hört sich perfekt an«, antworte ich und verputze noch ein weiteres Stück Toast.

»Du hast da noch ein wenig Schokosoße«, sagt Paxton grinsend und wischt mir mit seinem Finger über meinen Mundwinkel. Anschließend steht er auf, nimmt mir meinen leeren Teller mit dem Besteck ab und räumt unser dreckiges Geschirr zusammen mit den übrigen Sachen in die Spülmaschine. Wie gebannt hocke ich noch einen Augenblick da und sehe ihm beim Aufräumen zu, unfähig, mich zu bewegen, während meine Lippen immer noch von dem kurzen Hautkontakt wie verrückt kribbeln.

*

Eine Stunde später sitzen wir auf dem Rücksitz des Geländewagens mit den getönten Scheiben und halten vor der

Boutique im Luxusviertel Manhattans. Frank öffnet uns die Autotür, Paxton steigt zuerst aus und reicht mir dann seine Hand.

Wir betreten den pompösen Laden durch eine goldene Drehtür und werden sofort von einem blumigen Duft umhüllt. Eine Dame eilt trotz ihrer halsbrecherischen Absätze auf uns zu. »Was für eine schöne Überraschung, Mister Romero! Wen haben Sie uns denn da Hübsches mitgebracht?«

»Meine Freundin Emma Newton«, sagt Paxton.

»Freut mich sehr, Sie kennenzulernen, Miss Newton. Ich bin Sylvia Lopez, die Leiterin des Stores.« Nachdem sie mir die Hand gegeben hat, wendet sie sich wieder Paxton zu. »Was kann ich denn für Sie tun?«

»Heute Abend ist die Charity-Gala der Stiftung, und wir brauchen noch Outfits.«

»Kein Problem, Sie bekommen das Rundum-sorglos-Paket. Setzen Sie sich, ich sag unserer Shoppingberaterin Bescheid.«

Wir nehmen in Sesseln mit schwarzem Samtbezug Platz und bekommen von einem Mitarbeiter Orangensaft mit Eiswürfeln in Sektgläsern serviert.

»Hallo, ich bin Kathrin Geller, aber Sie können mich ruhig Kathrin nennen«, begrüßt uns kurz darauf eine junge Frau mit langen blonden Haaren lächelnd. Dann gibt sie erst mir und anschließend Paxton die Hand. »Mir wurde gesagt, dass Sie beide etwas Angemessenes für eine Gala benötigen. Lassen Sie uns mit Ihnen loslegen, Miss Newton. Wenn wir ein Ballkleid für Sie gefunden haben, kümmern wir uns um einen dazu passenden Anzug für Sie, Mister Romero.«

Kathrin winkt eine weitere Mitarbeiterin herbei. Gemeinsam machen sie sich daran, verschiedene Kleider auszusuchen. Nach und nach füllt sich ein rollbarer Garderobenständer mit der exquisiten Auswahl, bis kein Platz mehr auf der Stange ist. Ich folge Kathrin zu den Umkleidekabinen, während die Mitarbeiterin die Designerstücke hinter uns herschiebt.

»Ich schlage vor, wir versuchen es als Erstes mit diesem hier im Meerjungfrauen-Stil«, sagt Kathrin und reicht mir ein bordeauxrotes Kleid aus Samtstoff. »Probieren Sie es einfach mal an, damit wir ein Gefühl dafür bekommen, was Ihnen steht.«

Ich nicke und verschwinde mit dem Kleid in einer der Umkleiden. Nervös streife ich erst meine Sneakers, dann die Jeans und zum Schluss meinen Pulli ab. Vorsichtig öffne ich den Reißverschluss am Ballkleid und schlüpfe hinein. Die Farbe gefällt mir sehr gut, nur ist der Schnitt sehr figurbetont, und bloß eine meiner Schultern wird von einem mit Strass besetzten Träger bedeckt, wodurch ich mich ein wenig nackt fühle.

»Alles in Ordnung bei Ihnen, Miss Newton? Oder brauchen Sie Hilfe beim Anziehen?«, fragt Kathrin durch den Vorhang.

»Nein, alles bestens«, antworte ich ihr und werfe einen letzten prüfenden Blick in den Spiegel. »Bin gleich so weit.«

Ich atme noch einmal ein und aus, dann trete ich aus der Umkleide. *Was Paxton wohl von diesem Kleid hält?*

»Du siehst hammermäßig aus, Emma«, sagt Paxton prompt, als er mich erblickt. »Wie ein glamouröser Filmstar bei einer Preisverleihung.«

»Dir gefällt es also«, schlussfolgere ich unsicher.

Paxton überlegt einen Moment und betrachtet mich dabei von oben bis unten. »Schon, aber irgendwie bist das nicht du.«

»Finde ich auch«, entgegne ich, erleichtert darüber, dass wir einer Meinung sind, und gebe ihm einen Kuss auf den Mund. »Es ist toll, nur einfach nicht meins.«

»Wir haben ja noch genügend andere Optionen«, sagt Kathrin und nimmt das nächste Modell vom Garderobenständer. »Husch, husch, zurück in die Umkleide.«

*

»Wenn mir jetzt noch jemand eine Pizza reicht, ist es wie in *Pretty Woman*«, flüstere ich Paxton kichernd zu, als ich erneut aus der Kabine komme, um ihm das zweite Ballkleid mit einem voluminösen Tüllrock vorzuführen, in dem ich aussehe wie rosafarbene Zuckerwatte.

Ich sehe ihm an der Nasenspitze an, dass er sich ebenfalls ein Lachen verkneifen muss. »Nur dass ich dich nicht wegen der Arbeit sitzen lasse und lieber deine Modenschau genieße. Apropos Pizza, wir könnten im Anschluss nach Brooklyn fahren und bei Francesco mittagessen.«

»Das klingt fabelhaft«, antworte ich ihm glücklich, bevor ich mit dem nächsten Versuch hinter dem Vorhang verschwinde.

Ich drehe mich kurz darauf in einem aquamarinfarbenen Abendkleid aus fließendem, beinahe bodenlangem Stoff vor dem Spiegel. Die kurzen Ärmel und die zauberhafte Rückenpartie sind aus filigraner Spitze gearbeitet, und um meine Taille schmiegt sich ein dünnes, glitzerndes Seidenband, das hinten zu einer zarten Schleife zusammenläuft. Bei diesem Anblick verschlägt es mir die Sprache. Ich sehe vollkommen verändert aus. In diesem schlichten und gleichzeitig extravaganten Kleid fühle ich mich richtig erwachsen und trotzdem wie ich selbst. Okay, und zugegebenermaßen auch ein wenig wie eine wunderschöne Märchenprinzessin.

Als ich den Vorhang zur Seite ziehe, hoffe ich, dass es meinem Prinzen genauso gut gefällt wie mir.

»Wow«, stößt Paxton aus und sieht mich mit Augen, so groß wie Unterteller, an.

»Was meinst du? Nimmst du mich so heute Abend mit auf die Gala?«, frage ich vorsichtig nach, weil Paxton immer noch mit offenem Mund vor mir steht.

»Und wie«, antwortet er, legt seine Hände um meine Taille, hebt mich in die Luft und dreht mich mit sich im Kreis. »Du wirst alle verzaubern, genau wie mich.«

Als er mich absetzt, ist mir ganz schwindelig vor Glück. Ich freue mich, dass Paxton mich tatsächlich mitnehmen will.

»Während Ihnen meine Kollegin Anita bei der Auswahl eines Anzugs behilflich ist, entführe ich Ihre Süße kurz«, sagt Kathrin augenzwinkernd zu Paxton und nimmt mich an ihre Hand. »Sie bekommen sie später zurück. Versprochen.«

Kathrin bedeutet mir, ihr in den hinteren Teil des Ladens zu folgen und mich auf einen bequemen Ledersessel zu setzen. Dann bringt eine Mitarbeiterin Unmengen von Schuhschachteln herbei, und ich probiere im Eiltempo ein Paar nach dem anderen an, bis wir die perfekten Pumps gefunden haben. Weiter geht es mit den Handtaschen, und Kathrin sucht mir eine mit dem glitzernden Seidenband harmonierende Clutch aus.

»Jetzt fehlt nur noch das gewisse Etwas für untendrunter«, verkündet Kathrin mit Verzücken in ihrer Stimme. »Sie sollen sich schließlich von oben bis unten wie eine Göttin fühlen.

Gehen Sie ruhig schon einmal in die Kabine. Ich bring Ihnen gleich was zum Probieren. Ich schätze mal, Sie haben ein B-Körbchen.«

»Okay«, murmle ich und wage es nicht, zu widersprechen.

Zu meiner Überraschung wechselt Kathrin per Knopfdruck das Licht in der Umkleide in einen angenehmen Candle-Light-Modus, und ich fühle mich gleich wohler, so nackt, nur mit Unterwäsche bekleidet.

Kathrin nimmt Maß und nickt. »Genau wie ich es mir gedacht habe. Bin gleich wieder bei Ihnen.« Sie verlässt die Kabine und reicht mir ein paar Minuten später einen Balconette-BH, mit zum Kleid passender Spitze, und einen Slip in derselben Farbe. Ich schlüpfe in die Wäsche – die laut Preisschild mindestens so viel kostet wie alles in meiner Unterwäscheschublade zusammen – und muss gestehen, sie sieht fantastisch aus. So sexy habe ich mich noch nie zuvor gefühlt.

»Sind Sie so weit, dass ich den Sitz des BHs bei Ihnen überprüfen kann?«, fragt Kathrin mich wenig später durch den Vorhang hindurch.

»Sicher«, erwidere ich und bekomme dieses Strahlen einfach nicht mehr aus meinem Gesicht. »Optisch haben Sie absolut meinen Geschmack getroffen. Ich glaube, der BH könnte noch ein wenig enger sitzen.«

»Das sehe ich genauso. Ich hole Ihnen das gute Stück mit einem etwas kleineren Brustumfang. Dann sollte der BH aber optimal passen.«

Kathrin behält recht, und ich ziehe mir anschließend wieder meine eigenen Klamotten an. Paxton hat inzwischen ebenfalls einen Anzug ausgesucht und ist fertig.

»Auch von mir herzlichen Dank für die Hilfe«, sage ich zu Kathrin und schließe mich Paxton damit an.

»Gern geschehen«, erwidert Kathrin mit einem Lächeln. »Wir geben Ihre Auswahl sofort in die Expressreinigung und lassen sie anschließend umgehend zu Ihrem Apartment liefern, Mister Romero. Ich wünsche Ihnen beiden einen wundervollen Abend.«

13

Auf der Straße ist jede Menge los, unzählige Menschen hetzen auf dem Bürgersteig an uns vorbei, und dauernd hupt irgendein Wagen, oder es quietschen lautstark Reifen. Frank wartet mit unserem schwarzen SUV zum Glück direkt am Bordstein und hält uns bereits die Tür auf, damit wir so schnell wie möglich einsteigen können.

»Fahren Sie uns bitte zu Francesco«, sagt Paxton, als wir im Wagen sitzen.

»Sehr gerne, Mister Romero. Ihre Visagistin wird um halb sieben in Ihrem Apartment eintreffen, und ich werde Sie zusammen mit Ihrer Familie eine Stunde später zur Veranstaltung bringen«, antwortet Frank, während er an einer roten Ampel hält.

»Besten Dank«, entgegnet Paxton und wendet sich dann mir zu. »Um Haare und Make-up kümmert sich Annie. Ich hoffe, das ist okay für dich.«

»Ehrlich gesagt bin ich dankbar. Ich war schon unsicher, wie ich das allein hinbekommen soll.«

Paxton sieht mich kopfschüttelnd an. »Wieso hast du mich denn nicht einfach darauf angesprochen?« Er legt meine Hand in seine und drückt sie verständnisvoll. »Ich möchte nicht, dass du dir um irgendwas Sorgen machst. Du kannst immer mit mir reden, in Ordnung?«

Ich nicke und gebe Paxton dankbar ein Küsschen auf die Wange. »Mache ich, versprochen.«

Wir schlängeln uns Stück für Stück durch den Großstadtdschungel und fahren schließlich über die Brooklyn Bridge. Ich blicke stumm aus dem Fenster auf das glitzernde Wasser und kann sehr gut nachvollziehen, dass dieser Ort zu Paxtons Favoriten gehört.

Nachdem wir das Ufer erreicht haben, dauert es nicht lange, und wir halten an einer unscheinbaren Häuserecke, die nichts von dem Glamour der Fifth Avenue hat. Auf einer rot-grün gestreiften Markise steht in weißer Schreibschrift *Pizzeria Francesco*. Ich schätze, wir haben unser Ziel erreicht.

»Da wären wir«, sagt Frank wie zur Bestätigung und öffnet das Handschuhfach. Dann reicht er Paxton eine schwarze Cap und eine Sonnenbrille nach hinten. »Sicher ist sicher.«

»Stimmt, hab ich gar nicht dran gedacht«, erwidert Paxton mit gepresster Stimme. »Danke schön.«

Paxton versteckt seine Haare unter der Kopfbedeckung, und seine Augen verschwinden hinter den getönten Gläsern. Frank steigt aus und öffnet uns die Autotür, woran ich mich mittlerweile schon ein wenig gewöhnt habe. Als wir aussteigen, lässt Paxton meine linke Hand keine Sekunde los und blickt sich immer wieder um. Es muss ganz schön anstrengend sein, wenn man bei jedem Schritt in der Öffentlichkeit damit rechnen muss, erkannt zu werden.

Wir betreten die Pizzeria mit den viereckigen Tischen, den typischen rot-weiß karierten Decken und unzähligen Schwarz-Weiß-Fotografien an den Wänden, die zusammen mit dem köstlichen Duft nach Kräutern und Tomaten das Lebensgefühl Italiens verströmen.

»Ciao«, ruft uns ein kleiner, rundlicher Mann im weißen Polohemd, mit Schürze um die Hüften, freudestrahlend über die Lautstärke im Laden hinweg mit italienischem Akzent zu. »Schön, dass mich mein Stammgast doch nicht vergessen hat. Ich habe dich schon vermisst.«

»Ich dich auch, Francesco, und vor allem deine Quattro Formaggi. Die ist immer noch unangefochten auf Platz eins.«

Der fröhliche Italiener holt mit einem Holzschieber eine Pizza aus dem gigantischen Steinofen und legt sie auf einen Teller. »Bekommst du, bekommst du. Jetzt stell mir aber erst mal deine wunderschöne Freundin vor.«

»Das ist Emma. Wir wohnen auf der Uni im selben Wohnheim«, erzählt Paxton und küsst meine Hand, die er immer noch in seiner hält.

»Du Glückspilz«, erklärt Francesco schmunzelnd und wendet seinen Blick nun mir zu. »Es freut mich sehr, dich kennenzulernen, bella. Was bekommst du denn zu essen?«

»Die Pizza mit Parmaschinken und Rucola hört sich superlecker an«, sage ich, nachdem ich die unzähligen Vorschläge auf der schwarzen Kreidetafel am Tresen überflogen habe, mit einem breiten Lächeln.

»Sehr gute Wahl. Sucht euch ein freies Plätzchen, und die Pizzen mit extra *amore*, dafür ohne Knoblauch, kommen gleich.« Er zwinkert uns zu und bearbeitet zeitgleich routiniert eine Kugel Pizzateig mit seinen Händen. »Maria, kannst du dich bitte um meinen Lieblingsgast und seine charmante Begleitung kümmern.«

Eine junge Frau mit langen schwarzen Haaren, die sie zu einem Zopf zusammengebunden hat, nickt Francesco bestätigend zu. »Ich kassiere nur noch die Nummer vier ab, und dann bin ich sofort bei euch. Hier geht alles schön der Reihe nach. Lieblingsgast hin, Lieblingsgast her, Papa.«

Es tut so gut, dass hier scheinbar niemand groß Aufhebens um Paxtons Promistatus macht. Das erste Mal, seit wir in den Helikopter gestiegen sind, fühlt es sich nicht wie in einer glitzernden Seifenblase an, sondern stinknormal und bodenständig, so wie damals beim Burger-Essen.

Wir nehmen an einem der noch wenigen freien Tische in der hintersten Ecke des Lokals Platz. Messer und Gabeln liegen eingewickelt in rote Papierservietten bereits auf dem Tisch, und in der Mitte befinden sich Salz- und Pfefferstreuer aus Holz. Alles, was man braucht. Maria nimmt unsere Getränkebestellung auf, und keine zehn Minuten später bringt sie uns, neben zwei Limonaden, die Teller mit den verführerisch duftenden Pizzen.

»Lass es dir schmecken«, sagt Paxton fröhlich, legt seine Sonnenbrille ab und wickelt sein Besteck aus.

»Du dir auch«, erwidere ich, und erst jetzt merke ich, wie hungrig ich bin.

*

»Das war wirklich die allerbeste Pizza, die ich je gegessen habe«, erkläre ich gesättigt, während ich Gabel und Messer seitlich auf den leeren Teller lege. »Ich hoffe nur, dass ich noch in mein Kleid passe.«

»Ich weiß sowieso nicht, wo du das hinsteckst«, sagt Paxton. »So schlank, wie du bist. Ich muss inzwischen total aufpassen und viel mehr Sport machen als früher, um in Form zu bleiben.«

Gerade als Maria zu unserem Tisch kommt, um abzukassieren, und ich mein Portemonnaie dafür aus meiner Handtasche hole, werde ich von einem hellen Blitz geblendet. Ich kneife die Augen reflexartig zusammen.

»Sie werden sofort mein Restaurant verlassen, sonst rufe ich die Polizei. Subito, capito!«, höre ich plötzlich Francesco ruhig, aber bestimmt in energischem Ton sagen, sodass alle anderen mucksmäuschenstill sind.

Als ich meine Lider wieder öffne, sehe ich, wie ein Typ in Jeans und schwarzem T-Shirt, mit einer Profikamera um seinen Hals, von zwei stämmigen Mitarbeitern unsanft aus dem Laden geleitet wird. An der Tür dreht er sich mit aller Kraft noch einmal zu uns um. »Hey, Romero«, brüllt er mit einem süffisanten Grinsen. »Ich hab dich und dein neuestes Betthäschen abgeschossen.«

Die anderen Gäste des Restaurants tuscheln derweil offen miteinander, und einige starren zu uns rüber. Ich fühle mich so, als würden wir auf dem goldenen Präsentierteller sitzen, und blicke Paxton unsicher an.

»Danke, Francesco, du bist der Beste«, sagt Paxton und legt seine Hand auf meine. »Es tut mir leid, Emma. Nirgendwo hat man seine Ruhe vor diesen Aasgeiern. Wir sollten gehen.«

Schnell krame ich dreißig Dollar aus meiner Geldbörse und lege sie auf den Tisch. »Es hat fabelhaft geschmeckt, Francesco. Danke.«

Wir verlassen die Pizzeria, und ich entdecke den Paparazzo auf der gegenüberliegenden Straßenseite, mit dem Objektiv im

Anschlag. Mein Herz fängt heftig an zu klopfen, ich zittere vor Aufregung und Wut gleichermaßen. Paxton hält meine Hand weiterhin in seiner, und wir steigen zügig in den Wagen ein. Hinter den getönten Scheiben beruhige ich mich langsam.

»Wie geht's dir? Bist du okay?«, fragt Paxton besorgt, während ich noch versuche zu begreifen, was da gerade abgelaufen ist. »Wenn dir das zu viel ist, sag es mir bitte.«

»Alles bestens. Mir ist ja nichts passiert. Ich brauche nur einen Moment, um meine Gedanken zu sortieren.«

Paxton legt erst sich selbst, dann mir den Sicherheitsgurt an und anschließend seinen Arm beschützend um mich. Schweigend vergrabe ich mein Gesicht an seiner breiten Brust und atme mehrmals tief ein und wieder aus.

»Schon gut, ich bin hier«, wispert er besänftigend in mein Haar und streicht mir dabei liebevoll über den Rücken.

Es tut so gut, seine Nähe zu spüren und seinem rhythmischen Herzschlag zu lauschen, während die ganze Welt um mich herum in einem Schleier aus Tränen verschwimmt.

»Ich war darauf gefasst, dass wir heute Abend bei der Gala von Fotografen belagert werden«, schluchze ich leise in sein Shirt. »Das eben hat mich einfach überrumpelt.«

Paxton küsst mir auf den Scheitel und umschließt mich noch ein bisschen enger. »Für mich ist es leider Normalität hier in New York.«

»Geht schon wieder«, schniefe ich und wische mir dabei mit der Hand über meine verheulten Augen. »Entschuldigung, jetzt ist dein Oberteil ganz feucht geworden.«

»Das macht doch überhaupt nichts.« Paxton hebt den Stoff ein Stück von seinem Bauch hoch und trocknet damit meine

Wangen. »Sehe ich da in deinen Mundwinkeln etwa ein klitzekleines Lächeln?« Er nimmt mein Kinn in seine Hand und hebt es behutsam an. »Ich liebe dein Lächeln.« Dann legt er seine Lippen tröstend auf meine.

Einige Minuten später halten wir auch schon vor dem Apartmentgebäude, und ich bin erleichtert, dass es noch ein paar Stunden sind, bis wir uns für die Abendveranstaltung fertig machen müssen. Gerade als wir zusammen aus dem Fahrstuhl ins Wohnzimmer treten, klingelt Paxtons Handy.

»Da muss ich rangehen. Bin gleich wieder bei dir«, erklärt Paxton und geht in die Richtung seines Zimmers.

Während er verschwunden ist, sehe ich mich in Ruhe im Raum um. Es gibt keinerlei persönliche Dinge, was mir erst jetzt auffällt. Bei mir im Wohnheim habe ich einige Familienfotos stehen, und bei meinen Eltern hängen unzählige mehr oder weniger peinliche Bilder an den Wänden. Gerade als ich mir die Kunstwerke genauer anschaue und entdecke, dass Paxtons geschwungene Unterschrift in der Ecke jedes einzelnen zu finden ist, kommt er zurück und nimmt mich von hinten in den Arm. »Na, gefällt dir, was ich mache?«

»Die sind wundervoll. Ich verstehe zwar nichts von Kunst, aber die könnten glatt in einer Galerie hängen.«

»Danke für die Blumen«, sagt er schmunzelnd und küsst mich an der empfindlichen Stelle hinter meinem Ohr. »Ich werde dich hier leider ein Stündchen allein lassen müssen. Mach es dir bitte gemütlich und fühl dich wie daheim«, erklärt er betrübt und bedeckt meinen Nacken mit Küssen. »Mein Vater will mich unverzüglich persönlich sprechen, aber glaub mir, ich würde viel lieber hier bei dir bleiben.«

»Ich lauf dir schon nicht weg, und nach der Aufregung wird mir ein wenig Entspannung sicherlich guttun«, sage ich nachdenklich.

»Lass dir doch ein schönes Bad ein«, schlägt er vor. »Beim Haustelefon dort drüben ist der Roomservice auf der Eins als Kurzwahl eingespeichert. Soweit ich weiß, gibt es ein tolles Wellnesspaket.«

»Das klingt verlockend.« Ich drehe mich zu ihm um und küsse ihn auf die Wange. »Du hast bestimmt recht.«

Nachdem Paxton sich auf den Weg gemacht hat, rufe ich die Rezeption an. Ich muss nicht lange warten, bis eine Mitarbeiterin mit einem vollgepackten Servicewagen aus dem Aufzug kommt. Sie folgt mir ins Badezimmer und lässt das Wasser ein. Der Badezusatz duftet herrlich. Darüber hinaus hat sie mir einen weichen Bademantel, einen Korb mit Schönheitsprodukten, wie Peelings und Cremes, einen Luffaschwamm und eine Karaffe, gefüllt mit Gurkenwasser, mitgebracht.

»Kann ich sonst noch irgendetwas für Sie tun, Miss?«, fragt sie zuvorkommend.

»Wissen Sie eventuell, wie der Fernseher angeht? Ich würde gerne einen Musiksender einschalten.«

»Selbstverständlich, Miss, hier finden Sie das Steuerungselement.« Sie zeigt auf einen kleinen Touchscreen in der Wand. »Darüber können Sie auch den Lichtmodus und die Sprudelfunktion einstellen.«

»Danke, für mich ist das alles neu«, gestehe ich verlegen und setze mich auf den Wannenrand.

»Kein Problem. Wenn Sie etwas benötigen, rufen Sie einfach an. Ich wünsche Ihnen ein angenehmes Bad.«

Nachdem die Mitarbeiterin gegangen ist und ich beim Durchzappen einen Sender mit Musikvideos gefunden habe, ziehe ich mich aus. Das Wasser blubbert und verströmt einen himmlischen Geruch. Ich fühle mich wie eine Göttin, als ich mit meinen Zehenspitzen die Temperatur teste. Anschließend sinke ich langsam in die Wanne und lehne mich mit geschlossenen Augen zurück.

In den vergangenen Stunden ist so viel passiert, dass ich selbst kaum hinterherkomme. Paxton ist rücksichtsvoll, und meine anfänglichen Bedenken haben sich inzwischen in Luft aufgelöst. Er ist einfach toll. Nur spüre ich, dass ich bei seinen Küssen Lust empfinde, die tiefer geht, die in mir bis in jeden Winkel strahlt.

Ich versuche mir verzweifelt in Erinnerung zu rufen, dass ich diejenige gewesen bin, die ihn gebeten hat, nichts zu überstürzen. Ich traue mir gerade aber selbst nicht mehr. In meine Angst mischt sich immer öfter Neugierde, die mich von Kopf bis Fuß kribbeln lässt, und ich wünschte mir, ich könnte seine Erregung in mir spüren. Beim bloßen Gedanken an die Situation heute Morgen in der Küche ist dieses Gefühl sofort wieder da. Als ich bemerkt habe, wie sich die Härte seines Glieds unter der dünnen Stoffhose immer fester an meinen Schoß presste, konnte ich meine Begierde kaum noch zügeln. Meine Hand gleitet zwischen den Blubberbläschen hindurch an die empfindsame Stelle zwischen meinen Beinen, die sich so sehr nach Berührung sehnt.

Ich stelle mir vor, wo meine Fingerspitzen am liebsten auf seiner samtigen Haut hingewandert wären, als sein Oberkörper dicht über mich gebeugt war. In meiner Fantasie gelingt es mir, meine Schüchternheit komplett abzulegen, und gedanklich wandern meine Hände unter sein Shirt, um es ihm hochzustreifen, während er sich mit seinen köstlichen Lippen meinem Dekolleté widmet. Ich ertaste seine Bauchmuskeln und fahre weiter zu seinen Brustwarzen, die sich unter meinen Bewegungen aufrichten. Mein Atem wird noch schneller, als ich mir ausmale, wie es sich anfühlen würde, wenn er mir mein Höschen vom Po streift, dann mit seinen Fingern die sensible Haut an der Innenseite meiner Oberschenkel streichelnd elektrisiert und sich behutsam weiter vortastet. Ich schließe meine Augen, tauche für einen Moment vollständig ab und gebe mich meinem Tagtraum hin.

*

Eingehüllt in den kuscheligen Bademantel, sitze ich mit rosigen Wangen und einem Handtuchturban um meine Haare auf dem Bett, als plötzlich das Haustelefon klingelt. Auf dem Display steht *Roomservice*, und ich nehme das Gespräch an.

»Guten Tag«, begrüße ich den Anrufer zurückhaltend und frage mich, ob es überhaupt okay war, dass ich einfach an Paxtons Telefon gegangen bin.

»Wir haben eine Lieferung für Sie, dürfen wir die Sachen hochbringen?«, fragt mich eine freundliche Stimme am anderen Ende der Leitung.

»Gerne«, antworte ich, da es sich höchstwahrscheinlich um unsere Abendgarderobe handelt.

Ich behalte mit meiner Vermutung tatsächlich recht, und nachdem die Mitarbeiterin vom Roomservice kurz darauf wieder verschwunden ist, kann ich endlich meine neue Unterwäsche anziehen. Mit einem Grinsen betrachte ich mich zufrieden im beleuchteten Spiegel und löse das Handtuch von meinem Kopf, um mir die Haare zu föhnen. Meine Locken fallen auf meine Schultern, und ich fühle mich irgendwie verändert. Reifer und viel selbstsicherer als früher. Bevor ich auf die Uni gegangen bin, hätte ich niemals damit gerechnet, dass ich heute in sexy Wäsche in einem Badezimmer im Herzen New Yorks stehen und mit einem großartigen Mann auf eine Gala gehen würde. Das ist so untypisch für mich. Selbst meinen Abschlussball habe ich damals geschwänzt. Auch wenn meine Mutter wochenlang auf mich eingeredet und mich angefleht hat, es mir doch noch einmal anders zu überlegen. Aber das Kleid, das wir ausgerechnet an dem Tag gekauft haben, an dem mein Bruder starb, konnte ich einfach nicht mehr tragen. Es erinnerte mich zu sehr daran, wie lustig und unbeschwert dieser Samstagnachmittag mit meiner Mutter in der Mall gewesen war, bevor sich ein paar Stunden später alles verändert hat.

Wenn mein Bruder mich nun sehen könnte, wäre er überglücklich. Er war im Gegensatz zu mir immer ein Mensch, der mit Freunden ausgegangen ist, während ich zu Hause über meinen Büchern saß. Wie oft er versucht hat, mich aus meinem Schneckenhaus zu locken, und wollte, dass ich was mit ihm unternehme. Wenn er mitbekommen hätte, wie ich den Höhepunkt meiner Highschoolzeit verbracht habe, wäre er sauer auf mich gewesen und hätte mir in den Arsch getreten. Nur kann ich jetzt leider nichts mehr daran ändern. Auf jeden Fall sollte ich nachher ein Foto von mir in diesem traumhaft schönen Ballkleid für meine Eltern machen und es ihnen schicken. Wenn sie mich so zurechtgemacht sehen, werden sie bestimmt vor Freude ausflippen. Oder vor Angst, weil ihr kleines Mädchen allein in New York ist. Vielleicht behalte ich es vorerst doch besser für mich, bis sie Paxton persönlich kennengelernt haben.

Als meine Mähne getrocknet ist, gehe ich zurück zum Bett, wo mein Kleid auf den Laken liegt. Gerade als ich die kleinen, runden Stoffknöpfe an der feinen Spitze des Kleids öffnen will, steht Paxton unvermittelt im Türrahmen. *Mist, ich habe total vergessen, dass die Zimmertür noch offen ist.*

Paxton scheint genauso überrascht zu sein, mich halb nackt vor sich zu sehen. Er starrt mich perplex an, und für einen Moment fühlt es sich an, als würde die Zeit stehen bleiben.

»'tschuldigung«, murmelt Paxton schließlich betreten, während er sich umdreht. »Ich wollte dich nicht stören.«

»Schon gut.« Ich schnappe mir den Bademantel vom Bett und hülle mich darin ein. »Kannst wieder gucken.«

»Nicht dass mich dein Anblick gestört hätte. Du siehst toll aus«, gesteht er mir mit einem spitzbübischen Grinsen und kommt auf mich zu. »Annie ist gerade gekommen, soll ich sie als Erstes zu dir ins Zimmer schicken? Ich muss vorher sowieso noch kurz unter die Dusche gehen.«

»Danke, das wäre eine große Hilfe«, erkläre ich verlegen. »Ich glaube, es ist sowieso besser, wenn sie mich stylt, bevor ich das Kleid trage. Nicht dass es Flecken bekommt.«

Er legt seine Hände auf meine Taille und zieht mich sanft an sich. »Okay, wenn irgendwas ist, gib mir bitte sofort Bescheid.«

Kurz darauf sitze ich im Bademantel auf einem Sessel, damit Annie sich um meine Haare und das Make-up kümmern kann.

»Was haben Sie sich denn vorgestellt, Miss Newton?«, fragt die Visagistin freundlich. »Mögen Sie es eher schlicht? Oder doch lieber extravagant?«

»Ich bin eher ein Fan von *Weniger ist mehr*«, erkläre ich verlegen. »Am besten so natürlich, wie es geht.«

»Kein Problem, vertrauen Sie mir. Sie werden aussehen wie ein Engel, wenn ich fertig bin. Versprochen.«

*

Gott sei Dank hält sich Annie an meinen Wunsch, und ich fühle mich fertig gestylt total wohl. Sie hat einen fantastischen Job gemacht. Ich packe gerade die wichtigsten Kleinigkeiten in meine neue funkelnde Clutch, als es an der Zimmertür klopft.

»Herein«, rufe ich, die Tür geht auf, und Paxton kommt zu mir ins Zimmer.

Er trägt einen klassischen schwarzen Anzug mit weißem Hemd und eine hellblaue Krawatte, die farblich zu meinem Kleid passt. In seiner Hand hält er eine flache, viereckige Schatulle aus rotem Samt. »Wow. Du siehst einfach umwerfend aus, Emma.«

Paxton tritt an mich heran und lässt seinen Blick über den fließenden Stoff schweifen. »Ich habe dir noch etwas von meinem Vater mitgebracht, um deinen Look perfekt zu machen.«

Er reicht mir das Kästchen, das ich mit zittrigen Fingern voller Neugier aufklappe. Beim Anblick des Colliers aus Gold, das reihum besetzt ist mit winzigen, quadratisch geschliffenen Saphiren und Smaragden, stockt mir der Atem.

»Das gehörte meiner Mutter«, raunt Paxton, nimmt es heraus, legt es mir um den Hals und tritt einen Schritt zurück, um mich zu betrachten. »Es steht dir hervorragend.«

Immer noch sprachlos, fahre ich mit der Kuppe meines Zeigefingers andächtig über das unbezahlbare Schmuckstück und betrachte es an meinem Dekolleté.

»Darf ich das wirklich tragen?«, frage ich Paxton ungläubig, als ich mich wieder gefangen habe. »Das ist das Schönste, was ich je gesehen habe.«

Er zieht mich fest in seine Arme und gibt mir einen Kuss auf die Stirn. »Es würde mir viel bedeuten, wenn du die Kette heute Abend trägst. Meine Mutter hätte sich bestimmt sehr darüber gefreut.«

»Ich weiß gar nicht, was ich sagen soll«, stottere ich.

»Brauchst du auch nicht.« Paxton legt seine Lippen auf meine und gibt mir damit das untrügliche Gefühl, etwas ganz Besonderes für ihn zu sein. Was er für mich ebenfalls ist.

14

Ich kann es immer noch nicht fassen, dass ich mit Paxton und seiner Familie in einer Limousine sitze, seine Hand in meiner halte und die wertvolle Kette seiner Mutter trage. Als er mir das Collier um den Hals gelegt hat, wären mir beinah die Tränen gekommen. Dass Paxton ausgerechnet mir dieses ganz besondere Familienerbstück anvertraut, rührt mich wahnsinnig. Und in seinen feucht glänzenden Augen hat sich widergespiegelt, wie ergriffen er war, als er es an mir gesehen hat.

Gleich werde ich an seiner Seite offiziell vor die Kameras treten. Nach der unangenehmen Erfahrung mit dem Paparazzo in der Pizzeria habe ich ganz schön Lampenfieber. *Was, wenn ich auf dem roten Teppich in den neuen High Heels umknicke oder blöd auffalle, wenn mich jemand anspricht, und ich vor Aufregung kein Wort rauskriege?*

»Und? Bist du ready?«, fragt Paxton schließlich, als sich die Tür zum roten Teppich öffnet.

Die Wahrheit wäre wohl Nein, aber jetzt gibt es so oder so kein Zurück mehr. Ich hole noch einmal tief Luft und nicke ihm zu. »Okay, es kann losgehen.«

Er hilft mir aus dem Wagen, und um uns herum höre ich kreischende Menschen und das kontinuierliche Klicken von Spiegelreflexkameras. Das Licht flimmert wie die goldglänzenden Funken einer Wunderkerze, und ich brauche einen

Augenblick, bis ich mich orientieren kann. *Ist das dort drüben Paris Hilton? Oh mein Gott!*

Ich drücke Paxtons Hand so fest, wie ich kann. Er ist wie mein Rettungsanker. Ich habe das Gefühl, ohne seinen Halt in dem Wirrwarr verloren zu gehen. Eine Flut von Informationen prasselt auf mich ein, und ich weiß nicht, wo ich zuerst hinsehen soll. Einige Fans rufen hinter der Absperrung Paxtons Namen, und eine junge Frau hält sogar ein selbst gebasteltes Plakat in die Höhe, auf dem neben roten Herzchen steht: *Paxton, ich will ein Kind von dir!* Als wäre er ein Superstar. Verrückt.

Vor einer langen weißen Stellwand, gebrandet mit den Logos von Guillermo Romeros Label und unzähligen weiteren Sponsoren, verlangsamen wir unser Tempo und posieren alle paar Meter für die Fotografen im Pressebereich. Paxton lässt mich keine Sekunde los, während wir für die Kameras lächeln.

Ich bin verdammt froh, dass Frank direkt bei uns steht und mit einem Kollegen, der ebenfalls ein Bär von einem Mann ist, ein wachsames Auge auf die Situation um uns herum hat. Im Rampenlicht habe ich mich nie wirklich wohlgefühlt, das wird mir umso bewusster, als uns eine Reporterin für ein Interview ihr Mikrofon unter die Nase hält. Geduldig beantwortet Paxton die Fragen, als wäre es das Normalste der Welt.

»Sie wurden heute Mittag ja bereits gemeinsam in Brooklyn gesehen. Was vor allem unsere weiblichen Zuschauer brennend interessieren dürfte. Ist der Dauersingle Paxton Romero nun vom Markt?«, fragt die Reporterin dreist, nachdem sie oberflächlich einige harmlose Infos über sein Leben als Student in Erfahrung gebracht hat.

Paxton winkt gleich ab. »Kein Kommentar. Mein Privatleben geht niemanden etwas an.«

»Dürfen wir denn zumindest den Namen der schönen Unbekannten an Ihrer Seite erfahren?«, hakt sie noch einmal nach, und Paxton blickt mich unsicher an.

Bevor ich michs versehe, stellt sich Frank zwischen uns und die Reporterin. »Wir müssen jetzt weitergehen. Entschuldigen Sie bitte.«

Wir folgen Frank, weg von den neugierigen Blicken, und ich bin erleichtert, als wir am Ende des Wegs endlich im Gebäude verschwinden.

»Für dein erstes Mal auf einem roten Teppich hast du dich hervorragend geschlagen, Emma«, sagt Guillermo anerkennend. »Es kann ziemlich überfordernd sein, wenn man den ganzen Trubel nicht gewohnt ist.«

»Danke«, erwidere ich mit wackeligen Knien und hämmerndem Herzen in der Brust. »Trotzdem bin ich glücklich, es hinter mir zu haben.«

»Echt? Ich liebe es, im Blitzlichtgewitter der Fotografen zu baden. Es ist wie ein Energiekick«, erklärt Zoe freudestrahlend und dreht sich lächelnd wie eine Ballerina in ihrem zauberhaften violetten Tüllkleid im Kreis. »Bald werde ich die Laufstege der ganzen Welt erobern, genau wie meine Mom.«

»Nur über meine Leiche«, knurrt Paxton erzürnt, während er meine Hand noch ein wenig fester drückt, und ich spüre, wie sich sein ganzer Körper verspannt. »Du weißt gar nicht, was du da redest, Zoe. Solange ich auf dich aufpasse, wirst du die Highschool beenden und im Anschluss etwas Vernünftiges studieren.«

Zoe verschränkt ihre Arme trotzig vor sich. »Wie gut, dass du das nicht zu entscheiden hast«, entgegnet sie pampig. Wenn Blicke töten könnten, hätte ich Angst um Paxtons Leben. »Ich bin kein kleines Kind mehr.«

»Reißt euch gefälligst zusammen«, mischt sich Guillermo in harschem Tonfall ein. »Wir sind hier in der Öffentlichkeit.«

Schlagartig herrscht eisiges Schweigen zwischen den beiden, und keiner, einschließlich mir selbst, wagt es mehr, einen Mucks zu machen, bis wir an unserem Tisch Platz genommen haben.

Wir befinden uns in einem prunkvollen Ballsaal, der mit seinen dekorativen weißen Säulen zwischen den Fensterbögen, den kunstvollen Verzierungen an der Decke und den pompösen, glitzernden Kronleuchtern wie aus einem Märchen wirkt. Kaum zu glauben, dass wir uns in einem Hotel mitten in New York befinden und nicht in einem anderen Jahrhundert.

Der ganze Saal erstrahlt in einem warmen Goldton, und die unzähligen Tische sind mit feiner weißer Wäsche halbrund für vier bis sechs Personen eingedreckt, damit alle Gäste einen perfekten Blick auf die Bühne haben. Die imposanten Blumenarrangements aus weißen Rosen auf den Tischen sorgen zusätzlich für Glamour, passend zum königlichen Ambiente. Noch immer etwas ungläubig betrachte ich die hübsche Platzkarte, auf der in geschwungener goldener Schrift mein Namen eingeprägt ist. Dieses Erinnerungsstück muss ich unbedingt mitgehen lassen, damit ich einen Beweis dafür habe, dass das hier kein Traum war.

»Ich bin gleich zurück«, flüstert mir Paxton zu und gibt mir ein Küsschen auf die Hand, bevor er sie schließlich loslässt. »Drück mir die Daumen.«

Ich nicke ihm zu, auch wenn ich keine Ahnung habe, wofür er ausgerechnet jetzt Glück braucht. Ehe ich nachhaken kann, ist er allerdings aufgestanden und außer Hörweite.

Das Licht im Saal wird kurz darauf gedimmt, und ich staune nicht schlecht, als Paxton die Bühne betritt. »Liebe Gäste, ich begrüße Sie ganz herzlich im Namen der Alba-Romero-Stiftung.« Er räuspert sich und nimmt einen Schluck Wasser aus dem Glas am Rednerpult. »Meine Mutter, Alba Romero, wuchs als Kind eines wohlhabenden amerikanischen Unternehmers in Afrika auf. Sie selbst erhielt die beste Schulbildung und lebte in einer goldenen Seifenblase. Allerdings musste sie auch mit ansehen, dass nicht alle Menschen so privilegiert sind wie sie. Deshalb setzte sie sich als erwachsene Frau zeit ihres Lebens für die Verbesserung der Bedingungen in ihrer zweiten Heimat ein. Vor einem Monat hat mein Vater mir nun die Leitung der Stiftung anvertraut, und ich verspreche Ihnen, die Arbeit meiner Mutter in ihrem Sinne mit Herzblut und Engagement weiterzuführen.«

Als Paxton seinen letzten Satz beendet hat, erheben sich alle Gäste, inklusive mir, von ihren Plätzen, und lauter Beifall erfüllt den Saal.

»Wir haben heute für Sie ein buntes Programm vorbereitet und werden Ihnen später die aktuellen Projekte der Stiftung vorstellen«, verkündet er mit Stolz in der Stimme, als der stürmische Applaus verstummt ist und sich alle wieder gesetzt haben. »Nun darf ich das Mikrofon an unsere Moderatorin, die großartige Anchorwoman der New Yorker Nachrichten,

London Campbell, übergeben. Ich wünsche Ihnen einen unvergesslichen Abend.«

Unter erneutem Händeklatschen verlässt er die kleine Bühne, und dafür tritt eine bildschöne Frau mit schwarzen Locken in einem dunkelgrauen Cocktailkleid ans Pult. »Auch von mir ein herzliches Willkommen! Ich freue mich sehr, für die Alba-Romero-Stiftung durch das Programm führen zu dürfen. Als Einstieg erwartet Sie nun Klassik von jungen Nachwuchskünstlern der Musikhochschule.«

»Geschafft«, raunt mir Paxton erleichtert ins Ohr, nachdem er sich wieder neben mich gesetzt hat. »Ich hatte so Herzklopfen und Bammel, dass ich mich verhasple.«

»Gut gemacht, mein Junge«, lobt ihn nun auch sein Vater. »Ich wusste, du bist jetzt so weit. Deine Mutter wäre garantiert genauso stolz auf dich gewesen, wie ich es bin.«

»Danke«, erwidert Paxton. »Es ist für mich eine große Ehre und ein ungeheurer Vertrauensbeweis, dass du die Stiftung in meine Hände gelegt hast.«

»Du machst das schon, davon bin ich felsenfest überzeugt«, erklärt Guillermo und nippt an seinem Rotwein.

Während unaufdringliche Klänge von Cello, Querflöte, Violine, Klavier und Harfe im Hintergrund für eine entspannte Atmosphäre sorgen, wird die Vorspeise serviert. Es gibt zu meiner großen Freude statt Luxusfutter eine einfache, aber köstliche Kürbiscremesuppe mit Baguette. Langsam weicht die Anspannung von mir. Auch wenn es immer noch ziemlich merkwürdig ist, unter den zahlreichen Gästen das ein oder andere Gesicht wiederzuerkennen, obwohl ich diesen Personen natürlich noch nie zuvor im echten Leben begegnet bin.

»Kommst du mit mir zum Waschraum?«, fragt mich Zoe, die rechts neben mir sitzt, zu meiner Verwunderung.

»Okay«, antworte ich, obwohl ich es ein bisschen albern finde, wenn Frauen gemeinsam zur Toilette gehen.

»Entschuldigt uns bitte kurz«, sage ich möglichst höflich und stehe vom Tisch auf. »Wir sind gleich wieder bei euch.«

Ich nehme meine Clutch und folge Zoe aus dem Festsaal. Wir betreten den nicht minder glanzvollen Waschraum, und nachdem sich die Tür hinter uns geschlossen hat, sind wir unter uns. Plötzlich fällt Zoe mir um den Hals und fängt leise an zu weinen. Überfordert halte ich sie fest und spüre, wie sich die Kraft aus ihrem zierlichen Körper verabschiedet.

»Hey, was ist denn mit dir los?« Ich streiche ihr tröstend über den Rücken und versuche sie zu beruhigen. »Du bist ja ganz zittrig. Ist was vorgefallen?«

Doch Zoe bekommt zwischen den einzelnen heftigen Schluchzern kein Wort heraus. *Was soll ich jetzt bloß tun?*

Ich dirigiere Zoe rüber zu dem Sofa, das in dem großzügigen Waschraum als Sitzgelegenheit dient. Dann reiche ich ihr eine Pappbox mit Taschentüchern, die auf einer Kommode steht. Ich setze mich neben Zoe, lege meinen Arm um sie und hoffe, dass sie sich irgendwie wieder fängt.

»Tut mir leid, Emma, dass ich dich hier so vollheule«, schnieft Zoe nach einer gefühlten Ewigkeit aufgelöst. »Ich wusste einfach nicht, mit wem ich reden soll. Wenn mein Vater oder Paxton erfahren, was gerade los ist, dann bekomme ich hundertpro Hausarrest bis zum Highschool-Abschluss.«

»So schlimm wird es schon nicht sein«, versuche ich ihr und mir selbst Mut zu machen, während ich dafür bete, dass es auch tatsächlich der Fall ist. »Du bist doch nicht etwa überfällig, oder?«, frage ich nervös nach.

Zoe schüttelt den Kopf, und ich atme auf. Dennoch habe ich das ungute Gefühl, dass es bei der ganzen Sache hier um einen Kerl geht. Nach dem, was Paxton mir erzählt hat, trifft sie sich ja durchaus mit älteren Männern. »Was ist denn dann passiert? Du kannst es mir ruhig sagen, wenn du in Schwierigkeiten bist.«

»Ich habe dieses Zeug nur ein einziges Mal genommen, weil T-Jay es mir angeboten hat. Ich schwöre es«, gesteht sie mir schließlich unter Tränen. »Er meinte, dass ich dann lockerer bin und wir mehr Spaß haben. Aber ich will das nicht noch einmal tun. Mir ging es hinterher richtig dreckig. Und das habe ich ihm dann vorhin geschrieben, und jetzt hat er mit mir Schluss gemacht, weil er meint, dass ich mich wie ein unreifes Kind aufführe.«

Was für ein Scheißkerl, denke ich angewidert, und mir wird übel bei der Vorstellung, dass dieser Widerling Zoe mit Drogen in Kontakt gebracht hat. Sie ist in ihn verliebt, und er bringt sie in Gefahr.

»Oh Gott, Süße.« Ich schließe Zoe besorgt und gleichzeitig fassungslos in die Arme. »Ich bin beeindruckt und stolz, dass du dich getraut hast, ihm zu sagen, was du willst, beziehungsweise, was du nicht willst«, sage ich nach kurzem Überlegen. »Das ist mutig. Und weil ich weiß, dass du stark bist, solltest du mit deiner Familie darüber reden.«

»Auf keinen Fall!«, entfährt es Zoe mit angsterfülltem Blick. »Dann muss T-Jay ganz bestimmt ins Gefängnis, und wir lieben uns doch.«

Gerade als ich Zoe erklären will, dass es garantiert keine Liebe ist, wenn jemand so was tut, steht Paxton unvermittelt im Türrahmen, und in seinen meerblauen Augen sieht man, dass in ihm vor Zorn ein Hurrikan tobt. »Was hat der Kerl mit dir angestellt? Raus mit der Sprache.«

Nicht nur Zoe zuckt bei seinem aggressiven Tonfall sofort zusammen. So rasend vor Wut habe ich Paxton noch nie erlebt, was mir eine Heidenangst einjagt. Kein Wunder, dass Zoe ihm nichts davon erzählen wollte. Er ist wie ausgewechselt.

»Reiß dich zusammen, setz dich hin und hör ihr erst einmal zu. Zoe braucht einen Bruder, der für sie da ist, und niemanden, der sie anschreit.«

Erstaunt über meine direkten Worte, starren mich die beiden stumm an, während ich meinen Platz auf dem Sofa freigebe. »Ich lasse euch am besten in Ruhe über alles reden. Wir sehen uns später.«

Mit Wackersteinen im Magen gehe ich zurück in den Festsaal und zwinge mir ein Lächeln auf, damit niemand etwas bemerkt. Ich hoffe inständig, dass mich Guillermo nicht fragt, wo ich Zoe und Paxton gelassen habe. Ich möchte ihn unter keinen Umständen anlügen, aber ich glaube, es ist tatsächlich besser, wenn Zoe sich erst mal ihrem Bruder anvertraut. Meine Sorge war allerdings unbegründet, denn Guillermo ist nicht da. Also setze ich mich erleichtert an den verwaisten Tisch und trinke mein halb volles Glas Eistee in einem Zug aus.

Ein paar Minuten später klärt sich, wo Guillermo geblieben ist. Er betritt die Bühne, nachdem er von London Campbell anmoderiert wurde, um die Projekte der Stiftung vorzustellen.

»Ich freue mich sehr, dass Sie heute alle den Weg hierher

gefunden haben und gemeinsam mit uns an einer besseren Zukunft arbeiten. Bei uns steht Hilfe zur Selbsthilfe an erster Stelle. Deshalb haben wir im vergangenen Jahr Ihre Spendengelder hauptsächlich in zwei ausgewählte Maßnahmen vor Ort investiert. Wir bringen jungen Frauen, die bisher ohne Perspektive sind, das Nähen bei. Die limitierte Kollektion, die dabei in Zusammenarbeit mit meinem Designteam entstanden ist, wird im nächsten Monat im Onlineshop verfügbar sein. Die Erlöse werden vollständig an die Näherinnen fließen. Und damit sie überhaupt die Möglichkeit haben, in der Schneiderei zu arbeiten, haben wir uns zudem darum gekümmert, Brunnen zu bauen. So sparen die Familien viel Zeit, weil sie nicht meilenweit wandern müssen, um genügend Wasser im Haus zu haben. Aber sehen Sie selbst, wir haben Ihnen einen Film mitgebracht.«

Es wird dunkel im Saal, und alle schauen gespannt auf die Leinwände links und rechts neben der Bühne. Es sind Bilder, die uns in eine andere Welt mitnehmen und klarmachen, wie wenig verdammt viel sein kann. Nachdem das kleine Dorf und die Lebensbedingungen dort vorgestellt wurden, schwenkt die Kamera auf die Stelle, an der ein neuer Brunnen gebaut wird. Auf einmal stockt mir der Atem, als ich sehe, wie Paxton in einem ärmellosen Shirt, mit Muskelkraft und Schweißperlen auf der gebräunten Haut an einer Pumpe dafür sorgt, dass das Wasser aus dem Boden sprudelt. Die Kinder tanzen fröhlich im Matsch umher, nehmen Paxton an die Hand und bringen ihn dazu, ebenfalls mitzumachen. Das hat so gar nichts mit den Bildern gemeinsam, die ich aus den Presseartikeln über ihn kenne. Er sieht glücklich aus und strahlt zufrieden mit der Sonne am afrikanischen Himmel um die Wette.

Gerade als der Abspann des Films läuft und das Licht langsam wieder heller wird, setzt sich Paxton neben mich und legt seine Hand liebevoll auf meine. »Danke, dass du für Zoe da warst. Ich habe sie jetzt erst einmal nach Hause bringen lassen. Unsere Haushälterin Petty wird sich um sie kümmern, und morgen sehen wir weiter.«

»Klingt nach einem sehr guten Plan«, flüstere ich zurück, und er gibt mir einen dankbaren Kuss.

*

»Nun kommen wir zum letzten Gebot des Abends«, verkündet London Campbell, während wir als Nachspeise Pannacotta mit roter Grütze genießen.

Zuvor haben die zahlreichen Gäste die Möglichkeit gehabt, in einer stillen Auktion für den guten Zweck mitzubieten. Unter anderem wurde gerade eins von Paxtons Kunstwerken für rund hundertfünfzigtausend Dollar versteigert. Das ist so krass!

»Und ich bin gespannt, ob wir am Ende tatsächlich die unfassbare Gesamtsumme von zwei Millionen knacken.« London Campbell öffnet einen goldenen Umschlag. »Der exklusive Ausflug mit dem Segelboot geht an … Trommelwirbel bitte … Mister Paxton Romero. Herzlichen Dank für Ihren Beitrag von zehntausend Dollar, der damit die Spendensumme rund macht.«

»Ich hoffe, du musst morgen früh nicht direkt wieder zurück zur Uni. Wenn du noch etwas Zeit hast, könntest du mir nämlich zeigen, was es mit Luv und Lee auf sich hat«, raunt er mir unter dem tosenden Applaus zu. Ich kann es nicht fassen, dass er darauf geboten hat.

»Das ist spitze! Du bist doch total durchgeknallt«, stoße ich ungläubig aus. »Woher wusstest du, dass ich das gerne machen würde?«

Er zuckt mit den Schultern. »Ich weiß doch inzwischen, wie sehr du das Wasser liebst, und ich dachte, wo du nicht mehr in Lake Leelanau wohnst, vermisst du es sicher.«

»Und wie«, antworte ich, überglücklich bei der Vorstellung, mir den frischen Wind um die Nasenspitze wehen zu lassen. »Du wirst es lieben. Versprochen.«

»Dann bin ich mal gespannt, was mich erwartet.« Paxton lächelt mich an und legt dabei seine Hand auf meinen Rücken. »Danke, dass du mitgekommen bist. Die Stiftung ist mir unglaublich wichtig, und es bedeutet mir viel, dass du hier bei mir bist.«

*

Nachdem Guillermo und Paxton sich gemeinsam auf der Bühne bei den Gästen für die großzügige Unterstützung bedankt haben, ist die Gala beendet.

Guillermo unterhält sich noch angeregt mit London Campbell, und so verlassen Paxton und ich ohne ihn den Festsaal. Gott sei Dank warten keine Fotografen, Reporter oder kreischenden Fans mehr auf uns, als wir durch die Seitentür des Hotels treten. Nun wirkt der leer gefegte rote Teppich in der kalten Nachtluft nicht mehr glamourös und Angst einflößend, sondern irgendwie fehl am Platz.

»Jetzt war ich auf einem Ball und habe gar nicht getanzt«, scherze ich, als Paxton seinen Arm um mich legt.

»Stimmt.« Er nimmt mir meine Clutch ab, drückt sie einem der Bodyguards in die Hand und dreht mich vor sich, sodass wir uns direkt in die Augen schauen. Dann lässt er eine Hand auf meinen Rücken wandern, und mit der anderen hält er meine fest. Anschließend führt er mich mit sanftem Druck über den Teppich und summt dabei eine klassische Walzermelodie. Zwar habe ich keinen Schimmer, was ich hier tue, aber meine Füße folgen wie automatisch seinen, und als er mich herumwirbelt, fühle ich mich, als würde ich schweben.

Lachend und etwas aus der Puste, zieht er mich kurz darauf eng in seine Arme, streicht mir eine Strähne, die sich aus dem Haarknoten gelöst hat, sachte hinters Ohr und fährt mit seinem Daumen über meine Wange. »Danke für diesen Tanz, Emma.«

Am Ende des Teppichs wartet Frank mit dem SUV auf uns, und als wir auf ihn zukommen, kann er ein amüsiertes Lächeln hinter seiner sonst so strengen Miene kaum noch verbergen. »Die Tanzstunden haben sich ja gelohnt«, witzelt er Paxton augenzwinkernd zu.

»Pst! Das muss meine Freundin doch nicht wissen, Nolan«, kichert Paxton und klopft ihm freundschaftlich auf die Schulter. Ich muss ebenfalls grinsen, denn endlich kenne ich Franks richtigen Namen.

Nolan öffnet uns die Wagentür, und Paxton hilft mir dabei, mit dem langen Kleid in den SUV einzusteigen.

Auf der Rückbank lehne ich mich entspannt an Paxtons Seite und blicke aus dem Fenster. Die funkelnden Lichter der Stadt wirken wie ein beruhigendes Farbenspiel.

Auf einmal wird die Stille durch ein Hupkonzert durchbrochen, dann höre ich quietschende Reifen. Unser Geländewagen bremst abrupt ab, und der Sicherheitsgurt presst mich mit Wucht in den Sitz zurück, während unser Auto eine scharfe Linkskurve macht.

Rechts neben unserem Wagen tauchen von jetzt auf gleich zwei Motorradfahrer auf, die immer wieder gefährlich nah an uns heranfahren. *Sind die lebensmüde?*, frage ich mich panisch und umklammere angsterfüllt Paxtons Arm. Die irren Fahrer, deren Gesichter man hinter den getönten Visieren der Helme nicht erkennen kann, ziehen gleichzeitig, wie Cowboys im Wilden Westen, Waffen aus den Gürtelholstern und richten sie bedrohlich auf unser Fenster. Ich schließe die Augen und drücke mich noch fester an Paxton. Auch wenn diese Typen uns durch die getönten Scheiben nicht sehen können, jagen sie mir eine Scheißangst ein. *Sie wollen uns nicht wirklich erschießen, oder doch?*

»Keine Sorge, der Wagen ist kugelsicher. Uns wird hier drin nichts passieren«, raunt Paxton mir zu, legt seinen Arm um mich und küsst mich sanft auf den Scheitel. Trotzdem zittere ich am ganzen Leib.

»Können wir sie abhängen?«, will Paxton von Nolan wissen, während er mit Vollgas in eine schmale, holprige Nebenstraße einbiegt.

»Bin schon dabei. Gleich sind wir diese Arschlöcher los.«

Mein Herz rast wie verrückt, als die Motorradfahrer nicht mehr neben uns sind. Ich löse mich von Paxtons Oberkörper und drehe meinen Kopf nach hinten. Durch die Rückscheibe sehe ich, dass uns die beiden weiterhin verfolgen. *Ist das möglicherweise der Grund dafür, weshalb Paxton eine Waffe in seinem Auto hat? Kommt es häufiger vor, dass er bedroht wird? Kennt er diese Typen vielleicht sogar?* In meinem Kopf überschlagen sich die Gedanken wie in einer Achterbahn mit unzähligen Loopings.

Unser Wagen nimmt eine weitere Kurve im halsbrecherischen Tempo, bevor wir wieder auf die Hauptstraße fahren. Endlich sind die zwei Motorräder aus unserem Blickfeld verschwunden, und ich merke, wie Paxton aufatmet.

Hat Paxton damals in der Waschküche das hier gemeint, als er sagte, dass einen die Vergangenheit früher oder später einholt? Gehören die gefährlichen Kerle mit den Knarren etwa zu seiner?

15

Ich zittere immer noch wie verrückt, als wir den SUV unter Nolans wachsamen Augen und zu unserer Sicherheit erst in der Tiefgarage des Apartmentgebäudes verlassen haben und mit dem Fahrstuhl nach oben fahren. Paxton hält mich die ganze Zeit über in seinem Arm, sagt aber keinen Ton.

Als wir im Apartment angelangt sind, winde ich mich aus seiner Umarmung. »Was zur Hölle ist da gerade passiert?«

Er fährt sich mit der Hand sichtlich nervös durch seine rabenschwarzen Haare und weicht meinem fordernden Blick aus. »Das ist kompliziert.«

»Versuch es einfach. Ich bin ganz Ohr«, sage ich und verschränke meine Arme vor der Brust, um ein wenig Abstand zwischen uns zu bringen. »Wieso haben die Motorradtypen uns verfolgt und ihre Pistolen auf das Fahrzeug gerichtet? Doch bestimmt nicht zum Spaß!« Meine Stimme bebt beim bloßen Gedanken daran, wie wir durch die Straßen geheizt sind, um die beiden Verfolger abzuhängen. Bei dieser lebensgefährlichen Nummer hätte jemand verletzt werden oder, noch schlimmer, sogar sterben können.

Paxton kommt einen Schritt auf mich zu, streichelt mir mit seinen Händen über meine angespannten Schultern und deaktiviert damit meinen Schutzschild. »Es tut mir leid, dass ich dich in Gefahr gebracht habe. Das wollte ich nicht.« Er zieht mich an seinen breiten Oberkörper, und meine Arme schlingen sich wie von selbst um ihn. Sein wohliger Duft umhüllt mich, und ich atme tief ein und aus, während ich seinem kräftigen Herzschlag lausche.

Er fährt mit seiner Hand über meinen Rücken. »Mir fällt es nicht leicht, mit dir über meine Schattenseiten zu sprechen. Ich habe fürchterliche Angst davor, dass du mich nie wieder so unbeschwert ansiehst, wenn du die ganze Wahrheit erfährst und weißt, wie ich früher gewesen bin. Verstehst du?«, wispert er bitter und küsst mich auf die Stirn.

»Das Risiko wirst du wohl oder übel eingehen müssen, wenn du mich nicht verlieren willst«, murmle ich entschlossen an seine Brust. Ich muss wissen, was da los gewesen ist. Auch wenn es mir nicht gefallen wird.

»Na gut. Vielleicht setzen wir uns erst mal in Ruhe hin. Dann werde ich versuchen, dir alles zu erklären. Versprochen. Es ist nicht gerade eine Kurzgeschichte.«

»In Ordnung«, erwidere ich und folge Paxton zur Couch. Dort streife ich die inzwischen ziemlich unbequem gewordenen High Heels ab und lasse mich neben ihm nieder. Er lockert seine Krawatte und legt sie dann zuammen mit dem Jackett ab. Das flackernde Flammenmeer im Kamin brennt lichterloh, wie die quälende Anspannung unter meinen Nägeln. Ich möchte endlich von ihm erfahren, in was für eine bedrohliche Situation ich hier reingeraten bin.

»Du weißt ja bereits, dass ich für die Arbeit der Stiftung in Afrika war«, druckst er nach einer kurzen Pause rum. »Anfänglich war mein Engagement, sagen wir mal so, nicht gerade freiwillig. Denn ich war schon mit einem Bein im Knast, als mein

Vater mich an das andere Ende der Welt verfrachtet hat. Ich musste abtauchen und eine Weile aus New York verschwinden. Deshalb habe ich auch später nie an die große Glocke gehängt, dass ich dort war. Mittlerweile bin ich zwar mit Leib und Seele an den Projekten beteiligt, aber zu Beginn fühlte es sich eher wie ein Straflager an. Nach und nach habe ich in dem afrikanischen Dorf wieder zu mir selbst gefunden. Bis ich so weit war, in mein altes Leben zurückzukehren, verging allerdings fast ein ganzes Jahr.«

Ich nehme seine Hand in meine, als ich merke, dass er sich schwertut, darüber zu reden. Obwohl es anscheinend die richtige Entscheidung für ihn gewesen ist, denn auf den Filmaufnahmen wirkte er absolut glücklich.

»Du musst wissen, dass ich sehr dankbar für das Vermächtnis meiner Mutter bin. Es hat mir das Leben gerettet, und ich bin jeden einzelnen verdammten Tag unendlich froh über die zweite Chance, die ich durch ihre Stiftung bekommen habe.« Paxton schluckt schwer und senkt traurig seinen Blick. »Meine Mutter ist verstorben, als ich gerade sechs Jahre alt war. Ich weiß inzwischen, dass die Boulevardpresse nach ihrem Tod wild über die Umstände spekuliert hat. Ob es ein tragisches Versehen oder womöglich sogar Selbstmord war, konnte abschließend nicht mehr geklärt werden. Es gab keinen Abschiedsbrief, und ich bin felsenfest davon überzeugt, dass sie uns nicht verlassen wollte. Sie war ein lebenslustiger, fröhlicher Mensch, und sie hat uns geliebt. Fest steht, dass es eine Überdosis Betäubungsmittel gewesen ist, die sie viel zu früh aus dem Leben gerissen hat.« Ich sehe ihm an, wie er mit sich ringt, um diese Worte über die Lippen zu bringen, und es dauert einen

Augenblick, bis er sich wieder fängt und in der Lage ist, weiterzusprechen. »Mein Vater hat mir erzählt, dass meine Mutter nach einem heftigen Sturz auf dem Laufsteg bei einer seiner Modenschauen starke Schmerzmittel verschrieben bekommen hat. Ihm ist wohl nicht aufgefallen, dass sie anschließend schleichend in eine Abhängigkeit gerutscht ist und die Medikamente weiter genommen hat. Eine Sache, die ich sehr, sehr lange nicht verstanden habe und ihm nicht verzeihen konnte.«

Ich schaue Paxton an und kann es einfach nicht fassen. Zwar habe ich bereits durch die Presseartikel etwas über den entsetzlichen Tod von Alba Romero erfahren, aber es von ihm zu hören ist etwas völlig anderes. Umso mehr kann ich seine Reaktion verstehen, wenn es um seine kleine Schwester geht. Er will sie vor dem Schicksal seiner Mutter und seinen eigenen Fehlern beschützen.

»Jedenfalls waren Zoe und ich in dieser unheilvollen Nacht allein mit meiner Mutter zu Hause, weil mein Vater kurzfristig auf eine Geschäftsreise musste«, fährt er fort, und mir graut es bei der Vorstellung, dass diese Geschichte kein gutes Ende nehmen wird. »Ich erinnere mich noch ganz genau daran, dass sie an diesem Abend besonders gut aufgelegt war. Sie ist mit der kleinen Zoe auf dem Arm und mir an der Hand zur Musik von Elvis Presley durch die Küche getanzt, bevor wir ins Bett mussten. Als ich mitten in der Nacht aufgewacht bin und mir ein Glas Wasser holen wollte, habe ich sie dann bewusstlos neben dem Esstisch vorgefunden. Sie lag auf dem kalten Fliesenboden und rührte sich einfach nicht mehr. Ich habe zwar sofort den Notruf gewählt, so wie sie es mir beigebracht hat, doch es war zu spät.«

Meine Kehle wird auf einmal staubtrocken, und ich versuche mit aller Macht, meine Emotionen zu unterdrücken. Wie fürchterlich musste es für ihn gewesen sein, die eigene Mutter hilflos vorzufinden und nichts mehr tun zu können. Bevor ich weiter darüber nachdenken kann, steht Paxton abrupt auf, geht zum Kühlschrank und nimmt eine Flasche Wasser heraus.

»Willst du auch was zu trinken?«, fragt er mich mit belegter Stimme, und ich nicke.

Paxton füllt zwei Gläser auf, kommt zurück zur Couch und reicht mir eins. Mit brennender Kehle nehme ich einen kräftigen Schluck, er tut es mir gleich, und für ein paar Minuten herrscht Schweigen zwischen uns.

»Viele Jahre lang habe ich meinem Vater die Schuld am Tod meiner Mutter gegeben«, spricht Paxton schließlich weiter, nachdem er sein Glas abgestellt hat. »Deshalb hatten wir auch früher kein gutes Verhältnis zueinander. Ich dachte damals, er hätte irgendwas bemerken müssen, wenn er mehr für unsere Familie da gewesen wäre. Als ich in die Pubertät kam, haben wir uns dann immer weiter voneinander entfernt. Er war viel unterwegs und ich viel allein. In dieser Zeit habe ich mich auf die falschen Leute eingelassen. Ich hatte zum ersten Mal das Gefühl, dass es Menschen gibt, die sich wirklich für mich interessieren. Bis ich endlich kapiert habe, worum es ihnen tatsächlich ging, steckte ich schon selber bis zum Hals in der Scheiße. Ich rede hier nicht etwa von harmlosen Jungenstreichen, sondern von illegalem Glücksspiel, Drogen und Partys. Ein Leben am Limit, ohne Grenzen. Mit sechzehn war ich leicht zu beeindrucken und stolz darauf, ein Adler zu sein. Überhaupt jemand zu sein.«

»Hast du deshalb auch dieses Tattoo?«, frage ich vorsichtig nach, obwohl ich mir die Antwort schon denken kann.

Paxton nickt langsam und schließt dabei kurz seine Augen. »Genau wie die Narbe an meinem Oberschenkel erinnert es mich daran, wie nah ich am Abgrund stand. Darum habe ich das Bandenzeichen auf meiner Haut auch nicht entfernen lassen. Der Adler ist für mich eine Art Mahnmal, das mir zeigt, wo ich nie wieder in meinem Leben hinwill.«

Meine Hand wandert über den feinen Stoff seines Hemds auf seinen Rücken. »Und diese Motorradfahrer gehören auch zu den Adlern?«

»Ja, ich habe die Bikes gleich erkannt. Sie haben mir nach der Gerichtsverhandlung geschworen, dass ich bezahlen werde. Allem Anschein nach machen sie jetzt Ernst.«

»Zumindest hat es nicht gerade den Eindruck gemacht, als wenn sie sich mit dir nett unterhalten wollen. Worum ging es denn in dem Prozess? Und wieso sind sie sauer auf dich?«

»Die Gang ist davon überzeugt, dass ich ihre Drogendeals an die Polizei verraten habe. Ich war nämlich der Einzige, der damals mit einem blauen Auge davongekommen ist. Dabei war es bloß den Staranwälten meines Vaters zu verdanken, dass ich lediglich Sozialstunden bekommen habe, weil ich nach Jugendstrafmaß verurteilt wurde. Außerdem gab es keine Beweise, dass ich an den Geschäften aktiv beteiligt war. Als die Gang letztendlich bei einer Razzia hochgenommen wurde, lag ich im Krankenhaus. Das ist verfluchtes Glück gewesen, sonst nix. In den Augen der Adler habe ich sie bei den Bullen verraten und dadurch den Millionencoup ruiniert. Sie werfen mir Hochverrat vor, und ich weiß genau, was sie mit Abtrünnigen machen.

Leider hatte die Polizei nicht gegen alle Mitglieder genügend in der Hand, um sie längerfristig wegzusperren. Nur zwei von ihnen haben mehrjährige Haftstrafen bekommen. Der Rest ist inzwischen wieder auf freiem Fuß. Bis zu meiner Rückkehr aus Afrika hatte ich allerdings die schwache Hoffnung, dass sie mich vielleicht einfach in Ruhe lassen, weil mein Vater hier in New York ein ziemlich einflussreicher Mann ist. Aber schon auf der Fahrt zur Universität hatte ich das Gefühl, verfolgt zu werden. Ich habe versucht, mir einzureden, dass ich mir die dunklen Schatten bloß einbilde, weil ich nervös bin und Angst vor meinem Neuanfang an der Uni habe. Trotzdem habe ich mir eine Pistole besorgt, die in meinem Wagen liegt. Nur für alle Fälle.«

Nun wird mir einiges klarer. Deshalb hat er sich damals in seinem Sportwagen auf der Straße wie ein Wahnsinniger verhalten. Er dachte, dass diese Typen hinter ihm her sind. Und die Waffe hat er nicht für krumme Geschäfte, sondern lediglich zum Selbstschutz. Auch wenn ich es deshalb noch lange nicht in Ordnung finde – nach dem Vorgeschmack eben kann ich es zumindest nachvollziehen. Dennoch weiß ich nicht, wie ich mit alldem umgehen soll.

»Und? Wieso lagst du überhaupt im Krankenhaus?«, frage ich aufgewühlt. »War das der Auslöser, weshalb du die Gang verlassen hast?«

»In der Tat brauchte es wohl einen Crash, der mich beinah das Leben gekostet hätte, damit ich endlich aufgewacht bin.«

Ich fahre liebevoll mit meinen Fingern über seinen Nacken. »Hast du daher auch die Narbe an deinem Bein?«

»Genau. Die Adler hatten mich am Abend meines achtzehnten Geburtstags endlich dazu eingeladen, an einem ihrer geheimen Autorennen teilzunehmen. Da war ich die ganze Zeit schon heiß drauf. Ich wollte den anderen unbedingt beweisen, dass ich ein ganzer Kerl bin und kein Halbstarker mehr. Auf jeden Fall gibt es in der Bronx ein heruntergekommenes Fabrikgelände mit einer asphaltierten Fahrbahn ringsherum, die sich perfekt für diese Art von Events eignet. Ich dachte, es wäre ein harmloser Spaß. Einmal selbst den Geschwindigkeitsrausch verspüren, wie die coolen Typen in den Actionfilmen. Ich war high, vollgepumpt mit Adrenalin und fühlte mich in dieser Nacht unbesiegbar. An den Unfall kann ich mich überhaupt nicht erinnern. Ich weiß nur noch, wie ich das Gaspedal durchgetreten habe, danach sind alle meine Erinnerungen wie von einem schwarzen Loch verschluckt und setzen erst einige Stunden später im Krankenhaus wieder ein.«

»Oh mein Gott«, entfährt es mir, und ich kann von jetzt auf gleich kaum noch atmen, denn es fühlt sich so an, als hätte ein dicker Elefant auf meinem Brustkorb Platz genommen. Plötzlich taucht das Bild von den zwei Polizeibeamten an unserer Haustür vor meinem geistigen Auge auf. Prompt rollen dicke, salzige Tropfen über meine Wangen, und ich kann nichts dagegen unternehmen. Ich löse mich von Paxton und stehe von der Couch auf. Seine Nähe ertrage ich in diesem Moment einfach nicht.

Paxton sieht mich bestürzt an. »Ich weiß, dass das alles unvorstellbar viel ist, was ich dir auf einmal zumute. Entschuldige bitte, ich wollte dich nicht zum Weinen bringen.« Er steht von der Couch auf und will mich tröstend in den Arm nehmen. Ich schlage seine Hände weg und schlinge schluchzend meine Arme um mich.

»Habe ich dir irgendwas getan, Emma?«, fragt er und blickt mich an.

Statt zu antworten, drehe ich mich tonlos um und marschiere mit einem Tränenschleier vor den Augen ins Gästezimmer. Als die Tür hinter mir ins Schloss gefallen ist, nehme ich meine Brille ab, und dann brechen bei mir endgültig alle Dämme.

Aufgelöst lasse ich mich im Dunkeln des Raums weinend in die weichen Kissen auf dem gigantischen Bett fallen. Mir ist bewusst, dass Paxton nichts mit dem Tod meines großen Bruders zu tun hat. Ungeachtet dessen kommt gerade alles wieder hoch. Genau das Gleiche wie Paxton dachten die beiden Typen, die Toby auf dem Gewissen haben, nämlich auch. Dass es ein harmloser Spaß ist. Wut steigt in mir auf. Paxton hat mit keinem Wort erwähnt, dass er es bereut, an diesem Rennen teilgenommen zu haben. *Was, wenn ihm nichts passiert wäre? Hätte er sich dann für den nächsten Adrenalinkick, wieder und immer wieder, hinters Steuer gesetzt?*

»Emma, rede bitte mit mir«, höre ich Paxton besorgt durch die verschlossene Zimmertür rufen. »Wenn du mir nicht sofort antwortest, komme ich zu dir rein. Hast du das verstanden?«

Unfähig, etwas zu sagen, schließe ich meine Augen und wünschte mir, ich würde mich einfach in Luft auflösen.

Ich spüre, wie sich Paxtons Hand behutsam auf meine Schulter legt. Er sitzt eine ganze Weile stumm neben mir auf der Matratze und drängt mich zu nichts. Die Wärme, die er durch seine bloße Anwesenheit ausstrahlt, vermittelt mir ein tief gehendes Gefühl von Geborgenheit. Auch wenn ich es nicht fühlen will, genieße ich seine Nähe mit jeder Faser meines Körpers.

»Vertraust du mir?«, fragt er mich schließlich im Flüsterton und streicht mir die widerspenstige Haarsträhne erneut hinters Ohr. »Ich vertraue dir nämlich.«

Langsam löse ich mein Gesicht vom Kissen, öffne die Augen und wende mich ihm zu. Durch die nun offene Zimmertür fällt Licht hinein, so, dass ich Paxtons sorgenvollen Blick sehen kann. Er legt seine Hand an mein Kinn und küsst zärtlich meine tränenverschmierten, erhitzten Wangen. Und für eine Weile sitzen wir einfach nur da und schauen uns an, bis ich endlich meine Stimme wiedergefunden habe. »Du weißt ja, dass ich Toby durch einen Autounfall verloren habe.«

Paxton nickt, und ich sehe ihm an, dass er zumindest ahnt, worauf ich hinauswill.

»An dem Unglück waren zwei Siebzehnjährige schuld, die es lustig fanden, sich mit ihren getunten Karren auf der Landstraße in einem mörderischen Tempo immer wieder gegenseitig zu überholen. Mein Bruder ist auf der Gegenfahrbahn unterwegs gewesen. In einer scharfen Kurve hat einer der beiden Fahrer rausgezogen und Tobys Wagen nicht kommen sehen. Ein anderer Autofahrer hat gesehen, wie sich die Vollidioten direkt vor ihm auf der Straße zu den draufgängerischen Manövern angespornt haben. Hätte er nicht ausgesagt, wären diese Typen auch noch ohne Strafe davongekommen. Sie haben nicht einmal Reue gezeigt. Herrgott, sie haben jemanden getötet, nur weil sie sich selbst lebendiger fühlen und den Nervenkitzel spüren wollten!«

Paxton schüttelt sprachlos den Kopf und nimmt mich fest in den Arm. »Dafür gibt es keine Entschuldigung. Mir ist klar, dass mein Verhalten damals auch ganz anders hätte ausgehen können, und ich bin mehr als erleichtert, dass bei meiner Kamikaze-Aktion niemand zu Schaden gekommen ist.«

»Abgesehen von dir«, wispere ich an seine Brust.

Paxton atmet schwer, während er sich über sein Bein fährt. »Das Leben hat mir eine sehr wichtige Lektion erteilt. Ehrlich gesagt will ich nicht wissen, wo ich heute wäre, wenn mich das Schicksal nicht wachgerüttelt hätte. Ich kann meine Fehler nicht mehr rückgängig machen, aber ich werde sie bis an das Ende meines Lebens bereuen.« Paxtons Augen schimmern wässrig, und ich erkenne in seinem betrübten Blick, wie sehr er unter seiner schrecklichen Vergangenheit auch heute noch leidet.

»Du hast deine Fehler eingesehen und dich geändert, das schafft auch nicht jeder«, versuche ich ihn zu bestärken und verspüre darüber hinaus das unbändige Bedürfnis, seinen quälenden Schmerz durch meine Berührungen zu lindern.

Meine linke Hand öffnet, wie von selbst, die Knöpfe seines Hemds. Einen nach dem anderen, bis ich unten angekommen bin, während sich meine brennenden Lippen voller Verzweiflung auf seine pressen. In diesem intensiven Kuss liegen gleichzeitig Trost, Erlösung und Hoffnung. Meine Finger fahren über seine Brust, an die Stelle, wo ich das heftige Klopfen seines Herzens am stärksten wahrnehmen kann. Wir sind am Leben, und das ist es, worauf es jetzt ankommt.

Paxton scheint genauso zu empfinden, denn sein Mund wird von Sekunde zu Sekunde fordernder. Seine Zungenspitze ringt mit meiner, erst zärtlich, dann immer leidenschaftlicher. Er löst die goldene Spange aus meinem Haarknoten, und meine dicken Locken fallen mir über die Schultern. Andächtig streicht er mir mit seinen Fingern durch die Haare. Anschließend tastet er sich langsam hinab zu der hauchzarten Spitze an der Mitte meines Rückens. Vorsichtig öffnet er die Knöpfe mit seinen Fingerspitzen, fährt dann unter den feinen Stoff, um mich davon zu befreien.

»Du bist wunderschön«, raunt er an meinem Ohr, während er mich noch ein bisschen näher an sich zieht. Dann nimmt er mir die Kette vom Hals, um meine empfindliche Haut am Dekolleté im Austausch mit zarten Küssen zu übersäen. Gleichzeitig wandern meine Hände von seinem Brustkorb über seinen Nacken bis hin zu seinen muskulösen Schultern, um ihm das Hemd abzustreifen. Unruhig gleiten meine Finger hinunter zu seiner Gürtelschnalle. Ich fühle es. Der Zeitpunkt ist gekommen, an dem ich mich nicht länger gedulden will. Ich möchte meine kribbelige Erregung mit ihm teilen, seine Männlichkeit tief in mir spüren, eins mit ihm werden.

Plötzlich hält Paxton inne und meine Hand fest. »Willst du das hier wirklich, Emma?«, fragt er keuchend mit kehliger Stimme und sieht mir dabei ernst in die Augen.

»Ja«, hauche ich ihm mit einem breiten Lächeln zu und küsse seinen Mund erneut begierig, um ihn an weiteren Fragen zu hindern, öffne zur gleichen Zeit seine Hose und fühle mit meinen Fingerkuppen durch den eng anliegenden Stoff seiner Boxershorts deutlich, dass auch er mich begehrt. Mit sanftem Druck gleite ich mit meiner Handinnenfläche über sein Glied, will mich mit seiner größer werdenden Lust vertraut machen.

Paxton lässt sich rücklings in die bequemen Kissen fallen und zieht mich mit sich, so, dass ich halb auf ihm liege. Er dreht mich auf der Matratze zur Seite, beugt sich über mich und streift mir das Kleid vorsichtig von meinem Oberkörper, über die Hüften und die Beine, bis ich nur noch in meiner neuen Unterwäsche vor ihm liege. Paxtons Blick wirkt überaus angetan, als er wie gebannt mit seinen Fingern meinen Körper entlangstreicht. Dann fährt seine rechte Hand zwischen mich und das Bettlaken, um den BH-Verschluss an meinem Rücken zu lösen. Seine Lippen bedecken kurz darauf meine sensiblen Brüste voller Hingabe mit kräftigen Küssen, und seine warme Zunge flirtet mit meinen Nippeln, die sich ihm bereitwillig entgegenstrecken. Derweil erforschen meine Hände neugierig seine Rückenmuskulatur, die ich schon am ersten Abend in der Abstellkammer fieberhaft erkundet habe und nun noch einmal aufs Neue entdecke.

Paxtons Küsse ziehen sich schließlich von meinen Brüsten über meinen Bauchnabel bis zu meinem Schoß. Ich merke, wie ich mit jeder seiner prickelnden Berührungen mehr und mehr von lustvoller Begierde in Beschlag genommen werde. Während er mit seinem weichen Mund zärtlich die Innenseite meiner Oberschenkel liebkost, zieht er mir das Höschen über meine angewinkelten Beine hinunter, und mein Stöhnen wird mit jedem Millimeter, den er sich weiter nach oben zu meiner Mitte bewegt, tiefer. Als seine Finger übernehmen und mit genau dem richtigen Druck verführerisch auf mir kreisen, schließe ich voller Genuss meine Augenlider und koste das sinnliche Vorspiel mit jedem Atemzug aus.

Noch immer kribbelt mein ganzer Körper von oben bis unten, während Paxton ein Päckchen mit Kondomen aus der Nachttischschublade zieht. Erst in diesem Moment realisiere ich, dass ich mich in der Tür geirrt habe und gar nicht im Gästezimmer bin, sondern in seinem Bett liege. Bevor ich weiter darüber nachdenken kann, entledigt er sich seiner Shorts und öffnet eins der Tütchen. Mit quälender Ungeduld warte ich darauf, dass er seinen Oberkörper wieder über mich schiebt. Denn die wenigen Sekunden reichen vollkommen aus, um mich zu foltern und mein Verlangen ins Unermessliche zu steigern. Nach einer gefühlten Ewigkeit lässt er sich wieder auf mich sinken, fährt mit seiner Hand durch mein Haar und blickt mir dabei tief in die Augen.

»Ich will dich in mir spüren«, flüstere ich, umfasse seine Arme, so fest ich kann, und vergrabe mein Gesicht an seinem köstlich duftenden Nacken, während er mit seinen Händen meine Beine spreizt, dann meinen Po umfasst und mich an sich zieht.

»Ich möchte dich auch fühlen«, raunt er mir zu, während er versucht, in mich einzudringen.

Jetzt ist es so weit, denke ich nervös, mit flatterndem Herzen. Ich kann immer noch nicht richtig fassen, dass das hier tatsächlich passiert und es keiner meiner Träume ist. In meine Aufregung mischt sich prompt eine große Portion Unsicherheit. *Was, wenn ich irgendwas falsch mache? Oder es schrecklich wehtut?*

Unvermittelt zieht sich alles in mir zusammen. Und auch wenn ich mir nichts sehnlicher wünsche, als mein erstes Mal mit Paxton genau hier und heute zu erleben, verkrampfe ich mich, was es ihm unmöglich macht, weiter vorzudringen.

Als Paxton bemerkt, was mit mir los ist, sieht er mich mit aufgerissenen Augen an und lässt sofort erschrocken von mir ab. »Alles in Ordnung?«

»Tut mir so leid«, murmle ich bedrückt und lege verschämt meine Hände über das Gesicht. »Ich habe das noch nie zuvor gemacht.« Nun ist es raus, und ich habe Panik davor, wie er auf dieses Geständnis reagiert.

Liebevoll legt er seine Hände beruhigend sanft auf meine, schiebt sie beiseite, um mir in die Augen sehen zu können. »Ich möchte, dass es für dich schön ist und du dich dabei wohlfühlst. Wenn du möchtest, probieren wir es einfach noch mal, ganz vorsichtig, und wenn es sich unangenehm anfühlt, sagst du es mir.«

Trotz meiner Verlegenheit nicke ich lächelnd, dankbar für sein Verständnis. »Ich vertraue dir.«

Paxton greift erneut in die Schublade und holt ein Tübchen mit Gel hervor. »Damit sollte es noch etwas leichter gehen und angenehmer für dich sein.«

Einfühlsam massiert er mich, ich schließe meine Lider, und irgendwann gelingt es mir, mich wieder zu entspannen. Dann tastet er sich zunächst ganz sachte mit einem und dann mit zwei Fingern vor. Gibt mir Zeit, mich an dieses neue Gefühl in mir zu gewöhnen. Nach und nach merke ich, wie sich mein Schoß vor Erregung weitet und ich mich unter seiner Hand fallen lasse. Als ich mich schließlich bereit fühle, öffne ich die Augen, nicke ihm bestätigend zu und gebe ihm damit das Startsignal, es erneut zu versuchen. Paxton sieht mich mit festem Blick an und dringt ganz behutsam in mich ein. Dabei durchfährt mich ein kurzer, piksender Schmerz, der mich, für die Dauer eines Wimpernschlags, scharf die Luft einziehen und meine Finger in seine Oberarme pressen lässt. Er legt seinen Mund auf meinen und lenkt mich mit seinem spielerischen Kuss ab, bis der Schmerz vorüber und er vollständig in mir versunken ist. Dann stützt er sich auf seinen Unterarmen über mir ab, sodass ich seinen heißen Atem auf meiner Kehle wahrnehmen kann, während sein lustvolles Stöhnen mit der Zeit an Intensität gewinnt.

Meine Atmung wird mit jeder seiner intensiven Bewegungen schwerer, mein Herz schlägt mir inzwischen bis zum Hals, und ich kann meine Lustlaute, auch wenn es mir anfänglich ein wenig peinlich ist, nicht länger unterdrücken. Am liebsten würde ich ihn nie wieder freigeben, denn mit jedem Stoß erfasst mich eine weitere sinnliche Woge, die sich langsam zu einer gigantischen Welle auftürmt.

Paxton gönnt uns eine kurze Verschnaufpause, während er in mir verweilt und sich hingebungsvoll meinen Brüsten widmet. Seine Zungenspitze kreist um meine harten Nippel, was einen direkten Impuls an meine Mitte schickt, die er gleichzeitig mit seinen Finger weiter stimuliert. Dann fängt er erneut an, sich in mir zu bewegen, bis die Welle so hoch ist, dass sie irgendwann einbricht und mich mit einer unbeschreiblichen Wucht flutet. Meine Gedanken haben Sendepause, während mein ganzer Körper vibriert.

Plötzlich presst Paxton seine Lippen fest auf meine, hält gleichzeitig tief in mir für einen Moment voller Anspannung inne, bis er mit einem inbrünstigen Stöhnen in seiner Kehle loslässt.

Verschwitzt und außer Atem, zieht Paxton sich mit einem seligen Lächeln aus mir zurück und lässt sich neben mich aufs Laken fallen. Mich durchströmt eine Mischung aus purer Glückseligkeit und wohliger Erschöpfung, die mich über das ganze Gesicht grinsen lässt. So habe ich mich bisher noch nie gefühlt.

Paxton nimmt mich in seine Arme und küsst mich zärtlich auf meine Nasenspitze. »Geht's dir gut?«

»Ja, und wie«, antworte ich und fühle mich wie im siebten Himmel.

»Nur damit du es weißt, das eben war auch für mich etwas ganz Besonderes. Diese starke Vertrautheit, die ich zwischen uns fühle, habe ich zuvor noch bei keiner anderen gespürt, und ich will dich nie wieder verlieren.«

16

Als ich am Morgen allein in Paxtons riesigem Bett erwache, kommt mir das, was zwischen uns beiden passiert ist, immer noch unwirklich vor. So muss es sich anfühlen, wenn man mit einem Fallschirm aus einem Flugzeug Tausende Meter durch Wolken hindurch in die Tiefe gesprungen ist und man es – am Boden angekommen, vollgepumpt mit Adrenalin, den Blick gen Himmel gerichtet – nicht begreifen kann.

»Guten Morgen, mein Seestern«, begrüßt mich Paxton lächelnd, als er mit zwei dampfenden Kaffeebechern in den Händen und nur mit seinen Boxershorts bekleidet im Türrahmen auftaucht. »Hast du gut geschlafen?«

»Wie ein Murmeltier«, sage ich gähnend, strecke meine Arme in die Luft und setze mich auf.

Paxton kommt auf mich zu und lässt sich neben mich auf die Matratze sinken. Dann reicht er mir einen der beiden Becher und streicht anschließend mit seiner freien Hand sanft durch mein Haar. »Es ist so schön, dass du da bist. Ich werde es im Wohnheim vermissen, neben dir aufzuwachen.«

Ich schmiege mich, nur in die Bettwäsche gehüllt, an seine Schultern und nippe genüsslich am Kaffee. »Daran könnte ich mich auch gewöhnen.«

»Deshalb sollten wir jeden Moment ausnutzen.« Paxton nimmt mir den halb vollen Becher aus meiner Hand und stellt ihn gemeinsam mit seinem auf dem Nachttisch ab. Und bevor ich lauthals protestieren kann, weil ich noch nicht ausgetrunken habe, legen sich seine durstigen Lippen auf meine und rauben mir die Worte. Er streift mir langsam die kuschelige Decke von den Brüsten, lässt seine warmen Hände über meine nackte Haut tanzen und überzieht sie mit einer kribbeligen Spur. Ich genieße jede seiner Berührungen. Noch nie habe ich mich lebendiger gefühlt, mich selbst mehr gespürt als hier mit Paxton. Fast so, als hätte er mich nach einem hundertjährigen Dornröschenschlaf wach geküsst und dabei ein ganz neues Bedürfnis in mir geweckt.

Immer noch ein wenig schüchtern, gleitet meine Hand zu seinem Schoß. Nach kurzem Zögern fangen meine Finger dann aber wie von selbst an, die Wölbung voller Neugierde zu streicheln. Als ich spüre, wie sein Glied unter meiner Hand allmählich größer und fester wird, breitet sich tief in mir erregende Vorfreude aus. Zaghaft fahre ich mit meiner Hand zwischen Stoff und Haut, bis ich ihn direkt berühre und jede pochende Regung und die lustbringende Feuchte mit den Fingerspitzen wahrnehmen kann. »Ich bin ganz deiner Meinung. Wir sollten keine Sekunde verschwenden.«

Sofort schiebt er mich stürmisch nach hinten in die Kissen und küsst meinen Nacken, während er meine Brüste gefühlvoll knetet. Ich fahre unterdessen mit beiden Händen zu seinem Hintern und streife ungeduldig seine Shorts hinunter. Paxton entledigt sich mit einem schnellen Handgriff endgültig des lästigen Stücks Stoff und hebt schmunzelnd die Bettdecke an. Bei Tageslicht ist es noch einmal ein ganz anderes Gefühl, splitterfasernackt vor ihm zu liegen. Paxton genießt meinen Anblick sichtlich und nimmt sich jede Menge Zeit, meinen Körper bis ins kleinste Detail zu studieren. Und ebenso wenig kann ich mich an ihm sattsehen und sauge diesen Anblick, diesen prickelnden Moment förmlich in mich auf.

Irgendwann rutschen seine Hände dann tiefer, bis zu meinem Po, den er mit festem Griff umfasst. Bevor ich michs versehe, wälzt er sich mit mir herum, sodass ich mit gebeugtem Oberkörper auf seinem Schoß zum Sitzen komme. Sein Mund liebkost gierig meine Brüste, während sich seine Finger zu meiner empfindsamen Mitte tasten, was mir ein wohliges Schnurren entlockt. Nun will ich Paxton ebenfalls um den Verstand bringen. Ich fahre mit meiner Hand von seinem Bauchnabel weiter hinab und lasse ihn durch meine intimen Berührungen pulsieren, bis er ein behagliches Brummen von sich gibt.

Ich fische mit meiner freien Hand die Schachtel mit den Kondomen vom Nachttisch. Mit wild hämmerndem Herzen packe ich eins der silbernen Tütchen aus und versuche das Gummi mit Aufregung in den Fingern überzuziehen. Doch irgendwie will es nicht so recht klappen, weshalb er mir dann doch zur Hand gehen muss.

Ich blicke Paxton tief in die Augen und murmle leise: »Du bist das Beste, was mir je passiert ist.«

Er lächelt mich glücklich an, nimmt dabei meine Hände, die immer noch ganz zittrig sind, in seine und küsst sie. »Es gibt keinen Grund, nervös zu sein. Mir geht es doch ganz genauso mit dir.«

Dann dringt er sanft in mich und legt seine Hände auf meine Taille. Diesmal gibt er mir die Möglichkeit, das Tempo selbst zu bestimmen. Ich bewege mein Becken langsam auf und ab, bis er mich komplett ausfüllen kann. Dann setze ich mich auf, stemme meine Handflächen auf seinen Brustkorb und steigere die Geschwindigkeit meiner Bewegungen nach und nach, im Rhythmus unserer schneller werdenden Atemzüge. Seine Hände rutschen über meine Hüften abwärts, pressen sich mit ansteigender Hingabe immer fester auf meinen Po und übernehmen schließlich Stück für Stück die Regie, während unser Stöhnen den Takt vorgibt. Ich übergebe ihm die volle Kontrolle und schließe meine Augen. Will nur noch fühlen und genau wahrnehmen, wie es ist, ihn in mir zu spüren, wie er mich erregt. Beim ersten Mal war ich ziemlich überfordert mit der neuen Situation, und meine Gefühle haben mich einfach überwältigt. Ich erlebe dieses Mal ganz bewusst, wie sich das Verlangen in mir wie eine Sehnsucht aufbaut, die mit jedem Impuls weiter anschwillt, bis ich wie ein Luftballon zu zerplatzen drohe. Als ich die Anspannung nicht mehr länger halten kann, gebe ich mich der wohligen Erschöpfung hin und lasse mich auf Paxtons Brustkorb sinken. Er legt seine Arme um mich, dreht mich mit einem zufriedenen Lächeln auf den Rücken, sodass er nun über mir liegt. Und nachdem er unseren erhitzten Körpern einen Augenblick der Abkühlung gegönnt hat und ich ein wenig ruhiger atme, fährt er mit seiner Hand zwischen mich, schiebt meine Oberschenkel auseinander, drückt das eine Bein ein wenig nach oben und leicht zur Seite. Anschließend beginnt er sich wieder in mir zu bewegen, erst vorsichtig, dann immer schneller und tiefer. Ich genieße diese unfassbare Nähe zwischen uns und spüre, wie er das erregende Gefühl mit mir auskostet, bis er es irgendwann nicht mehr länger hinauszögern kann und mit einem durchdringenden Stöhnen kommt.

»Lust, gemeinsam zu duschen, bevor ich uns was Leckeres zum Frühstück mache?«, fragt Paxton nach Luft ringend und lässt sich neben mich in die Kissen fallen.

»Sehr gute Idee«, keuche ich atemlos und fasse es nicht, dass sich dieses Mal noch viel, viel intensiver angefühlt hat. Irgendwie wilder und heißer. »Geh du schon mal vor, ich brauche noch einen Moment.«

»Okay, mein Seestern, bis gleich.« Er schwingt seinen sexy Hintern aus den Federn, und ich schaue ihm mit einem breiten Grinsen hinterher.

Nachdem Paxton verschwunden ist, lasse ich die Ereignisse der letzten Monate, insbesondere die der letzten vierundzwanzig Stunden, Revue passieren. Es ist so viel passiert, seit ich an der Uni angefangen habe. Im Leben hätte ich nicht damit gerechnet, dass ich mich Hals über Kopf ausgerechnet in den Bad-Boy und Frauenschwarm der Uni verliebe. Solche Gefühle habe ich noch nie zuvor für jemanden empfunden. Es hat mich selbst völlig überrumpelt, dass ich mich auf ihn eingelassen habe. Eigentlich hatte ich mir hoch und heilig geschworen, mich auf mein Studium zu konzentrieren. Jetzt kann ich nur noch an ihn denken und daran, wie gut er mir tut. Ich kann mit ihm über alles sprechen, und er hat mir einen Blick hinter seine Fassade gewährt, obwohl es ihm sicherlich genauso schwergefallen ist wie mir. Ich glaube, es war gerade deshalb extrem wichtig, dass wir über unsere unschöne und ziemlich traurige Vergangenheit geredet haben. Notwendig, um zu verstehen, wieso wir so sind, wie wir sind. Wem wir unser Herz anvertrauen. Trotzdem kann ich nichts dagegen tun, dass mich sein früheres Leben beunruhigt. Auch wenn ich nun weiß, dass er nichts mehr mit den Adlern zu tun hat, jagen mir diese Typen höllische Angst ein. Sie haben uns auf offener Straße mit ihren Waffen bedroht und machten mir dabei nicht den Eindruck, dass mit ihnen zu spaßen ist. Aber ich liebe Paxton, und solange er meine Hand hält, lasse ich mich bestimmt nicht davon abschrecken.

Das prasselnde Geräusch der Dusche holt mich zurück ins Hier und Jetzt. Ich atme noch einmal tief durch und schlucke meine Sorgen herunter. Es wird schon alles wieder gut werden. Dann stehe ich auf, gehe ins Badezimmer und folge Paxton hinter die beschlagene Glastür unter den kräftigen Wasserstrahl. Genüsslich betrachte ich seinen Körper von Kopf bis Fuß. Dabei fällt mir auch die lange Narbe an seinem Oberschenkel erstmals richtig auf. Ungläubig lasse ich meinen Zeigefinger die Linie entlangstreichen. Ich merke, wie er unter meiner Berührung zusammenzuckt.

»Entschuldige«, stammle ich unsicher und nehme schnell meine Hand von seinem Bein.

»Schon gut«, beruhigt er mich, schlingt seine Arme fest um meinen nassen Körper und zieht mich in eine innige Umarmung. »Ich war nur verwundert, dass du mich ausgerechnet dort anfassen möchtest.«

»Sie ist ein Teil von dir. Und ich will dich ganz.«

»Du bist unglaublich«, flüstert er mir zu und schließt dabei seine Augen. »Womit habe ich dich bloß verdient?«

»Das Schicksal wird sich schon etwas dabei gedacht haben,

dass es mich damals auf dem Flur in deine Arme hat laufen lassen. Jedenfalls bin ich sehr, sehr glücklich darüber.«

»Ich auch, mein Seestern«, antwortet er mit tieftrauriger Stimme. »Es ist besser, wenn wir dich schnellstmöglich aus der Stadt schaffen. In meiner Nähe ist es gerade viel zu gefährlich für dich. Ich will auf keinen Fall riskieren, dass dir etwas zustößt. Das mit dem Segelausflug holen wir nach. Versprochen.«

Zwar weiß ich, dass Paxton recht hat, dennoch trifft es mich eiskalt, und trotz des heißen Wassers friere ich plötzlich. Ich will ihn nicht mit seinen Problemen allein lassen. Möchte für ihn da sein. Auch wenn mir bewusst ist, dass ich mich damit in Gefahr begebe. »Ich will dich nicht verlassen«, wispere ich an seinen Lippen und küsse ihn verzweifelt, um ihn umzustimmen.

»Ich habe mir die Scheiße eingebrockt, und ich möchte dich deshalb nicht auch noch verlieren. Die Adler sind zu allem bereit. Sie haben damit gedroht, mir alles zu nehmen, was ich liebe. Und … ich liebe dich, Emma. Verstehst du das? Du bist im Moment nur in Sicherheit, wenn ich nicht bei dir bin.« Er küsst mir liebevoll die Stirn. »Zum Glück kennt die Presse deinen Namen bisher nicht. Es ist schon gefährlich genug, dass sie Fotos von uns zusammen gemacht haben.«

Warme Wassertropfen rinnen über unsere Köpfe und mischen sich auf meinem Gesicht mit salzigen, brennenden Tränen. Ich verberge meine aufgewühlten Emotionen nicht vor Paxton und lasse sie meine glühenden Wangen bis zu meinen Lippen hinabperlen.

Zärtlich streichelt Paxton meinen Rücken und versucht mich zu trösten. »Ich wünschte, wir könnten einfach abhauen. Wie im Film undercover ein neues Leben beginnen, irgendwo weit, weit weg von allem. Aber ich habe mich schon viel zu lange vor meinen Schatten versteckt. Ich muss mich ihnen endlich stellen, sonst werde ich nie wieder frei sein.«

Ich nicke stumm und weiß, dass er recht hat. Er muss sich seiner düsteren Vergangenheit stellen, um damit ein für alle Mal abzuschließen. Wenn keine Waffen im Spiel wären, würde ich mir allerdings deutlich weniger Sorgen um ihn machen. Außerdem habe ich keine Ahnung, wie er die Sache mit den Adlern klären will. Er wird seine alten Kumpel ja wohl kaum auf ein Versöhnungsbier einladen, mit ihnen über die alten Zeiten plaudern und ihnen dabei klarmachen, dass alles bloß ein riesiges Missverständnis war.

*

»Kannst du mir bitte mal erklären, was das hier zu bedeuten hat?«, faucht mich Lara wie eine wild gewordene Furie an, als ich am Nachmittag, fix und fertig, aus New York zurück ins Wohnheimzimmer komme. »Du bist so eine verlogene Bitch! Und ich dachte allen Ernstes, du wärst meine Freundin.«

Lara schmeißt all meine Klamotten aus dem Kleiderschrank in meinen Trolley, der aufgeklappt auf meinem Bett liegt. »Ich will dich hier nie wieder sehen. Du ziehst sofort aus!«

»Wie stellst du dir das denn vor?«, frage ich fassungslos und setze die Tasche auf dem Boden ab. »Können wir vielleicht erst einmal in Ruhe miteinander reden?«

»Da gibt es nichts zu reden«, keift sie und funkelt mich böse mit ihren Augen an. »Du hast dein Versprechen gebrochen und bist mir in den Rücken gefallen.«

Mir schwirrt der Kopf. Durcheinander lasse ich mich auf mein Bett fallen und versuche meine Gedanken halbwegs zu sortieren.

Unvermittelt hält Lara mir auf einmal ihr Handy unter die Nase. »Vielleicht hilft dir das ja auf die Sprünge.«

Geschockt starre ich auf die Fotos. Das erste Bild zeigt mich zusammen mit Paxton in der kleinen Pizzeria in Brooklyn, und die zweite Aufnahme von uns beiden direkt darunter wurde auf dem roten Teppich bei der Charity-Gala gemacht. Es kommt mir so vor, als wäre es schon eine halbe Ewigkeit her, dass wir dort glücklich lächelnd nebeneinandergestanden haben, um für die zahlreichen Fotografen zu posieren.

»Na, kommt dir das irgendwie bekannt vor?«, fragt sie mich mit stechendem Blick. »Das ist wohl kaum deine Tante.«

Jetzt erst fällt mir die Headline ins Auge. Dort steht in großen Lettern: *Paxton Romero in festen Händen? Wer ist die schöne Unbekannte an seiner Seite? Ist seine neue Liebe topsecret?*

»Vielleicht sollte ich den Reportern einfach verraten, wer du bist. Oder noch besser, ich lüfte das Geheimnis exklusiv auf meinem Blog«, erklärt sie mit einem süffisanten Grinsen.

»Ich verstehe, dass du gerade sauer auf mich bist. Das ist dein gutes Recht. Es tut mir so verdammt leid, dass ich dir nicht die Wahrheit gesagt habe, als ich herausgefunden habe, dass mein Julio dein Paxton ist. Das war nicht fair von mir, und du musst mir glauben, ich hatte echt nicht geplant, mich in deinen Traummann zu verlieben. Aber tu uns das bitte nicht an. Du hast ja keine Ahnung, was du damit anrichten würdest«, flehe ich Lara verzweifelt an und greife nach ihrer Hand. »Es war keine Absicht von mir. Ich wollte mir meine Gefühle für ihn anfangs auch gar nicht eingestehen, und dann wollte ich mir erst einmal ganz sicher sein, bevor ich dir …« Ich halte kurz inne und hole tief Luft. Meine Kehle ist wie zugeschnürt, und ich kann kaum atmen. »Entschuldige, du hättest es nicht so erfahren sollen.«

Lara entzieht mir ihre Hand, und ich bringe keinen Ton mehr raus. »Wie konntest du nicht wissen, wer er ist? Und warum hat er dir gesagt, er heißt Julio?«

»Es ist sein zweiter Vorname. Ich wusste nicht, wie Paxton aussieht, und als wir uns damals zufällig auf dem Flur über den Weg gelaufen sind, hat er sofort gemerkt, dass ich ihn nicht erkenne. Ihm hat es gefallen, dass ich ihn nicht nur wegen seines Promistatus mochte. Glaub mir, ich war vollkommen überrascht, als ich erfahren habe, wer er ist«, erkläre ich beschämt und blicke zu Boden. »Ich kann dich nur noch mal um Verzeihung bitten. Ich bereue es zutiefst, dass ich dich belogen habe. Unsere Freundschaft ist mir wirklich wichtig. Aber ich liebe Paxton«, murmle ich verlegen.

»Bildest du dir wirklich ein, dass sich der Prinz in dich, das schüchterne Aschenputtel, verliebt hat? Paxton hat zehn Frauen an jeder Hand, und du warst garantiert auch nur ein williger One-Night-Stand für ihn. Also heul bloß nicht rum, wenn er dich wieder fallen lässt. Denn im Gegensatz zu einer Frau wie mir passt du doch überhaupt nicht zu einem Promi wie ihm. Sieh dich doch mal an, du hast absolut keinen Glamour. Für mich bist du gestorben«, wirft Lara mir wutentbrannt an den Kopf, dann steht sie auf und knallt die Tür lautstark hinter sich zu.

»Puh«, seufze ich. Mir war ja klar, dass Lara wütend werden würde, wenn sie von Paxton und mir erfährt. Und ich wollte wirklich nicht, dass sie es auf diese Art und Weise herausfindet. Ich kann nachvollziehen, dass sie deshalb ausflippt. Würde ich vermutlich andersherum auch. Trotzdem tut es weh, dass sie denkt, Paxton könnte kein ernsthaftes Interesse an mir haben, nur weil ich kein Supermodel bin wie sie. Ich ziehe meine Beine eng an meinen Körper, umschlinge sie fest mit den Armen und verstecke mein Gesicht hinter den Knien. *Was soll ich bloß machen?* Meine beste Freundin hasst mich, weil ich einen Mann liebe, mit dem ich nicht zusammen sein kann. Zumindest nicht, solange er von den Adlern bedroht wird. Dabei vermisse ich ihn jetzt schon. *Wie soll ich das nur aushalten?* Ich fühle mich so allein.

Reiß dich gefälligst zusammen, sage ich in Gedanken zu mir selbst, hieve mich aus dem Bett und beginne damit, den Berg an Kleidung zu falten und zurück in die Fächer meines Schranks zu räumen. Anschließend packe ich die Tasche aus. Als ich meine sexy Unterwäsche herausnehme, tauchen die Erinnerungen an mein erstes Mal mit ihm sofort wieder vor meinem inneren Auge auf, und ich muss lächeln. Es ist fast so, als könnte ich Paxtons Berührungen und seine Wärme auf meiner Haut spüren. Ich bin mir sicher, es war die richtige Entscheidung, und egal, was Lara behauptet, Paxton liebt mich, da bin ich mir sicher.

*

Ich bin gerade damit fertig, meine Sachen zu sortieren, da klingelt mein Handy. Mein Herz bleibt kurz stehen, als ich Paxtons Namen lese.

»Hey, mein Seestern«, begrüßt mich Paxton, nachdem ich das Gespräch angenommen habe. »Bist du gut zurückgekommen?«

»Das schon«, antworte ich niedergeschlagen. »Lara und ich hatten gerade einen heftigen Streit. Sie hat unsere Bilder im Internet entdeckt.«

»Ich wäre so gerne für dich da«, wispert er betrübt. »Verzeih mir bitte, das, was ich dir jetzt sagen muss, fällt mir unglaublich schwer.«

»Was ist los?«, frage ich irritiert mit zittriger Stimme. »Ist was passiert?«

»Hör zu, ich habe mit meinem Vater gesprochen, und er hat entschieden, die Polizei einzuschalten. Nur haben wir leider nichts in der Hand.«

»Sie haben uns doch mit ihren Waffen bedroht«, entfährt es mir ungläubig.

»Stimmt, dafür habe ich allerdings keine Beweise.« Paxton räuspert sich. »Auf jeden Fall hat mein Vater gesagt, es ist am sichersten für dich, wenn wir den Kontakt zueinander fürs Erste komplett abbrechen. Ich will das nicht, das musst du mir glauben, aber ich fürchte, er hat recht damit.«

»Wir können ja vorsichtig sein …«, wende ich verzweifelt ein.

»Vertrau mir, ich kenne diese Typen nur zu gut. Sie haben Möglichkeiten, die du dir gar nicht vorstellen kannst, um an Informationen zu kommen. Es ist schon riskant genug, sobald wir die Polizei involvieren. Verstehst du das?«

»Ich liebe dich«, sage ich mit einem fetten Kloß im Hals. »Versprich mir, dass du dich meldest, sobald du kannst.«

»Das schwöre ich dir bei meinem Leben. Mein Seestern, ich liebe dich so sehr, dass es wehtut.«

*

Lara und ich haben seit unserem heftigen Streit gestern Nachmittag kein Wort mehr miteinander gewechselt. Ich habe das Gefühl, sie geht mir aus dem Weg. Vielleicht ist es ganz gut, wenn wir beide etwas Zeit für uns haben, um die ganze Geschichte sacken zu lassen. Auf ihrem Blog gibt es zum Glück noch keine Enthüllungen über mich, trotzdem konnte ich den Ausführungen meiner Dozenten heute kaum folgen, weil ich ständig daran denken musste, wie sauer Lara auf mich ist. Ich habe keine Idee, was ich tun kann, damit sie mir vielleicht irgendwann eine zweite Chance gibt. Vermutlich muss ich mich einfach in Geduld üben. Genau wie bei Paxton. Obwohl er mir jetzt schon schrecklich fehlt.

Mit ziehenden Bauchschmerzen verlasse ich nach der letzten Vorlesung den Hörsaal und mache mich auf den Weg in eine der riesigen historischen Bibliotheken. Ich hole mein Handy im Gehen aus meinem Rucksack, öffne den Chat mit Paxton und fange an zu tippen: *»Du fehlst mir so sehr. Auch wenn ich mich damit vielleicht in Gefahr bringe, wäre ich jetzt am liebsten bei dir. Können wir nicht irgendwie in Kontakt bleiben? Damit ich wenigstens weiß, dass es dir gut geht.«*

Mich juckt es in den Fingern, diese Nachricht hier an ihn abzuschicken. Aber ich weiß ganz genau, dass das zurzeit vermutlich keine gute Idee ist und es ihn nur noch mehr unter Druck setzen würde. Also lösche ich schweren Herzens meine eingetippten Worte, schließe unseren Chat und lasse mein Handy traurig im Rucksack verschwinden. Paxton hat mir hoch und heilig versprochen, dass er sich bei mir meldet, sobald er sich sicher ist, dass keine Bedrohung mehr besteht. Und ich vertraue ihm.

Kurz darauf betrete ich die Bibliothek, atme den Duft nach Büchern ein und genieße die Ruhe zwischen den meterlangen Regalen. Orte wie dieser hier waren stets meine Zuflucht, wenn mir einfach alles zu viel wurde und ich mich vor meinem Leben eine Weile verstecken wollte.

Seit ich denken kann, haben es mir Geschichten ermöglicht, meine Gedanken zum Schweigen zu bringen und meinen Verstand gleichzeitig auf abenteuerliche Reisen in ferne Länder, magische Welten oder vergangene Jahrhunderte zu schicken. Doch heute will es mir partout nicht gelingen, in einem Buch zu versinken. Ich blättere schon eine halbe Stunde in Jules Vernes Roman *Zwanzigtausend Meilen unter dem Meer*, einem meiner Lieblingsbücher. Meine innere Stimme funkt trotzdem immer wieder dazwischen und lässt mich in die Realität auftauchen.

Eine tröstende Umarmung von meiner Mutter, dafür würde ich gerade alles geben. So wie früher, wenn ich Kummer hatte. Aus heiterem Himmel überwältigt mich mit voller Wucht das Heimweh, und die Wörter im Buch vor mir fangen an zu verschwimmen. Hastig krame ich in meinem Rucksack nach Taschentüchern, kann zwischen meinen Sachen aber kein Päckchen finden.

»Mist!«, schniefe ich leise vor mich hin, wische mir die nassen Wangen mit dem Handrücken ab und schaue nach oben an die Decke, in der Hoffnung, dass sich meine Tränen auf diese Weise stoppen lassen. Auf einmal taucht, wie aus dem Nichts, Abigail neben mir am Tisch auf und reicht mir ein Taschentuch.

»Danke«, wispere ich verlegen. »Du bist meine Rettung.«

»Keine Ursache«, entgegnet sie und nimmt neben mir Platz. »Willst du drüber reden? Ist irgendwas Schlimmes passiert?«

Ich schüttle den Kopf, weil ich nicht möchte, dass Abigail

sich Sorgen um mich macht. »Geht schon wieder. Ich vermisse bloß meine Familie.«

»Das kann ich gut nachvollziehen. Ich freue mich so auf die Semesterferien. Bei uns wird Weihnachten immer mit allen Verwandten zusammen gefeiert. Ich stelle ihnen dann auch endlich Kimberly vor. Ich hoffe, sie verstehen sich.«

»Bestimmt«, erwidere ich leicht abwesend, denn in diesem Moment wird mir schmerzlich bewusst, dass ich meine Eltern nicht einmal an diesen besonderen Tagen besuchen kann. Schon wieder kullern dicke, salzige Tropfen über mein Gesicht, und ich kann gar nichts dagegen unternehmen.

Abigail legt ihren Arm freundschaftlich um mich. »Jetzt sag mir schon, was bedrückt dich?«

»Ich wünschte, ich könnte meine Eltern auch in den Ferien besuchen. Aber sie sind einfach zu weit weg«, schluchze ich und fummle ein frisches Taschentuch aus dem Päckchen.

»Tut mir leid. Ich wollte dich mit meinem Gequatsche nicht noch trauriger machen«, entschuldigt sich Abigail mit betretener Miene. »Du kommst aus Michigan, oder?«

»Ja genau, Lake Leelanau. Ziemlich ab vom Schuss. Ich habe zwar ein eigenes Auto, doch allein ist es eine echt weite Strecke zum Fahren.«

Abigail sieht mich einen Moment stumm an, dann grinst sie, als hätte sie einen Geistesblitz. »Komm doch einfach mit uns mit. Wir feiern mit der ganzen Familie bei meiner Tante in Detroit. Dann bist du auf jeden Fall schon mal im richtigen Bundesstaat. Vielleicht können dich deine Eltern ja bei uns abholen?«

Ungläubig starre ich Abigail an, bis ich realisiert habe, was sie mir angeboten hat. Dann falle ich ihr spontan um den Hals. »Du bist mein Engel. Meine Eltern werden vor Freude ausflippen, wenn ich ihnen erzähle, dass wir doch gemeinsam Weihnachten feiern können.«

»Hervorragend. Dann tauschen wir am besten gleich Nummern aus, und ich gebe dir Bescheid, wenn wir die Einzelheiten für die Fahrt planen.«

»Das klingt prima.«

Ich hole mein Handy aus dem Rucksack, um Abigails Nummer einzuspeichern. Als ich die App öffne, um ihr eine Nachricht zu schicken, sehe ich, dass Laras Profilbild verschwunden ist. Sie muss meinen Kontakt gelöscht haben. Ich weiß ja, dass sie wütend auf mich ist, trotzdem versetzt es mir einen Stich ins Herz. Offenbar will sie tatsächlich nichts mehr mit mir zu tun haben. Ich versuche, mir meine Enttäuschung vor Abigail nicht anmerken zu lassen, und schicke ihr ein Santa-Claus-Emoji, nachdem ich ihre Nummer eingetippt habe.

17

Die Wochen im November rasen nur so dahin. In den letzten Tagen ist die Temperatur deutlich gefallen, und die Bäume verlieren die Reste ihres orangeroten Blätterkleids. Der Herbst verabschiedet sich allmählich und macht Platz für den Winter, weshalb ich heute zum ersten Mal meine Wollmütze hervorkramen musste. Zwischen Lara und mir ist die Stimmung, passend zum Wetter, immer noch frostig. Seit unserem Streit zeigt sie mir die kalte Schulter und hat kein einziges Wort mehr mit mir gesprochen. Als wenn das nicht schon schlimm genug wäre, habe ich auch von Paxton nichts mehr gehört. Um mich irgendwie abzulenken, lerne ich deshalb wie bescheuert für die Finals Anfang Dezember. Das funktioniert sehr viel besser, seit Abigail mich zu ihrer Lerngruppe eingeladen hat. Zwar bin ich bisher immer eher eine Einzelkämpferin gewesen, aber es macht mir tatsächlich richtig Spaß, mit der lustigen Truppe beim gemütlichen Kaffeeklatsch die Inhalte durchzugehen. Außerdem fühle ich mich dadurch nicht ganz so allein, und es lenkt mich für ein paar Stunden ab. Obwohl ich in den vergangenen Tagen andauernd sehnsüchtig auf mein Handy geguckt habe, weil ich immer noch hoffe, dass Paxton mir eine Nachricht schreibt oder vielleicht zufällig das Wort *online* unter seinem Namen auftaucht. Bisher Fehlanzeige. Es gibt kein Lebenszeichen von ihm, und ich bin ständig kurz davor durchzudrehen. Nicht nur, dass ich ihn vermisse, inzwischen mache ich mir von Tag zu Tag größere Sorgen um ihn. Wenigstens hat Lara nichts über uns veröffentlicht. Dadurch fühle ich mich hier an der gigantischen Uni zumindest unbeobachtet, und keiner spricht mich auf die Geschichte mit Paxton an. Nichtsdestotrotz macht es mich wahnsinnig, dass ich absolut nichts tun kann außer abwarten und Tee trinken. Weshalb es mir auch nur mit Mühe und Not gelingt, mich auf meinen Lernstoff zu konzentrieren, wenn ich allein an meinem Schreibtisch sitze. Mittlerweile zähle ich regelrecht die Minuten, bis ich mich nachher mit den anderen in der kleinen Bibliothek des Wohnheims treffen kann. Die Ablenkung in der Gruppe ist zurzeit das Einzige, was mir ein wenig hilft.

»Hey, hast du vielleicht irgendwo meine silberne Kette mit dem Kleeblatt als Anhänger gesehen?«, platzt Lara plötzlich ins Zimmer. »Sie war ein Geschenk von meiner Mom, und jetzt ist sie verschwunden.«

»Die findet sich bestimmt wieder, ich helfe dir gerne beim Suchen«, biete ich an und stehe vom Stuhl auf.

»Wenn du nichts Besseres zu tun hast«, entgegnet Lara kühl und durchwühlt hektisch ihre Nachttischschublade.

Ich mache mich unterdessen daran, den Boden unter unseren Betten im Licht meiner Handytaschenlampe bis in jeden Winkel abzusuchen. Doch da findet sich außer ein paar Wollmäusen nichts. *Wir sollten dringend mal wieder staubsaugen*, denke ich und überlege, wo ich noch nachsehen könnte. Gerade als ich aufstehen will, fällt mein Blick auf etwas Glänzendes, das sich um eine Rolle an Laras Schreibtischstuhl gewickelt hat.

»Ich habe sie«, rufe ich freudig und ziehe die Kette vorsichtig heraus.

»Danke«, sagt Lara, als ich sie ihr in die Hand lege. »Ohne deine Hilfe hätte ich sie bestimmt nicht so schnell wiedergefunden.«

»Kein Ding, habe ich gerne gemacht«, sage ich lächelnd und freue mich, dass Lara zum ersten Mal seit Wochen wieder mit mir spricht. »Mir ist schon klar, dass ich nicht ungeschehen machen kann, was ich dir angetan habe, aber …« Ich breche mitten im Satz ab. Nicht dass ich am Ende alles nur noch schlimmer mache, wenn ich das Thema wieder aufwärme.

»Aber was?«, fragt Lara postwendend und stemmt ihre Hände in die Hüften. »Du bist in Paxton verliebt? Genau wie ich!«

»Das spielt im Moment sowieso keine Rolle mehr«, sage ich traurig. »Mir fehlt meine beste Freundin.«

»Wieso? Hat Paxton mit dir Schluss gemacht?«, bohrt Lara mit spöttischem Unterton nach.

»Es ist noch viel komplizierter, als du denkst. Jedenfalls haben wir zurzeit keinen Kontakt. Ich vermisse ihn, genauso wie dich.«

»Das hättest du dir früher überlegen müssen. Ich kann mir echt nicht anhören, wie sehr er dir fehlt. Du musst dir also jemand anderen suchen, dem du die Ohren vollheulen kannst, wenn du Liebeskummer hast.«

Lara dreht sich abrupt um, und bevor ich noch etwas dazu sagen kann, ist sie auch schon aus der Tür verschwunden. Der Versuch, sich mit ihr wieder zu versöhnen, ging wohl völlig nach hinten los. *Hätte ich doch bloß meine Klappe gehalten.*

*

Als ich am Nachmittag in die Bibliothek unseres Wohnheims komme, muss ich mich nicht lange gedulden, bis Nadine, Isabel, Julia, Sophia und Abigail gut gelaunt eintrudeln.

Die Sitzecke, bestehend aus zwei Sofas, vier Ledersesseln und zwei runden Ablagetischen in der Mitte, füllt sich mit munterem Geplapper. Sophia reicht eine große Dose mit selbst gebackenen, köstlich duftenden Zimtsternen herum, und Julia schenkt uns aus ihrer mitgebrachten Thermoskanne dampfenden Kakao in weihnachtliche Pappbecher mit Schneemannmotiv ein. Langsam spürt man überall die Vorfreude auf die anstehenden Semesterferien. Meine Eltern waren ganz aus dem Häuschen, als ich ihnen erzählt habe, dass ich sie besuchen komme, ich freue mich riesig auf die Auszeit bei ihnen. Vielleicht tut mir ja ein wenig Abstand zu allem, was passiert ist, gut, und ich kann für eine Weile meine Angst um den Mann, den ich liebe, verdrängen. Vorher muss ich allerdings noch die Finals hinter mich bringen. Zum Glück habe ich für jeden Kurs bereits Karteikarten angelegt, wofür mich die anderen Mädels total feiern. Wir haben nämlich ein Lernspiel daraus gemacht. Eine Art *Wahrheit oder Pflicht*. Jeder, der eine falsche Antwort gibt, bekommt eine persönliche Frage gestellt oder muss eine Aufgabe erfüllen. Nichts allzu Gemeines natürlich. Es geht vielmehr darum, dass wir uns besser kennenlernen und Spaß zusammen haben. Als Letztes war Nadine dran und musste dreißig Sekunden auf einem Bein hüpfen.

»Jetzt bist du an der Reihe, Emma«, sagt Nadine herausfordernd und nimmt die nächste Karte vom Stapel. »Wie heißt der Autor des Romans *Der große Gatsby*? Und wann wurde das Buch veröffentlicht?«

»Also, Autor ist easy. Das ist Francis Scott Fitzgerald«, erwidere ich, ohne groß nachdenken zu müssen. Denn Namen und Titel kann ich mir recht gut merken. Im Gegensatz zu Daten. »Und erschienen ist es in den Zwanzigerjahren, genauer weiß ich es leider nicht.«

»Das ist so weit korrekt«, erklärt Nadine. »Aber da du uns das exakte Jahr nicht nennen kannst, bin ich dafür, dass du uns jetzt auch was über dich verrätst.«

»Na gut, fair enough«, antworte ich und nippe an meinem Kakao. »Was wollt ihr wissen?«

»Okay, okay, ich habe eine Frage«, meldet sich Abigail zu Wort. »Hast du eigentlich einen Freund? Oder eine Freundin?«

Die Mädels starren mich erwartungsvoll an und warten neugierig auf meine Antwort, während mir mein Herz in die Hose rutscht und sich meine Hände mit einem Mal schweißnass anfühlen. Ich wünschte, es wäre alles so einfach und ich könnte mit einem eindeutigen Ja oder Nein antworten. Doch ich bin mir selbst nicht sicher. Immerhin haben Paxton und ich nie darüber geredet, ob wir ein Pärchen sind oder nicht. Er hat zwar von Liebe gesprochen, aber mittlerweile habe ich seit knapp einem Monat nichts mehr von ihm gehört, und es fühlt sich nur noch wie ein längst vergangener, wenn auch sehr schöner Traum an. »Es gibt jemanden. Nur ist es gerade schwierig für uns, zusammen zu sein«, sage ich nach kurzem Zögern wahrheitsgemäß, mit gesenktem Blick, und hoffe, dass niemand nachhakt.

»Das kennen wir, glaube ich, alle«, seufzt Abigail. »Bei mir hat es auch eine ganze Weile gedauert, bis Kimberly und ich zusammengekommen sind. Also lass dein hübsches Köpfchen nicht hängen«, versucht sie mich mit einem verständnisvollen Lächeln aufzumuntern. »Außerdem gäbe es ohne Drama, Irrungen und Wirrungen wohl kaum große Liebesgeschichten. Zumindest keine, die jemand lesen würde. Oder nicht? Ich meine, *Romeo und Julia* wäre mit Sicherheit kein weltberühmter Bestseller geworden, wenn sich ihre Elternhäuser trotz der Feindschaft mit dem jungen Glück gefreut und sich versöhnt hätten. Irgendwas ist ja immer, sonst wäre es doch auch irgendwie langweilig.«

»Nur der Vollständigkeit halber, Francis Scott Fitzgeralds Roman wurde Mitte der Zwanzigerjahre erstmals publiziert«, wirft Nadine ein und unterbricht Abigails Redeschwall damit.

Anschließend reicht sie mir den Stapel mit den Lernkarten, den ich dankbar annehme, froh, weitermachen zu können, bevor bei mir noch alles wieder hochkommt. Ich weiß, dass Abigail es nicht böse gemeint hat, aber ihre kleine Frage brennt wie Salz in einer frischen Wunde.

*

»Schätzchen, wir haben uns auch so sehr darauf gefreut, dich endlich wiederzusehen und mit dir Weihnachten zu feiern«, versucht meine Mutter mich zu trösten. »Wir versinken hier im Schnee, und es ist für die nächsten Tage keine Besserung in Sicht.«

»Ich weiß ja, Mom«, antworte ich deprimiert. Ich sitze im Schneidersitz auf meinem Bett und umklammere das Kopfkissen auf meinem Schoß noch fester. Am liebsten würde ich wie ein trotziges Kind heulen und schreien, bis ich vor Müdigkeit einschlafe. Doch ich bin schließlich keine fünf mehr, und es ändert auch rein gar nichts daran, dass ganz Michigan pünktlich zu den Semesterferien von einem Megaschneesturm lahmgelegt wird.

»Seit heute Morgen haben wir keinen Strom«, erzählt meine Mutter weiter. »Erinnerst du dich noch daran, als wir mal eine ganze Woche eingeschneit waren? Ihr Kinder wart damals noch so klein. Trotzdem kommt es mir wie gestern vor.«

»Stimmt. Wir haben Popcorn überm Kaminfeuer gemacht und die Spielesammlung rausgekramt. Ich vermisse euch.«

»Hallo, mein Mäuschen«, begrüßt mich am anderen Ende der Leitung nun die tiefe Seebärenstimme meines Vaters. »Das Wichtigste ist doch, dass wir allesamt gesund sind. Wir können am Weihnachtsmorgen telefonieren, und sobald es das Wetter wieder zulässt, schicken wir dir umgehend ein großes Carepaket mit deinen Lieblingsweihnachtskeksen und den Geschenken, die für dich unterm Tannenbaum abgegeben wurden.«

Beim Gedanken an Moms Santa-Claus-Cookies, aus dunklem Schokoladenkeksteig, mit weißen Chocolate Chips, Walnüssen und einem Hauch Zimt, läuft mir das Wasser im Mund zusammen. »Macht euch bitte keine Sorgen um mich. Abigail und Kimberly bleiben auch hier im Wohnheim. Deshalb haben wir beschlossen, das Beste aus der Situation zu machen und gemeinsam zu feiern. Ich bin also nicht allein.«

»Ach, Schätzchen, das freut uns zu hören. Wir sind so stolz auf dich und können es kaum glauben, dass du schon das erste Semester geschafft hast«, sagt nun meine Mutter. »Wir lieben dich über alles.«

»Ich hab euch auch lieb. Bis bald«, erwidere ich, und mir

gelingt es, gerade noch rechtzeitig das Gespräch zu beenden, bevor es mir meine Kehle endgültig zuschnürt.

Die anstrengenden Abschlussprüfungen sind für dieses Jahr überstanden, was höchstwahrscheinlich alle außer mich freut. Solange ich im Stress war, ist es mir zumindest für eine Weile gelungen, nicht an Paxton zu denken. Jetzt, wo die Prüfungen vorbei sind, schleicht er sich in all meine Gedanken, und ich werde dieses Gefühl nicht los, dass er mich vergessen haben könnte. Ich weiß noch nicht mal, ob er inzwischen wieder an der Uni ist oder nicht. Es ist fast so, als wäre er spurlos vom Erdboden verschwunden. Vielleicht hat sein Vater ihn auch, zu seinem Schutz, gleich zurück in das afrikanische Dorf verfrachtet.

Gerade als ich mein Handy gedankenverloren zur Seite legen will, macht es *Bing*, und die App kündigt mir mit einem roten Punkt am Icon eine neue Nachricht an.

Nervös tippe ich auf das Symbol, um nachzusehen, wer mir geschrieben hat. Möglicherweise gibt es ja doch endlich ein Lebenszeichen von Paxton. Aber meine aufflammende Hoffnung wird abermals im Keim erstickt. Ich muss unbedingt die Push-Meldungen im Sperrbildschirm wieder einschalten, damit ich nicht jedes Mal einen halben Herzinfarkt bekommen, weil ich nicht weiß, wer mir geschrieben hat. Dennoch freue ich mich sehr, als ich sehe, dass es Abigail ist: *»Huhu, hast du Lust, mit uns Plätzchen zu backen? Kimberly konnte spontan für heute Nachmittag die Gemeinschaftsküche reservieren, und wir kommen gerade mit vollen Einkaufstüten aus dem Supermarkt. In einer halben Stunde wollen wir starten.«*

Meine getrübte Laune hellt sich bei der Aussicht auf Keksduft tatsächlich etwas auf. Alles ist besser, als allein auf meinem Bett zu hocken und Löcher in die Decke zu starren. Immerhin ist die Eiskönigin heute früh ausgeflogen. Ich vermute, dass sie zu ihrer Mutter nach New York gefahren ist. Zwar hat sie es mir nicht erzählt, allerdings habe ich ein Telefonat mitbekommen und weiß deshalb, dass sie die Feiertage daheim verbringt. Ich habe wirklich keine Ahnung, wie lange Lara diese Nummer mir gegenüber noch durchziehen will. Mehr als entschuldigen kann ich mich nicht bei ihr, und wenn sie mir nicht verzeiht, muss ich es wohl oder übel akzeptieren.

»Prima Idee, ich bin dabei. Bis gleich«, tippe ich eilig ein, füge noch einen hochgestreckten Daumen hinzu und drücke auf den Senden-Button.

*

»Jingle bells, jingle bells, jingle all the way …«, trällern wir fröhlich und schief zur Musik aus dem Radio, während wir die Lebkuchenmännchen ausstechen.

Es riecht mittlerweile wie in einer Weihnachtsbäckerei, und die erste Ladung mit Erdnussbutter-Gelee-Keksen ist bereits fertig und steht zum Abkühlen auf dem Tisch. Inzwischen sind wir ein eingespieltes Team, ich kann gut verstehen, weshalb Abigail sich in Kimberly verliebt hat. Sie ist zwar im Gegensatz zu ihr ein ziemlich farbenfroher Vogel, mit der pinken Igelfrisur, den leuchtend türkisfarbenen Augen und den vielen bunten Tätowierungen am Oberkörper, aber ebenso herzlich, wenn auch eher etwas burschikos. Abigail hingegen ist eine brasilianische Schönheit mit weiblichen Kurven, haselnussbrauner Haut, schwarzen Locken und feurigem Temperament.

Die beiden wirken so glücklich zusammen, ich bin schon

ein wenig neidisch darauf, dass es in der Liebe scheinbar auch Happy Ends gibt. Nicht so wie bei Paxton und mir. Schnell schiebe ich den Gedanken an ihn beiseite, bevor ich mich von meinen Erinnerungen an die Zeit mit ihm wieder runterziehen lasse. Auch wenn ich mit ihm unvergesslich schöne Momente erlebt habe, tut es unfassbar weh, daran zu denken.

»Als Nächstes kümmern wir uns dann um die Butterplätzchen. Das sind meine Favoriten, weil man die so wunderbar dekorieren kann. Da freut sich mein Künstlerinnenherz«, schwärmt Kimberly und schiebt das letzte Blech mit den Lebkuchen in den Ofen.

»Und dann müssen wir unbedingt noch eine Fuhre mit Kokosmakronen nach dem Rezept meiner Mutter machen«, wirft Abigail vergnügt ein. »Wie sieht es bei dir aus, Emma? Hast du auch noch einen Wunsch?«

»Ich esse am liebsten Chocolate-Chip-Cookies mit Walnüssen und Zimt. Ich habe zwar nicht das Originalrezept meiner Mom, aber vielleicht finden wir ja online ein ähnliches. Soweit ich sehen kann, sollten wir auf jeden Fall alle Zutaten dahaben.«

»Das kriegen wir gemeinsam bestimmt hin«, erklärt Kimberly grinsend und mopst sich einen frischen Keks vom Backblech.

Wir tun es ihr gleich und beteiligen uns an der wichtigen Qualitätskontrolle. Natürlich ist das Kirschgelee noch nicht komplett fest und der Teig noch leicht warm, trotzdem schmecken sie jetzt schon himmlisch. Im Hintergrund schmettert Frank Sinatra *Have Yourself a Merry Little Christmas*, und als er die Zeile singt, in der es heißt, dass alle deine Probleme von jetzt an meilenweit entfernt sind, laufen mir mit einem Mal Tränen über die Wangen.

Abigail nimmt mich, ohne zu zögern, in die Arme und drückt mich herzlich an sich. »Hoffentlich spielen sie nicht auch noch *Driving Home for Christmas*. Dann heule ich nämlich wie ein Schlosshund«, versucht sie mich aufzumuntern.

»Bei mir ist es *Wonderful Dream*. Da fließen bei mir jedes Mal die Emotionen in Strömen«, stimmt Kimberly ein, und ich bin erleichtert, dass sie es überhaupt nicht schlimm finden, wenn jemand seinen Gefühlen freien Lauf lässt.

»Danke, Mädels«, schniefe ich, löse mich aus der Umarmung, um Kimberly ebenfalls zu drücken. »Ihr seid klasse, und ich freue mich total darauf, mit euch Weihnachten zu feiern. Wie sollen wir eigentlich den Tag verbringen?«

»Ich finde, das sollten wir in Ruhe bei einem Tee besprechen. Ich habe die Geschmacksrichtungen Bratapfel und Glühwein besorgt. Wer möchte denn was?« Abigail holt drei Tassen aus dem Schrank und setzt heißes Wasser auf, während wir uns für eine Sorte entscheiden.

Wenig später hocken wir gemeinsam am Tisch, trinken Tee und überlegen, wie wir den Mittag des ersten Weihnachtstags gestalten wollen.

»Was haltet ihr davon, wenn wir wichteln?«, fragt Kimberly in die Runde. »Wir müssen ja nichts kaufen. Wie wäre es, wenn wir etwas selbst machen?«

»Das hört sich fantastisch an«, antworte ich begeistert, und Abigail nickt ebenfalls zustimmend.

»Wenn ihr wollt, könnt ihr gerne zu mir kommen, und dann schauen wir uns *Schöne Bescherung* an«, schlage ich vor, denn das ist mein Lieblingsweihnachtsfilm.

»Oh ja, die Griswolds sind *sooo* lustig. Vor allem die Szene mit dem Eichhörnchen ist zum Schießen. Ich bin dabei«, sagt Kimberly grinsend.

»Ich hab ihn bisher nicht gesehen. Also, von mir aus geht das klar«, erklärt Abigail. »Film, Geschenke, jetzt fehlt nur noch das Essen. Was haltet ihr von weihnachtlichen Sandwiches mit Truthahn, Käse und Preiselbeersoße?«

Kimberly gibt Abigail, neben ihr am Tisch, einen Kuss auf den Mund. »Klingt delicious, Sweetheart. Und als Nachtisch schlage ich Pumpkin Pie vor. Den gab es früher traditionell bei meiner Grandma, und ich habe schon ewig keinen mehr gegessen. Seid ihr einverstanden?«

Kürbiskuchen gehört zwar nicht unbedingt zu meinen allerliebsten Süßspeisen, dennoch stimme ich zu. Kimberly hat bisher nichts über ihre Familie erzählt, ich weiß bloß, dass sie die Feiertage bei Abigail und nicht mit ihnen verbringen wollte. Aber als sie gerade eben angefangen hat, von ihrer Großmutter zu reden, haben ihre Augen sofort angefangen zu schimmern. Das schrille Läuten des Weckers reißt mich aus meinen Gedanken.

»Prima, die Lebkuchen können aus dem Ofen«, verkündet Abigail freudig. »Weiter geht's, Mädels. Keine Müdigkeit vortäuschen. Auf die Plätzchen, fertig, los!«

*

»Boah, ich glaube, ich platze«, stoße ich aus, nachdem ich den letzten Kuchenkrümel verdrückt habe. »Normalerweise stehe ich nicht so sehr auf Pumpkin Pie, aber der hier war richtig lecker. Hast du den selbst gebacken, Kimberly?«

»Ja, genau so, wie ihn meine Grandma damals gemacht hat. Früher durfte ich ihr oft beim Backen helfen«, antwortet sie mit Stolz in der Stimme, doch ihr Blick wirkt dabei auf einmal irgendwie betrübt.

Abigail streichelt ihrer Freundin sofort liebevoll über den Rücken. »Alles okay, mein Schatz?«

»Ich vermisse meine Grandma nur so. Sie war die Einzige in meiner Familie, die immer zu mir gehalten hat. Jetzt, wo sie nicht mehr lebt, ist die Sammlung mit ihren Rezepten umso wertvoller für mich«, erklärt sie mit feuchten Augen.

»Tut mir leid«, sage ich berührt. »Das klingt wahnsinnig traurig.«

»Schon gut. Meine Eltern haben sich noch nie leichtgetan mit meinem flippigen Look und meiner künstlerischen Ader, aber dass ich mich letztes Jahr geoutet habe, war einfach zu viel für sie.« Kimberly holt tief Luft und trocknet sich die Wangen schnell mit dem Ärmel ihres Pullis. »Mein Lebensstil, wie sie es nennen, passt nicht in ihre heile Spießerwelt. Deshalb haben sie den Kontakt zu mir abgebrochen.«

Oh Mann, irgendwie hatte ich so was schon geahnt, trotzdem treffen mich ihre traurigen Worte direkt ins Herz. Für mich war es schon schwer, dass das Schicksal mir meinen Bruder genommen hat. Dass ihre eigenen Eltern sie verstoßen, nur weil sie jemanden liebt, der nicht ihren Vorstellungen entspricht, ist grausam. Ich bewundere Kimberly dafür, dass sie so offen darüber spricht und sich zu ihren Gefühlen bekannt hat. Das muss hart für sie sein. Ich kann mir gar nicht vorstellen, wie furchtbar es ist, wegen so etwas seine Familie zu verlieren. Mich macht es ja schon fertig, dass Lara mich wegen Paxton hasst.

»Sorry, ich wollte die Stimmung damit nicht runterziehen«,

bricht Kimberly die abrupte Stille im Raum. »Meine Eltern haben mich nicht verdient, wenn sie mich nur wollen, wenn ich mich für sie verbiege. Ich verbringe meine kostbare Zeit auf Erden ausschließlich mit Menschen, die mich zu schätzen wissen, wie ich eben bin. Deshalb freue ich mich auch sehr, dass wir dieses Jahr zusammen feiern. Also, lasst uns darauf anstoßen.« Kimberly erhebt lächelnd ihre Dose mit Ginger Ale, und wir tun es ihr gleich. »Auf uns, Mädels!«

»Okay, jetzt sind unsere Wichtelgeschenke dran«, erklärt Abigail ungeduldig, als wir die Getränke auf dem Couchtisch abgestellt haben. »Damit es gerecht ist, könnten wir ein kleines *Schere, Stein, Papier-Turnier* gegeneinander austragen, und der Gewinner darf sich ein Päckchen aussuchen. Was haltet ihr davon?«

»Gute Idee«, antworte ich grinsend. »Ihr habt keine Chance, gegen mich zu gewinnen. Glaubt mir, ich bin ein Vollprofi. Früher musste ich darum auch nie die Spülmaschine ausräumen, den Abendbrottisch decken oder den Müll rausbringen. Mein Bruder hat nämlich ständig gegen mich verloren.«

Erst als ich den Satz beendet habe, wird mir bewusst, dass ich zum ersten Mal seit seinem Tod über ihn sprechen konnte, ohne dass ich traurig geworden bin. Natürlich vermisse ich Toby, besonders jetzt an den Feiertagen, aber diese Erinnerung an ihn ist so wunderschön, dass mein Schmerz sich langsam auflöst.

In der Tat bin ich immer noch unbesiegbar bei diesem Spiel und darf mir nach drei gewonnenen Runden mein Präsent wählen. Ich entscheide mich für das unförmige Päckchen mit goldenem Geschenkpapier, weil ich überhaupt keine Vorstellung davon habe, was sich im Inneren verbergen könnte. Abigail nimmt sich im Anschluss meine silberne Geschenktüte mit den kleinen weißen Sternchen und einem gebastelten Schmuckanhänger aus Karton, in Form eines Engels. Last but not least bleibt noch Kimberly übrig, die von ihrer Freundin das fein säuberlich eingeschlagene Paket mit süßem Rentiermotiv überreicht bekommt. Nacheinander öffnen wir nun die Wichtelüberraschungen. Ich habe von Kimberly einen dreidimensionalen großen Stern aus roter Pappe zum Aufhängen bekommen, der innen mit einer batteriebetriebenen Lichterkette beleuchtet wird und durch die filigranen geometrischen Ausschnitte zauberhaft funkelt. »Der ist ja unglaublich schön«, sage ich staunend, während ich die LED-Lämpchen einschalte und ihn von allen Seiten betrachte. »Der wird sich wunderbar am Schlafzimmerfenster machen.«

»Es freut mich sehr, dass er dir gefällt«, erwidert Kimberly leicht verlegen. »Dein selbst gestaltetes Holzkästchen finde ich auch richtig toll, Sweetheart. So etwas habe ich mir schon sehr lange gewünscht.« Sie streicht andächtig mit der Kuppe ihres Zeigefingers über den Deckel, genau dort, wo das Wort *Lieblingsrezepte* in Schreibschrift eingraviert ist.

»Ich muss gestehen, dass ich mir insgeheim gewünscht habe, dir damit eine Freude machen zu können. Außerdem hat Emma voll meinen Geschmack getroffen. Die Emoji-Magnete aus Kronkorken sind cool und kommen direkt an mein Whiteboard. Wie bist du bloß auf die Idee gekommen?«

»Ehrlich gesagt habe ich stundenlang das Internet nach Do-it-yourself-Tutorials durchforstet, die man auch hinbekommt, wenn man keine Bastel-Queen ist«, gebe ich lachend zu.

»Ich persönlich liebe ja die Kunst der einfachen Dinge, und Inspiration ist nie verkehrt«, schließt sich Kimberly ihrer Freundin an. »Außerdem kann sich das Endergebnis echt sehen lassen.«

»Der mit den Herzaugen kommt zusammen mit einem Bild von uns beiden an mein Whiteboard«, ergänzt Abigail und gibt ihrer Freundin einen verliebten Kuss. »Jetzt habe ich aber Lust, endlich diesen Film zu sehen, von dem ihr mir beim Backen die ganze Zeit vorgeschwärmt habt.«

»Oh ja, guter Plan. Ich kann immer noch nicht fassen, dass du ihn nicht kennst. Du wirst dich kaputtlachen«, versichere ich ihr ausgelassen und schalte den Fernseher ein.

*

Als ich überglücklich in mein Bett falle, wird mir mit einem Schlag bewusst, dass ich von Paxton nicht einmal an diesem besonderen Tag etwas gehört habe. Ich halte die Stille zwischen uns einfach nicht länger aus. Ich nehme mein Handy vom Nachttisch und öffne unseren Chat, den ich mittlerweile in- und auswendig kenne. Auch wenn ich mir nicht sicher bin, ob er meine Nachricht überhaupt bekommt, fange ich an, meine Gedanken einzutippen. Dann lösche ich die Zeilen schnell wieder, nur um von vorne anzufangen. So geht das eine ganze Weile, denn ich weiß einfach nicht, ob ich die richtigen Worte gewählt habe. Vielleicht sollte ich das hier besser gleich ganz sein lassen. Bestimmt liest er es sowieso nicht. Immerhin ist er nie online. Möglicherweise ist das noch nicht mal mehr seine Handynummer. Wie sehr ich mir ein klitzekleines Weihnachtswunder wünschen würde, ein winziges Zeichen, dass er noch am Leben und wohlauf ist. Die Ungewissheit tut schrecklich weh. Ich muss es wenigstens versuchen. Und im Endeffekt ist es doch vollkommen egal, was ich ihm schreibe, Hauptsache, es kommt von Herzen. Auch wenn wir zwei zurzeit nicht zusammen sein können, will ich, dass er die Gewissheit hat, mich nicht zu verlieren. Also wage ich einen letzten Versuch, meine Gefühle zu formulieren: *»Das Fest der Liebe ohne dich an meiner Seite zu feiern, fällt mir fürchterlich schwer. Vor allem, weil ich nur hoffen kann, dass es dir gut geht. Ich vermisse dich so sehr, und es ist für mich kaum noch auszuhalten, nichts mehr von dir zu hören. Ich will dich nicht in Schwierigkeiten bringen, aber ich möchte unbedingt, dass du weißt, wie sehr ich dich liebe.«*

Mit Anspannung in den Fingern drücke ich auf Senden und schicke meine Botschaft ins Universum.

18

»Fünf. Vier. Drei. Zwei. Eins. Frohes neues Jahr!«, schreien alle wie wild um mich herum, küssen sich und stoßen an, während *Auld Lang Syne* im Anschluss an die Übertragung des Ball Drop am Times Square aus den Boxen des Fernsehers schallt.

Wieso habe ich mich bloß von Kimberly und Abigail überreden lassen, zu der Party zu gehen?, denke ich stumm und nippe an meinem Glas. Mir ist gerade einfach nicht nach ausgelassener Partystimmung, und die tiefsinnige Melodie macht es auch nicht leichter, meine Gefühle weiter zurückzuhalten. Seit ich Paxton die Nachricht geschrieben habe, starre ich sowieso nur noch auf mein Handy. Bisher hat er meine Nachricht nicht mal empfangen, denn es gibt statt zwei nur ein graues Häkchen. Diese Tatsache verletzt mich zutiefst. Und obwohl ich es wirklich nicht will, mischt sich in meine quälende Sorge um ihn langsam, aber sicher brennende Wut. Die Unsicherheit nagt unermüdlich an mir, lastet inzwischen schwer auf meiner Seele, zerfrisst sie wie ein gieriges Monster, und es fühlt sich an, als würde ich Stück für Stück in einen dunklen Abgrund hinuntergezogen werden. Ich habe keinen blassen Schimmer, was ich dagegen unternehmen soll. Vielleicht ist es wirklich besser, endgültig einen Schlussstrich zu ziehen und einen Haken hinter die Geschichte mit ihm zu machen. Doch dann erinnere ich mich, wie so oft in den vergangenen Wochen, an die atemberaubende gemeinsame Nacht in New York, die unglaubliche Vertrautheit zwischen uns beiden, seine liebevollen Worte und die zahllosen leidenschaftlichen Küsse. Ich vermisse ihn so sehr, und dieser hartnäckige Teil meiner Persönlichkeit klammert sich nach wie vor an den letzten winzigen Funken Hoffnung, dass alles wieder gut wird.

»Hey, was machst du denn für ein Gesicht?«, fragt Abigail mich und lässt sich neben mir auf die Lederbank fallen.

»Ich fühle mich gerade nicht so berauschend. Ich denke, es ist besser, wenn ich mich hinlege«, antworte ich ihr mit gesenktem Blick.

»Bist du dir sicher, dass du nicht mit rauskommen willst? Ich habe extra Wunderkerzen für uns besorgt.«

»Ich bin ziemlich müde«, flunkere ich, damit Abigail nicht weiter nachfragt. »Außerdem ist das doch eher eine Pärchensache. Genießt diesen schönen Moment mal allein für euch.«

»Ach, komm schon. Wir zünden die Kerzen an, damit unsere Wünsche für das neue Jahr in Erfüllung gehen. Das ist bei meiner Familie Tradition.«

»Na gut«, gebe ich mich geschlagen. »Wenn es dir so viel bedeutet.«

Ein zufriedenes Lächeln umspielt Abigails Mundwinkel, sie nimmt meine Hand, steht auf und zieht mich von der Bank. »Dann mal los. Kimberly wartet sicherlich schon auf uns.«

In voller Wintermontur gehen wir zusammen nach draußen in die eisige Nachtluft.

»Und? Was hast du dir für dieses Jahr gewünscht?«, fragt mich Kimberly neugierig, während die Kerzen goldene Funken sprühen.

»Du weißt doch, dass man so etwas unter keinen Umständen verraten darf«, erkläre ich schmunzelnd.

»Da muss ich Emma recht geben«, springt Abigail mir bei. »Sicher ist sicher.«

»Schon gut, schon gut. Ich hätte nicht gedacht, dass ihr beide abergläubisch seid«, kichert Kimberly vergnügt.

Natürlich musste ich nicht groß überlegen, was ich mir wünsche. Ich möchte Paxton unbedingt wiedersehen und mich mit Lara versöhnen. Na ja, im Grunde ist es albern, und ich glaube eh nicht, dass eine Wunderkerze Einfluss auf das Universum hat. Trotzdem kann es nicht schaden, es wenigstens zu versuchen. Vielleicht hilft es dem Schicksal doch auf die Sprünge.

»Kommt, lasst uns reingehen. Es ist ganz schön kalt«, sagt Abigail, nachdem unsere Kerzen ausgeglüht sind.

»Ja, wir sollten langsam auf unsere Zimmer gehen«, stimmt Kimberly ihrer Freundin zu und nimmt ihre Hand.

Ich habe keine Einwände, und gemeinsam machen wir uns auf den Weg durch das Wohnheim zu unserem Flur.

»Ich bin so froh, dass ich euch habe, Mädels«, erkläre ich glücklich, als wir wenig später vor Kimberlys Zimmertür angelangt sind. »Schlaft gut.«

»Du auch, Emma«, erwidert Kimberly und nimmt Abigails Hand in ihre.

»Träum was Schönes. Wir sehen uns dann um elf Uhr beim Neujahrsbrunch«, sagt Abigail und folgt Kimberly in das Zimmer.

Das Wohnheim ist inzwischen wie ein richtiges Zuhause für mich geworden, denke ich zufrieden, als ich den Gang weiter zu meinem Zimmer entlanggehe. Selbstverständlich fehlen mir meine Eltern und Lake Leelanau immer noch wie verrückt. Allerdings hatte ich mir den Abschied von meiner Heimat deutlich schlimmer vorgestellt, als ich im Spätsommer meine Sachen zusammengepackt habe. Auch wenn ich mich auf meinen Neuanfang gefreut habe, ist es mir nicht leichtgefallen, meine Familie zurückzulassen. Tobys Unfall hat mich an meinem Entschluss, so weit entfernt auf die Uni zu gehen, hadern lassen. Mittlerweile bin ich allerdings fest davon überzeugt, dass es die beste Entscheidung für mich gewesen ist. Auch wenn ich niemals im Leben damit gerechnet hätte, dass ich mich Hals über Kopf verliebe. Dadurch habe ich eine ganz neue Seite an mir selbst kennengelernt und immens viele Erfahrungen gesammelt. Und obwohl einige verdammt schmerzhaft sind, gibt es auch zahlreiche schöne Erlebnisse, die ich keinesfalls missen möchte.

*

Am Morgen nach Neujahr stiefle ich durch den ersten Schnee, der in der Nacht gefallen ist. Ich liebe dieses knirschende Geräusch unter den Schuhen und dass die Welt ausschaut, als wäre sie hübsch mit Puderzucker bestäubt worden. Dann ist alles irgendwie friedlicher, wie in Watte gepackt. Glücklich halte ich endlich das Paket meiner Eltern in den Händen. Ich freue mich wie ein Kind auf Moms köstliches Weihnachtsgebäck und meine Geschenke von Santa Claus.

Ich stoppe auf meinem Weg und beobachte fasziniert, wie erneut weiße Flöckchen vom Himmel tanzen. Plötzlich stockt mir der Atem. Ich fröstle am ganzen Körper und fühle mich, als wäre ich zu Eis erstarrt. Ein paar Meter entfernt von mir, auf der anderen Seite des Innenhofs, verlässt Paxton schnellen Schrittes das Wohnheim in Richtung Straße. Für den Bruchteil einer Sekunde dreht er sich um und blickt mir direkt ins Gesicht. Dann wendet er sich ab und geht einfach weiter. Keine Reaktion. Ich will ihm etwas nachrufen, doch meine Stimme bricht, und ich bekomme keinen Ton raus.

Erst als er aus meinem Sichtfeld verschwunden ist, fällt mir auf, dass mir mein Paket aus den feuchtkalten Händen gerutscht und lautlos im nassen Schnee gelandet ist. Es dauert einige Minuten, bis ich mich wieder rühren kann und in der Lage bin, es vom Boden aufzuheben. *Wer weiß, vielleicht hat meine Wunderkerze doch funktioniert?*, denke ich aufgewühlt. *Oder fantasiere ich?*

Ich lasse mich mit wackeligen Beinen und dem Paket im Arm auf eine der Holzbänke sinken. Dass mein Parka dabei feucht wird, kümmert mich nicht. Dann pfriemle ich mit meinen zittrigen Händen das Klebeband vom Karton. Ich weiß, dass es ziemlich hirnrissig ist, es nicht erst im Warmen auszupacken, aber ich kann mich nicht länger gedulden. Meine Finger sind schon ganz taub, als ich es schließlich geschafft habe. Gierig öffne ich die Metalldose und schiebe mir einen von Moms Cookies in den Mund. Als die Schokoladentropfen auf meiner Zunge dahinschmelzen, durchströmt mich ein tröstendes Gefühl. Was würde ich jetzt gerade dafür geben, mit meiner Mutter daheim in der gemütlichen Wohnküche zu sitzen und genüsslich eine heiße Schokolade mit Mini-Marshmallows zu trinken, während wir darauf warten, dass die Plätzchen aus dem Backofen können. Genau so, wie wir es früher immer gemacht haben.

Mit geschlossenen Augen sitze ich eine ganze Weile einfach nur so da und genieße den vertrauten, süßen Geschmack. Als ich begreife, dass ich, so unglaublich es sein mag, Paxton begegnet bin, holt mich die bittere Realität wieder ein. *Wie lange ist er schon hier? Hat er vor zu bleiben? Wieso hat er sich nicht bei mir gemeldet? Geht es ihm gut?* Fragen über Fragen schwirren mir durch den Kopf, nur Antworten habe ich leider keine einzige. Die glitzernden Schneeflocken werden von Minute zu Minute voluminöser. Auch wenn ich die Befürchtung habe, dass mir die Knie beim Aufstehen von der Bank gleich wieder wegsacken, muss ich es probieren. Und bevor ich mir hier in der Kälte noch den Tod hole, schaffe ich es Gott sei Dank irgendwie, meine restlichen Kräfte zu mobilisieren.

Als ich wenig später zurück auf meinem Zimmer bin, halte ich es nicht mehr aus. Ich setze mich mit meinem Laptop aufs Bett und tippe eilig Paxtons Namen in die Maske der Suchmaschine ein. Nachforschungen über ihn anzustellen, habe ich mir bisher strengstens verboten. Unter diesen Umständen weiß ich mir allerdings nicht mehr anders zu helfen. Eventuell finde ich dadurch zumindest einen winzigen Anhaltspunkt dafür, weshalb er den Kontakt zu mir, allem Anschein nach endgültig, abgebrochen hat. Ich wühle mich durch unzählige alte Artikel und Einträge, kann aber nichts herausfinden, was mich ansatzweise weiterbringt. Dafür wird mir erneut bewusst, mit wie vielen Frauen er schon von den Fotografen abgelichtet wurde. Auf einmal fällt mir wieder ein, dass mich der unangenehme Paparazzo in der Pizzeria als Paxtons neuestes Betthäschen bezeichnet hat. Es fühlt sich an wie ein heftiger Schlag in die Magengrube, als es mir wie Schuppen von den Augen fällt. *War ich womöglich genau das für ihn? Hatte Lara am Ende doch recht mit dem, was sie über Paxton gesagt hat?*

Mit Chaos im Kopf klappe ich meinen Laptop zu und lege ihn neben mich auf die Matratze. Dann nehme ich mein Kopfkissen und presse es wie einen Schutzschild vor meinen Bauch, während ich die Beine anwinkle und mich mit dem Rücken an die Wand lehne. Das kann doch alles einfach nicht wahr sein. *Habe ich meine Freundschaft mit Lara zerstört, nur weil ich dachte, dass sich der charmante Weiberheld ausgerechnet in mich, das unscheinbare Mäuschen, verliebt hat? Wie konnte ich bloß so bescheuert sein und auf ihn reinfallen?* Immerhin hat Paxton mich schon einmal angelogen. Na gut, Julio ist sein zweiter Vorname. Trotzdem ist es irgendwie nur die halbe Wahrheit gewesen. Paxton wollte von Anfang an damit erreichen, dass ich nicht erfahre, wer er ist. Höchstwahrscheinlich war es für ihn eine Art Herausforderung, mich mit seiner einfühlsamen Masche rumzukriegen. Vielleicht ist es, auch wenn es mir schwerfällt, langsam an der Zeit, den Tatsachen ins Auge zu sehen: Ich habe Paxton rein gar nichts bedeutet und war lediglich eine weitere Trophäe für ihn, eine Kerbe in seinem Bettpfosten.

Beim Gedanken an die Gespräche mit ihm, seine feinfühligen Berührungen und die Wärme zwischen unseren Körpern wird mir übel. Am liebsten würde ich die gemeinsame Nacht mit ihm ungeschehen machen. Obwohl ich es kaum glauben kann, dass er mir sein Herz geöffnet hat, nur um mich ins Bett zu kriegen. Seine Zuneigung fühlte sich so verdammt echt an. Aber offenbar muss ich mich damit abfinden, dass er mit mir und meinen Gefühlen gespielt hat. Ich weiß überhaupt nicht, was ich noch glauben soll. Womöglich war die ganze

Geschichte mit den Adlern nur frei erfunden, und diese angeblich gefährlichen Typen auf den Motorrädern sind nicht seine Feinde, sondern seine Kumpels. Dadurch konnte er sich als mein heldenhafter Beschützer wichtigmachen und hatte anschließend auch noch eine prima Ausrede, um mich ohne Probleme loszuwerden.

Wie blöd kann man eigentlich sein?, frage ich mich selbst und verpasse mir gedanklich eine Ohrfeige für meine Dummheit. *Ich muss ihn ein für alle Mal vergessen.*

Gerade als ich mir ein Taschentuch aus der Box auf meinem Nachttisch zupfe, kommt Lara mit ihrer Reisetasche zur Tür rein. Das hat mir in diesem Augenblick gerade noch gefehlt. Hektisch wische ich meine erhitzten Wangen trocken, doch es bringt nichts. Lara mustert mich zwar mitleidig, sagt aber kein Wort zu mir. Woraus ich schlussfolgere, dass sie mir auch über die Feiertage hinweg nicht wirklich verziehen hat. Vielleicht braucht es einfach noch mehr Zeit. Ich zerknülle frustriert das durchfeuchtete Papiertuch in meiner Hand. Wenn ich es ungeschehen machen könnte, würde ich es sofort tun. Nur geht das leider nicht.

*

Mit dem Weihnachtsgeschenk meiner Eltern in der Jackentasche mache ich mich auf den Weg zum Parkplatz, wo Daisy steht und auf mich wartet. Es hat mich unglaublich gerührt, dass sie mir tatsächlich Tobys Glücksbringer geschickt haben. Der Schlüsselanhänger mit dem feuerwehrroten Spielzeugauto ist etwas ganz Besonderes für mich. Mein Bruder hat ihn damals von mir zum Start am Community College geschenkt bekommen und ihn bei all seinen Prüfungen dabeigehabt.

Heute Morgen hatte ich dann den Einfall, seinen Talisman an meinem Rückspiegel aufzuhängen. Ich glaube, das hätte ihm gefallen.

Als ich Daisy erblicke und sie aus ein paar Metern Entfernung mit meinem Funkschlüssel entriegle, entfährt mir ein genervter Seufzer. *Hat dieser Albtraum denn nie ein Ende?* Ich war so stolz auf mich, dass ich den ganzen Tag lang noch nicht an Paxton gedacht habe. Und nun steht da seine Angeberkarre ausgerechnet wieder neben meinem Wagen und blinkt, wie schon beim letzten Mal, zeitgleich mit meinem auf.

Ich versuche, diesen Umstand geflissentlich zu ignorieren, und quetsche mich vorsichtig an der edlen Karosserie vorbei, um einzusteigen. Ich schließe die Tür hinter mir, und kurz darauf beschlagen die vereisten Autoscheiben durch meinen warmen Atem. Ich hole den Miniatur-Sportflitzer aus meiner Tasche und ziehe den Knoten am Wollfaden, den ich zum Aufhängen am Schlüsselring befestigt habe, sicherheitshalber noch mal fest. Dann lege ich die Schnur um die Halterung des Spiegels und betrachte das Erinnerungsstück an meinen großen Bruder einen Moment stumm.

Erst jetzt, wo es direkt vor meiner Nase baumelt, wird mir das Offensichtliche bewusst. Es sieht genauso aus wie Paxtons Auto. *Oh mein Gott, wie konnte ich das nur übersehen? Vielleicht ist das ja ein Zeichen vom Universum*, denke ich aufgeregt.

Wie von der Tarantel gestochen, springe ich kopflos aus dem Auto, und bevor ich realisiere, was ich gerade im Begriff bin zu tun, sitze ich auch schon auf dem Beifahrersitz des Sportwagens und sehe mich fieberhaft im Innenraum um. Zwar weiß ich nicht, wonach ich überhaupt suche, trotzdem hämmert mein Herz wie verrückt. Plötzlich fällt mein Blick auf seine Zeichenmappe. Ich angle sie mir von der Rückbank und lege sie mir auf den Schoß. Für eine Sekunde zögere ich und halte inne. *Was, wenn es ein riesiger Fehler ist, hineinzuschauen? Wenn ich darin etwas entdecke, was ich gar nicht wissen will?*

Ich atme tief ein, dann nehme ich all meinen Mut zusammen und schiebe meine Bedenken beiseite. Es geht einfach nicht anders, ich brauche Antworten. Sofort. Mit unruhigen Fingern blättere ich durch die Zeichnungen, bis ich unvermittelt in mein eigenes Gesicht blicke. Diese Zeichnung trifft mich wie ein Blitz, und ich schlage die Mappe abrupt wieder zu. Mein Puls rast so schnell, dass ich fürchte, gleich in Ohnmacht zu fallen. *Wieso hat er mich gezeichnet, wenn er keine Gefühle für mich hat? Das ergibt doch alles absolut keinen Sinn.*

Schwindelig lasse ich mich nach hinten an die Rückenlehne des Sitzes rutschen. Ich kann nicht fassen, dass er festgehalten hat, wie ich nach unserer gemeinsamen Nacht, eingekuschelt in seiner warmen Decke, geschlummert habe. Immer noch ungläubig, schaue ich mir sein Bild erneut an. Minutenlang betrachte ich entgeistert die Bleistiftschraffuren, mit denen er das glückliche Lächeln auf meinen schlafenden Lippen eingefangen hat. *Allem Anschein nach bin ich ihm doch nicht egal, ansonsten hätte er mich wohl kaum so liebevoll porträtiert, oder? Was, wenn ich ihm unrecht getan habe und die ganze Sache mit seiner alten Gang viel schlimmer ist, als ich dachte? Wenn es keine Lügenmärchen waren, sondern er wirklich in Gefahr schwebt?*

Von jetzt auf gleich fallen meine Zweifel wie ein Kartenhaus in sich zusammen, und ich muss meine brodelnden Emotionen mit aller Kraft zurückhalten. Schließlich löse ich mich von dem

Anblick und lege die Zeichenmappe zurück auf die Rückbank. Gerade als ich aussteigen will, fällt mir das Geheimfach über der Mittelkonsole ein. Ich kann nicht anders, als meinem drängenden Impuls zu folgen und gegen die Klappe unter dem Autodach zu drücken. Lautlos öffnet sich das Versteck über meinem Kopf, und ich halte die Luft an. Seine glänzende Pistole ist verschwunden. Stattdessen liegt dort ein zusammengefaltetes Blatt Papier. Keine Ahnung, was ich mir erhofft habe vorzufinden, nur damit hatte ich wirklich nicht gerechnet.

Perplex ziehe ich den unscheinbaren Zettel aus dem schmalen Fach, um ihn mir genauer anzuschauen. Als mir klar wird, was ich in meinen Händen halte, gefriert mir das Blut in den Adern. Ich dachte bisher, solche Erpresserbriefe gibt es nur in Krimis. Geschockt starre ich auf die Wörter und Ziffern aus Zeitungspapier, die grob ausgeschnitten wurden, um sie dann zu einem neuen Text zusammenzusetzen. *In was ist Paxton da bloß reingeraten?*

Ich lese mir die ominösen Zeilen der Drohung immer und immer wieder durch, doch es klingt für mich nach wie vor wie ein unlösbares Rätsel. Das Einzige, was ich bisher verstehe, ist, dass es den Tätern um eine horrende Lösegeldforderung in Höhe von zehn Millionen Dollar geht. *Sonst wird der schöne Schwan vor den Augen der Welt seine weißen Federn lassen,* lese ich mir zum wiederholten Mal in Gedanken den letzten Satz des Textes vor, werde aber nicht schlau daraus. Dann läuft es mir eiskalt den Rücken herunter. Egal, was es auch zu bedeuten hat, es ist mit Sicherheit nichts Gutes. Und ich kann nur hoffen, dass Paxton seine Waffe nicht mitgenommen hat, um die Sache selbst in die Hand zu nehmen.

19

Seit ich aus Paxtons Wagen gestiegen bin, fühlt sich mein ganzer Körper kraftlos an, und ich habe dieses schwummerige Gefühl, als würde ich jeden Moment zusammenklappen. Erleichtert betrete ich mein Zimmer im Wohnheim. *Zumindest habe ich es bis hierher geschafft*, denke ich und lasse die Tür hinter mir mit einem lauten Knall ins Schloss fallen. Dann sacken meine Beine plötzlich unter mir weg, und alles um mich herum wird schwarz.

»Oh mein Gott, Emma! Was ist denn mit dir?« Ich höre Laras angsterfüllte Stimme wie ein entferntes Rauschen, irgendwie dumpf, so als wäre ich unter Wasser. »Kannst du mich hören? Bitte sag doch was, Emma!«

Langsam komme ich wieder zu mir, und es gelingt mir, meine Augenlider zu öffnen. Ich blicke in Laras besorgtes Gesicht, direkt über mir.

»Du hast mir vielleicht einen Schrecken eingejagt. Soll ich einen Krankenwagen rufen?«

»Nein, geht schon. Mir war bloß schwindelig«, murmle ich immer noch leicht benommen, während ich meinen schmerzhaft pochenden Hinterkopf mit meiner rechten Hand nach Verletzungen abtaste. »Ist bestimmt nur eine Beule.«

»Bist du dir sicher? Mit einer Gehirnerschütterung ist nicht zu spaßen.« Lara mustert mich eindringlich. »Auf jeden Fall solltest du dich gründlich von einem Arzt durchchecken lassen. Man fällt doch nicht ohne Grund so um. Hast du heute zu wenig gegessen oder getrunken?«

»Bestimmt liegt es daran«, sage ich überfordert. Ich kann Lara ja schlecht sagen, dass es um Paxton geht. Jetzt, wo sie zum ersten Mal seit Wochen wieder mit mir spricht. Dann ist sie unter Garantie sofort wieder wütend auf mich.

Lara reicht mir ihre Hand und hilft mir dabei, vom Boden aufzustehen. »Ich hole dir eine Cola, die ist gut für den Kreislauf. Du bist weiß wie eine Wand.«

Immer noch wackelig auf den Beinen, lasse ich mich aufs Sofa plumpsen. Lara gibt mir eine Dose und setzt sich schweigend neben mich.

»Erzähl schon, was ist mit dir?«, bricht es aus heiterem Himmel aus ihr heraus. »Gestern sitzt du heulend auf dem Bett, und jetzt fällst du auch noch ohne Vorwarnung um. Zwar bin ich nach wie vor verdammt angefressen, weil du versucht hast, mir meinen Prinzen auszuspannen, aber trotzdem mache ich mir Sorgen um dich.«

»Wenn ich dir erzähle, was los ist, glaubst du mir am Ende doch eh nicht«, entgegne ich aufgewühlt. »Außerdem willst du es mit Sicherheit nicht hören, denn es hat mit Paxton zu tun.« Ich halte mir erschrocken die Hand vor den Mund und bereue jetzt schon, was ich gesagt habe. Wenn es eine Möglichkeit gegeben hat, dass Lara unserer Freundschaft eine zweite Chance gibt, habe ich sie gerade zunichtegemacht.

Lara sieht mich mit weit aufgerissenen Augen entsetzt an. »Wieso? Was ist passiert? Du bist doch nicht …«

Ich sehe diese Panik in ihrem Blick, dieselbe, die ich bei Zoe hatte. »Es ist nicht das, was du denkst«, falle ich ihr schnell ins Wort, bevor sie es aussprechen kann.

»Das wäre ja auch noch schöner«, erwidert sie schnippisch, und ich bemerke, wie sie erleichtert aufatmet. »Ich dachte, ihr habt keinen Kontakt mehr.«

»Stimmt, hatten wir nicht. Nur weißt du nicht, wieso, und eigentlich darf ich auch gar nicht darüber reden.«

»Jetzt komm schon. Ich habe wirklich keine Lust, dir alles aus der Nase zu ziehen. Was ist denn bitte so Fürchterliches zwischen euch beiden vorgefallen? Komm schon, raus mit der Sprache. Oder willst du mich hier ewig rumrätseln lassen?«, fragt sie mich stirnrunzelnd.

»Na gut, aber du musst mir vorher schwören, dass du nichts davon in deinem Blog erwähnst.«

»Werde ich nicht, versprochen«, erklärt sie und sieht mich erwartungsvoll an. »Spann mich nicht länger auf die Folter.«

Und dann sprudelt auf einmal alles aus mir raus, als wenn jemand einen Wasserhahn aufgedreht hätte. So lange habe ich diese Dinge mit mir herumgeschleppt, ohne darüber reden zu können. Lara hört aufmerksam zu, und es fühlt sich unfassbar gut an, mir endlich meinen bleischweren Kummer von der Seele reden zu können. Angefangen bei den beiden gefährlichen Motorradtypen, die uns auf den Straßen von New York wie im Actionfilm verfolgt und mit ihren Waffen bedroht haben, über Paxtons düstere Vergangenheit als Mitglied der Adler bis hin zu der Sache mit dem Brief.

»Du glaubst also tatsächlich, dass Paxton von seiner alten Gang erpresst wird?«, hakt Lara fassungslos nach, als ich ihr eine Kurzfassung der letzten Wochen gegeben habe. Inzwischen ist Lara ebenfalls kreidebleich im Gesicht.

Ich nicke. »Jedenfalls nehme ich es an. Leider habe ich keine Idee, womit sie ihn genau in der Hand haben. Allerdings muss es etwas sein, das ihm zehn Millionen Dollar wert ist.«

»Womit haben ihm die Kriminellen denn gedroht, wenn er nicht bezahlt?«, will Lara wissen und knetet unterdessen nervös ihre Finger.

»Nichts Genaues, nur, dass *der schöne Schwan vor Publikum stirbt*, wenn er seine Schulden nicht begleicht.«

Lara sieht nachdenklich auf den Bildschirm ihres Laptops, der auf dem Ablagetisch vor uns steht. »Da fällt mir was ein.« Sie öffnet den Internetbrowser und gibt *Romero Modenschau* in die Suchmaske ein.

»Ich wusste es doch«, sagt sie nach einem kurzen Blick auf die Teaser der aufgelisteten Ergebnisse. Lara klickt einen Artikel an und zeigt auf die Headline. »Heute Abend findet die Vorstellung von Guillermo Romeros neuer Kollektion *Beautiful Swan* in New York statt. Ich könnte mir vorstellen, dass die Veranstaltung etwas mit der Erpressung zu tun hat. Schließlich ist es ein absolutes Megaevent.«

»Das könnte sein«, stimme ich ihr nach kurzem Überlegen zu. »Auch wenn wir immer noch nicht wissen, wem genau sie etwas antun wollen, wenigstens haben wir einen ersten Anhaltspunkt.«

»Da hast du recht. Wir müssen unbedingt zur Show. Ich könnte ja versuchen, meine Connections spielen zu lassen, damit sie unsere Namen noch auf die Gästeliste setzen.«

»Ernsthaft? Das klingt klasse«, entfährt es mir hoffnungsvoll.

»Aber damit das von vornherein klar ist, ich helfe dir, weil der Mann meiner Träume allem Anschein nach in großer Gefahr schwebt. Nur damit du es weißt, das ändert rein gar nichts zwischen uns«, entgegnet Lara. »Ich werde ein wenig herumtelefonieren. Ich gebe dir Bescheid, wenn ich etwas erreicht habe.«

Lara erhebt sich vom Sofa und verschwindet mit ihrem Laptop im Schlafzimmer. Obwohl sie weiterhin böse auf mich ist, bin ich froh, dass sie für Paxton bereit ist, unsere Differenzen zumindest vorübergehend auf Eis zu legen, und mich nicht mehr anschweigt. Vielleicht kann sie mir irgendwann doch noch vergeben, dass ich sie angelogen habe.

*

»Ich glaube, ich habe herausgefunden, womit Paxton erpresst wird. Pack deinen Kram zusammen, wir fahren nach New York. Alles andere erzähle ich dir unterwegs«, sagt Lara hektisch, als sie nach knapp dreißig Minuten aufgeregt zurück zu mir in den Wohnraum gerauscht kommt. »Du hast doch ein Auto, oder nicht?«

»Ja, sicher. Mein Wagen steht auf dem Parkplatz«, antworte ich verdattert und folge ihr ungläubig ins Schlafzimmer. Sie scheint wirklich was erreicht zu haben. Das ist genial.

Lara stellt ihre Reisetasche auf das Bett und fängt an, in Windeseile ihren Kleiderschrank zu scannen. »Wir brauchen dringend noch passende Outfits. In diesen Schlabberklamotten lassen sie uns niemals rein. Hol am besten schon mal deine Pumps raus.«

Nachdem ich den Schuhkarton neben ihre Tasche gelegt habe, schnappe ich mir meinen Rucksack vom Schreibtischstuhl und stopfe die nötigsten Dinge hinein.

»Fertig! Von mir aus können wir los.« Ich ziehe den Reißverschluss zu, lege mir die Träger über die Schultern, setze meine Wollmütze auf und nehme im Anschluss noch meinen Parka sowie meine Handtasche von der Garderobe.

»Hervorragend.« Lara zieht ihren warmen Mantel über, dann schnappt sie sich ihre rosafarbene XXL-Reisetasche mit der einen und den Schminkkoffer mit der anderen Hand.

Gemeinsam verlassen wir das Wohnheim und stapfen durch den grauen Schneematsch zum Parkplatz. Immerhin hat es aufgehört zu schneien. Ich bete dafür, dass Daisy bei dem eisigen Wetter überhaupt anspringt. Vor allem, weil der Wagen schon seit Wochen nicht vom Fleck bewegt wurde.

Als ich sehe, dass Paxtons Sportflitzer nach wie vor neben meinem parkt, entscheide ich mich dafür, meine Tür händisch aufzuschließen. Ich will nicht, dass Lara mitkriegt, wie sich beide Wagen zeitgleich per Knopfdruck öffnen. Denn diesen mysteriösen Teil der Geschichte habe ich bewusst ausgelassen. Lara hat allerdings auch nicht danach gefragt, wo ich den Brief gefunden habe. Es ist sowieso schon ein Wunder, dass sie mir überhaupt ein Wort geglaubt hat. Ich kann es ja selbst kaum fassen.

Mit zittrigen Fingern versuche ich Daisy zu starten, nachdem wir das Gepäck in den Kofferraum geladen und die Scheiben freigekratzt haben. Ich bin schon kurz davor aufzugeben, als der Motor meines alten Schätzchens auch beim zweiten Versuch nicht anspringt. Ich betrachte den Glücksbringer meines Bruders, der am Rückspiegel baumelt, und schicke noch ein Stoßgebet Richtung Himmel, dann drehe ich den Schlüssel erneut um.

»Das war knapp«, stoße ich erleichtert aus, als der Wagen endlich ein Lebenszeichen von sich gibt. »Wir müssen aber noch einen kurzen Zwischenstopp einlegen«, sage ich mit Blick auf die Tankanzeige, während ich mich mit dem Sicherheitsgurt anschnalle. »Der Tank ist fast leer.«

»Was muss, das muss.« Lara schaut kurz auf ihr Handy. »Noch sind es fast vier Stunden, bis die Modenschau beginnt. Zum Glück ist das Apartment meiner Mom in unmittelbarer Nähe zur Location. Wir können uns dort also problemlos vorher noch schnell umziehen, stylen und dann zu Fuß hingehen.«

»Gute Idee, darüber hatte ich überhaupt noch nicht nachgedacht«, entgegne ich verblüfft. »Wenn du willst, kannst du die Adresse schon mal ins Navi eingeben.«

»Ist bereits erledigt«, erwidert Lara gelassen. »Wir sollten rund zwei Stunden brauchen.«

»Klingt machbar.« Ich setze den Blinker und fahre vom Universitätsgelände auf die Hauptstraße. »Was hast du eigentlich damit gemeint, als du gesagt hast, du wüsstest vermutlich, worum es diesen skrupellosen Erpressern geht?«

»Pass auf, ich habe meinen Freund Troy kontaktiert. Er ist Model und hat schon öfter für Guillermo Romero gearbeitet. Tatsächlich ist er später bei der Show dabei und hat mir verraten, dass Zoe heute Abend ihr Debüt auf dem Laufsteg hat. Sie wird damit in die Fußstapfen ihrer Mutter treten.« Laras Stimme überschlägt sich fast vor Aufregung, als sie mir die brisanten Details schildert. »Zum krönenden Abschluss von Romeros Modenschauen wird stets ein außergewöhnliches Brautkleid gezeigt. Es wird in der Branche wohl seit Wochen wild darüber spekuliert, ob Zoe das Highlight der neuen Kollektion

Beautiful Swan präsentieren darf. Keine Ahnung, wie mir das bisher entgehen konnte.«

»Das würde bedeuten, Zoe wäre der schöne Schwan«, platzt es aus mir heraus, als mich die schreckliche Erkenntnis wie ein Schlag trifft. »Zumindest ergibt es Sinn.«

»Zu diesem Schluss bin ich auch gekommen«, pflichtet Lara mir bei. »Vielleicht haben sie Paxtons Schwester entführt.«

Ich zucke bei der Vorstellung, dass diese Verbrecher Zoe etwas angetan haben, erschrocken zusammen. »Ich hoffe, wir liegen falsch.«

Auf einmal herrscht nachdenkliche Stille im Wagen. Um mich von meinen unheilvollen Gedanken abzulenken, schalte ich das Radio ein und drehe die Musik laut auf.

*

Nachdem ich Daisy betankt habe, folge ich Lara in den Shop und gehe geradewegs mit meinem Portemonnaie in der Hand an die Kasse, um zu bezahlen. Unterdessen hat Lara bereits eine Tüte Kartoffelchips, zwei Flaschen Wasser, eingeschweißte Vollkorn-Sandwiches und zuckerfreie Latte macchiatos aus dem Kühlregal auf den Tresen gestellt. »Lass stecken, ich zahl alles zusammen«, sagt sie wie selbstverständlich und reicht der Verkäuferin ihre Kreditkarte.

»Danke dir, aber das ist nicht nötig«, widerspreche ich sofort, weil es mir unangenehm ist, wenn sie die hohe Rechnung allein übernimmt.

Doch Lara winkt ab. »Papperlapapp, auf die paar Dollar mehr oder weniger kommt es nun wirklich nicht an.«

»Soll ich den Gesamtbetrag jetzt von der Karte abbuchen?«, fragt die Verkäuferin leicht genervt, und ich nicke.

Wegen so einer Lappalie will ich keine Diskussion zwischen uns vom Zaun brechen. Dafür haben wir gerade wirklich keine Zeit, und vermutlich würde ich ohnehin verlieren.

Mit voll beladenen Händen steigen wir kurz darauf zurück in den Wagen. Lara packt unseren Proviant vor sich in den Fußraum, bis auf die Chipstüte, die sie gleich aufreißt. »Willst du auch welche?«

»Lieb von dir, nur, um ehrlich zu sein, bekomme ich gerade nichts runter«, sage ich mit Bauchschmerzen, während sich mein Magen zu einem noch festeren Knoten zusammenschnürt. Der Gedanke, dass Paxton und Zoe vielleicht etwas Schlimmes passiert sein könnte, verursacht Übelkeit in mir.

»Jetzt komm schon, du kannst doch nicht zulassen, dass ich hier allein sündige. Die hab ich nur für dich gekauft. Ich habe keine Lust, dass du mir heute noch mal umfällst. An dir ist sowieso schon nicht viel dran, und über die Feiertage hast du mindestens weitere fünf Pfund verloren. Hast du heute denn überhaupt schon was gegessen?«

Ich weiß, dass Lara recht hat. Aber wenn es mir schlecht geht, nehme ich immer ab, völlig egal, ob ich genügend esse oder nicht. Das letzte Mal, dass ich so abgenommen habe, war nach dem Tod meines Bruders. Ich war nur noch Haut und Knochen, auch wenn die beste Freundin meiner Mutter die ganze Zeit versucht hat, mich mit ihrer deftigen Hausmannskost aufzupäppeln. Am Tag von Tobys Beerdigung war mein Gesicht dennoch eingefallen und blass. Ich sah aus wie ein Gespenst. Bei der Erinnerung an mein erschreckendes Spiegelbild von damals wird mir ganz anders. Schnell greife ich mit der

Hand in die Tüte, stopfe mir ein paar Chips in den Mund und würge sie hinunter.

»Okay, ich helfe dir. Ich möchte schließlich nicht schuld sein, wenn du Ärger mit deinem Fitnessguru bekommst, weil du alles allein verdrückst«, sage ich trocken und nehme mir eine weitere Portion.

Lara verschluckt sich fast vor Lachen. »Danke, ich wusste, dass ich mich auf dich verlassen kann. Channing hat mich bei unserer Trainingseinheit zwischen den Feiertagen in New York sowieso zu einem extraharten After-X-Mas-Workout verdonnert, damit ich meine angefutterten Weihnachtspfunde loswerde.«

»Wo hast du denn um Himmels willen zugenommen? An den Ohrläppchen?«, erwidere ich feixend.

»Nee, nee an den Hüften. Ich hab's nur gut kaschiert. Du glaubst gar nicht, was man mit den richtigen Klamotten wegschummeln kann.«

»Du bist verrückt«, entgegne ich. »Gibst du mir bitte eins von den Sandwiches? Jetzt habe ich Hunger.«

»Das wollte ich hören. Salami oder Käse?«

»Egal, ich mag beides gerne. Gib mir einfach das, was du nicht willst.«

Lara zieht eins der belegten Brote aus der Verpackung und reicht es mir rüber. Gerade als ich das Gefühl bekomme, dass die Stimmung zwischen uns wieder gelöst und fast wie früher ist, fallen auf einmal dicke weiße Flocken auf die Windschutzscheibe. Ich betätige den Hebel für die Wischer, doch es dauert nicht lange, und sie kommen kaum noch hinterher. Allmählich werden auch die Fahrzeuge vor uns langsamer, und ich drossle meinen Wagen auf Schrittgeschwindigkeit, während ich die Warnblinkanlage einschalte. Einige Meilen kriechen wir im Schneckentempo über die Interstate fünfundneunzig, bis wir schließlich endgültig ins Stocken kommen und schließlich stehen bleiben. Ich schalte den Motor und die Warnblinkanlage aus, weil es bei diesem heftigen Schneegestöber vorerst kein Weiterkommen mehr gibt.

»Oh Mann«, seufze ich sorgenschwer. »Jetzt schaffen wir es garantiert niemals rechtzeitig bis New York.« Ich umklammere das Lenkrad fest. »Es ist so ein Scheißgefühl, nichts tun zu können, um Paxton zu helfen. Vermutlich war es sowieso keine gute Idee, zur Modenschau zu fahren. Ich meine, was hätten wir beide dort schon ausrichten können?«

»Hey, Süße, Kopf hoch«, versucht Lara mich zu beruhigen und streichelt mir über den Rücken. »Bestimmt kommt alles wieder in Ordnung.«

»Danke, dass du mitgekommen bist. Es tut mir so leid, dass ich dich wegen Paxton belogen habe. Ich hatte wirklich nicht geplant, mich in ihn zu verlieben. Das musst du mir glauben. Es ist einfach so passiert. Paxton ist der erste Mann, bei dem ich mich nach Nähe gesehnt habe. Auch wenn ich es nicht wollte, ich konnte mich irgendwann nicht mehr gegen die Anziehungskraft zwischen uns wehren. Bevor wir uns getrennt haben, hat er gesagt, dass er mich liebt, und nun habe ich das Gefühl, dass ich ihn für immer verloren habe.« Ich krame ein Taschentuch aus meiner Hosentasche und schniefe aufgelöst hinein. »Jetzt jammere ich dir doch die Ohren voll. Tut mir leid. Ich mache mir solche Sorgen um ihn und um seine Schwester. Zwar war ich anfangs etwas überrascht, so schnell seine Familie kennenzulernen, aber sie sind echt nett zu mir gewesen.«

»Du hast Guillermo Romero privat getroffen?«, fragt Lara überrascht, und ihre bernsteinfarbenen Augen fangen auf der Stelle an zu glänzen. »Wie ist er so? Ich träume schon ewig davon, mich mit ihm über Fashion auszutauschen. Hat er irgendwas über seine neue Kollektion verraten?«

»Er war sehr freundlich zu mir und wollte viel über mich erfahren, genau wie Paxtons Schwester. Sein Job als Designer war allerdings gar kein Thema. Er ist eben auch nur ein Vater.«

»Das stimmt natürlich. So war das auch überhaupt nicht gemeint«, erklärt Lara und verdreht dabei effektvoll ihre Augen mit den langen künstlichen Klimperwimpern. »Aber ich meine, wie oft hat man im Leben schon die Chance, einer berühmten Stilikone zu begegnen?«

»Ist Paxton auch nur das für dich? Eine Stilikone?«, frage ich fassungslos nach, bevor mir bewusst wird, wie gemein diese Behauptung ist.

Lara funkelt mich prompt wütend an, verschränkt ihre Arme vor sich und wendet sich dann demonstrativ von mir ab.

»Sorry, das ist mir so rausgerutscht. Ich weiß ja, wie viel Paxton dir bedeutet«, versuche ich mich bei ihr zu entschuldigen.

Lara dreht sich wieder zu mir um. »Vielleicht liegst du mit dem, was du sagst, ja gar nicht so falsch«, erklärt sie kleinlaut. »Im Gegensatz zu dir kenne ich Paxton nicht mal richtig. Nur das, was über ihn in den Medien berichtet wird. Wenn er wirklich so ein toller Kerl ist, dann hat er auch jemanden verdient, der sich für ihn interessiert und nicht nur für sein Image.«

Das Geräusch von startenden Automotoren unterbricht

Lara. Der Schneefall hat endlich aufgehört, und der Verkehr vor uns kommt langsam wieder ins Rollen. Erleichtert drehe ich den Schlüssel im Zündschloss um.

»Nein, nein, nein … verdammter Mist!«, fluche ich leise vor mich hin und schlage mit den Handflächen frustriert auf das Lenkrad, als der Wagen nicht anspringt. »Ich glaube, wir sitzen hier fest.«

Ich versuche es angespannt ein weiteres Mal, auch wenn mir bewusst ist, dass es vermutlich nichts bringt.

20

Ich bin gerade dabei, die Nummer des Pannendienstes in mein Handy einzutippen, als es auf einmal an meinem Seitenfenster klopft. Ich kurble die Scheibe herunter und hoffe, dass der freundlich wirkende Mann in neongelber Warnweste einen Plan hat, was wir machen sollen.

»Braucht ihr beiden Starthilfe?«, fragt er lächelnd. »Vermutlich habt ihr ein Problem mit der Batterie.«

»Danke, das wäre super«, erwidere ich. »Einen Versuch ist es wert. Ich bin übrigens Emma, und das neben mir ist Lara.«

»Freut mich.« Er reicht mir die Hand durchs offene Fenster. »Ich bin Peter, und das im Transporter ist mein Kollege Simon. Macht euch keinen Kopf, wir kriegen das schon wieder hin.«

Ich gucke zur Seite und sehe, wie der weiße Transporter die anderen beiden Spuren neben uns blockiert, damit keiner der Fahrer hinter uns auf den Gedanken kommt, ungeduldig Gas zu geben. Solange der Autoverkehr auf der Straße hinter uns nicht wieder ins Rollen kommt, besteht zumindest nicht die Gefahr, dass jemand unseren stehenden Wagen versehentlich übersieht und in uns reinfährt.

»Ich bringe schnell das Überbrückungskabel an. Bleibt einfach sitzen. Ich gebe dir ein Handzeichen, wenn du probieren kannst zu starten.«

Peter geht zum Transporter, öffnet die Hecktür und holt

ein rotes und ein schwarzes Kabel mit Klemmen hervor. Dann kommt er zurück zu mir ans Fenster.

»Okay, Emma, kannst du die Motorhaube entriegeln?«

Ich folge Peters Anweisungen, und nachdem er die Autos miteinander verbunden hat, gibt er seinem Kollegen einen Wink, und Simon lässt den Motor des Transporters laufen. Nun bin ich an der Reihe. Ich drehe den Schlüssel um und bete, dass wir es schaffen, Daisy in Gang zu bringen.

Als der Motor nach dem zweiten Anlauf tatsächlich schnurrende Geräusche von sich gibt, fällt mir ein riesiger Stein vom Herzen. Wir haben tatsächlich doch noch eine halbwegs realistische Chance, rechtzeitig in New York anzukommen.

»Am besten fahrt ihr noch eine halbe Stunde, ohne Pause zu machen, damit die Batterie aufladen kann. Trotzdem solltet ihr den Wagen schnellstmöglich durchchecken lassen«, erklärt Peter mit einem zufriedenen Lächeln.

»Ganz herzlichen Dank für die Hilfe«, antworte ich freudestrahlend. »Ihr beide wart unsere Rettung.«

»Kein Thema, das ist doch selbstverständlich. Ich wünsche euch noch eine gute Weiterfahrt, Mädels«, entgegnet Peter und steigt auf der Beifahrerseite des Transporters ein.

»Oh Gott, das ist gerade noch mal gut gegangen. Egal, wie Paxton auf mich reagiert, ich will jetzt einfach nur noch zu ihm«, sage ich laut zu mir selbst, nehme meinen Fuß von der Bremse und gebe Gas.

»Ich freue mich für euch beide«, erklärt Lara ein paar Minuten später ohne Vorwarnung. »Du liebst Paxton wirklich.«

»Und wie«, antworte ich verlegen. »Ich habe am Anfang

echt gegen meine Gefühle für ihn angekämpft. Ich wollte dir nicht wehtun. Das musst du mir glauben.«

»Schon gut. Ich weiß, wie du dich fühlst. Denn obwohl ich Paxton unbedingt wollte, habe ich mich mit Fynn verabredet.«

»Fynn?«, entgegne ich ungläubig. »Ist das nicht dieser Typ von der Willkommensparty?«

»Genau, er ist in einem meiner Kurse. Da unsere Familien beide in New York wohnen, hat er mir angeboten, mich für die Feiertage mitzunehmen. Fynn ist so cute. Wir haben unsere Nummern getauscht, und er hat mich zum Schlittschuhlaufen auf der Eisbahn vor dem Rockefeller Center eingeladen. Das habe ich noch nie zuvor gemacht, und es war ultraromantisch. Dann sind wir shoppen gewesen. Fynn hat einen fabelhaften Modegeschmack, musst du wissen. Außerdem liebt er Sushi genauso sehr wie ich. Er hat mich an Silvester sogar in ein mega-angesagtes asiatisches Restaurant ausgeführt. Da bekommt man nur mit ganz viel Glück überhaupt einen Tisch, Fynn hat es irgendwie geschafft. Keine Ahnung, wie er das angestellt hat. Er ist unglaublich«, schwärmt Lara mir mit verträumtem Blick vor. »Und ein verdammt guter Küsser ist er auch«, schiebt sie noch grinsend hinterher, wobei sich ihre Wangen sofort verräterisch röten.

»Du klingst ja wie ein total verknallter Teenager«, stelle ich amüsiert fest, als Lara endlich ihren Redestrom unterbricht, um Luft zu holen. »Das freut mich für dich. Wieso hast du mir nichts davon erzählt?« Ich habe die Frage noch nicht ganz ausgesprochen, da fällt mir wieder ein, dass wir kein Wort miteinander geredet haben.

»Mache ich doch jetzt, oder etwa nicht?«, antwortet sie mir

schließlich nach einer kurzen Pause. »Ich habe meine beste Freundin ganz schön vermisst.«

»Ich auch. Du hast mir richtig gefehlt.« Am liebsten würde ich ihr sofort um den Hals fallen, aber das muss leider noch warten, bis wir in New York angekommen sind.

Wir verlassen die Interstate 95 und überqueren kurze Zeit später den Harlem River auf der Robert F. Kennedy Bridge. Dann folgen wir dem Straßenverlauf direkt am Wasser entlang, bis uns das Navi für die letzten Meilen durch die Innenstadt leitet.

»Da vorne ist es schon«, sagt Lara aufgeregt und zeigt auf eins der cremefarbenen Steingebäude, als ich am Central Park auf die Fifth Avenue einbiege.

Hätte ich mir auch denken können, dass Laras Mutter ebenfalls in dieser noblen Gegend lebt. Immerhin sind die vielen Eindrücke jetzt, wo ich bereits zum zweiten Mal hier bin, nicht mehr ganz so erschlagend. Trotzdem fühle ich mich beim Anblick der unzähligen gelben Taxis, der imposanten Wolkenkratzer und dieser typischen langen Markisen vor den Hauseingängen immer noch ein wenig, als wäre ich in einer Folge *Sex and the City* gelandet.

»Du kannst am besten einfach in der Tiefgarage auf unserem Stellplatz parken. Meine Mom ist übers Wochenende verreist. Ihre Therapeutin hat ihr ein Retreat Center empfohlen. Den ganzen Tag Meditation, Yoga und Digital Detox. Für mich wäre es ja die Hölle ohne Handy und Internet, ihr tut es, glaube ich, ganz gut«, erklärt Lara mir und deutet auf ein Rolltor. »Dort drüben ist die Einfahrt.«

Ich setze den Blinker, und als wir vor dem Tor anhalten, öffnet es sich wie durch Magie.

»Wie ist das denn bitte möglich?«, frage ich baff, als ich in die Garage einfahre. »Hast du irgendwas gemacht?«

»Das funktioniert per App, wie alles im Apartment. Man kann sogar die Temperatur der Klimaanlage und das Licht darüber steuern. Total praktisch.«

»Krass, bei uns zu Hause ist alles analog. Für meine Eltern wäre das auch nichts, aber ich finde es megacool.«

Ich stelle Daisy auf dem Parkplatz mit Laras Familiennamen sicher ab, dann packen wir die übrig gebliebenen Snacks von der Tankstelle in Laras Reisetasche und nehmen unser Gepäck aus dem Kofferraum. Anschließend fahren wir mit einem schmalen Aufzug nach oben, in die zehnte Etage.

»Hereinspaziert, fühl dich wie zu Hause«, sagt Lara zu mir, als sie uns mit ihrem Handy Zutritt zum Apartment verschafft hat.

Wir ziehen unsere Winterschuhe und Mäntel an der Garderobe aus. Staunend blicke ich mich um, während ich Lara durch das moderne Wohnzimmer folge. Alles wirkt wie aus einem Hochglanzkatalog für Einrichtungen. Weiß und zarte Pastelltöne in Rosé und Pfirsich – das Farbkonzept zieht sich bis in jeden Winkel der geschmackvollen Wohnung. Selbst die zauberhaften Blüten des gigantischen Rosenbuketts auf der Anrichte sind passend dazu gewählt. Aber am allerbesten gefällt mir der Ausblick durch die riesigen Fenster. Genau wie in Paxtons Apartment blickt man direkt auf den Park, der nun unter einer feinen Schneedecke liegt. Beim Gedanken an unsere gemeinsame Zeit, dieses besondere Wochenende zusammen mit ihm, wird mein Herz ganz schwer. *Was, wenn Paxton etwas Schreckliches passiert und ich ihn nie wiedersehe?*

»Wir haben maximal noch eine Viertelstunde, bevor wir losmüssen«, seufzt Lara mit Blick auf ihr Handy, nachdem wir das großzügige Badezimmer betreten haben. »Das wird ganz schön knapp. Also machen wir uns mal ans Werk.«

*

Als Lara mit meinem Styling fertig ist und ich einen Blick auf das Endergebnis werfen darf, erkenne ich mich im Spiegel selbst kaum wieder. »Wow«, entfährt es mir sprachlos.

»Fehlt nur noch die hier.« Lara reicht mir eine knallrote, flauschige Jacke mit Teddyfell aus ihrer Reisetasche.

»Das Teil ist doch viel zu auffällig für mich«, stoße ich entsetzt aus. »Ist das dein Ernst?«

»Oh ja!«, antwortet sie entschieden. »Es ist das It-Piece der Saison.«

»Jedenfalls kann ich damit nicht in der Menschenmenge verloren gehen«, scherze ich und ziehe das leuchtende Kunstfell über. Zumindest ist das restliche Outfit – das Lara für mich ausgewählt hat – dezent in Schwarz gehalten und schon viel eher nach meinem Geschmack. Zu meinen sexy Pumps hat sie mir eine schlichte, eng anliegende Stoffhose und ein lässiges Blusenoberteil herausgesucht. Bequem, aber durchaus mit dem gewissen Extra. Dieses Plüschding geht allerdings gar nicht. Ich weiß, Widerrede ist zwecklos, also ziehe ich die Jacke über.

Lara hat sich inzwischen ebenfalls umgezogen und trägt nun einen schneeweißen, schicken Jumpsuit mit V-Ausschnitt, dazu passende High Heels und einen Trenchcoat mit Leopardenprint.

»Okay, machen wir uns auf den Weg. Wenn die Modenschau erst mal läuft, lassen sie uns garantiert nicht mehr auf unsere Plätze«, sagt Lara und steckt ihren Lippenstift ein.

»Ich bin so was von nervös«, entfährt es mir panisch, und ich lasse mich zurück auf den Wannenrand sinken. »Was, wenn ich Paxton nicht finde? Oder wenn die Erpresser ihre Drohung tatsächlich wahr machen und Zoe etwas antun?«

»Hey, Süße, das ist doch überhaupt nicht gesagt. Vielleicht stellt sich auch heraus, dass alles halb so schlimm ist, wie du es dir ausmalst.« Lara setzt sich neben mich und legt ihren Arm um meine Schultern. »Es wird schon alles wieder gut. Du wirst sehen. Möglicherweise wollte seine alte Gang nur, dass Paxton eingeschüchtert ist und die ganze Show absagt. Immerhin haben wir es bis hierher geschafft, und den Rest werden wir sehen.«

»Paxton hat sich eine Pistole besorgt«, bricht es auf einmal aus mir heraus. »Er hat mir zwar gesagt, dass er sie nur zur Selbstverteidigung hat, aber was, wenn …« Die letzten Worte bleiben mir im Hals stecken.

»Jetzt ist Schluss mit den Horrorszenarien. Und wehe, du fängst an zu flennen. Damit würdest du bloß dein Make-up ruinieren, und dafür haben wir echt keine Zeit mehr, Süße.« Lara sieht mich mit strenger Miene an. »Also schwing deinen hübschen Hintern hoch und reiß dich gefälligst zusammen. Wir sind eh schon spät dran, und wenn wir noch länger herumtrödeln, war der weite Weg am Ende vollkommen umsonst.«

Ich nicke zustimmend und raffe mich auf. »Du weißt, wo wir hinmüssen?«

»Klaro, ich kenne mich in Manhattan mindestens genauso gut aus wie in meiner Handtasche.« Lara zwinkert mir zu, steht auf und hakt sich bei mir unter. »Auf geht's!«

Gott sei Dank ist die Location, in der die Modenschau stattfindet, wirklich nur zwei Blocks vom Apartment entfernt.

Die hohen Pumps bringen mich nämlich, vor allem in Kombination mit den vereisten Gehwegen, an meine Grenzen. Es fühlt sich so an, als könnte ich jeden Moment wie Bambi auf dem Eis ausrutschen und mir dabei das Genick brechen. Bedacht setze ich einen Schritt vor den anderen. Dabei beiße ich die Zähne zusammen und fluche stumm in mich hinein. Lara zieht den Gürtel ihres dünnen Trenchcoats noch etwas enger um ihre schmale Taille und vergräbt bibbernd ihre zittrigen Finger in den Seitentaschen. Wenigstens muss ich in der kuscheligen Felljacke nicht so frieren. *Aber wer schön sein will, muss ja bekanntlich leiden.* Was mich wieder zu diesen verfluchten hochhackigen Schuhen und meinen Füßen bringt, die sich mittlerweile wie Eisklumpen anfühlen. Diese mörderischen Dinger sind wirklich eine Herausforderung für meinen nicht gerade ausgeprägten Geschicklichkeitssinn. Was würde ich jetzt für meine Sneakers geben.

*

»Bradshaw und Newton«, sagt Lara, nachdem wir am Einlass freundlich von der Hostess begrüßt wurden. »Wir stehen auf der Gästeliste.«

Sie schüttelt den Kopf. »Tut mir leid, bedauerlicherweise kann ich Ihre Namen nicht finden.«

»Bitte sehen Sie noch einmal auf Ihrer Liste nach. Ich bin mir ganz sicher, dass wir beide draufstehen«, fordert Lara die junge Frau erneut auf.

Sie winkt ab. »Wenn Sie keine persönliche Einladung bei sich haben, kann ich nichts für Sie tun.«

»Haben Sie eigentlich eine Ahnung, wer vor Ihnen steht?«, fragt Lara harsch. »Ich bin die Fashion-Bloggerin mit den meisten Followern in den USA.« Lara hält der Hostess ihr Handy unter die Nase. »Sehen Sie, selbst Zoe Romero gehört dazu.«

»Ich glaube Ihnen, Miss, trotzdem darf ich keine Ausnahmen machen«, sagt sie stirnrunzelnd. »Anweisung vom Management.«

»Dann möchte ich jetzt bitte unverzüglich mit Ihrem Boss sprechen«, fordert Lara genervt, während ich neben ihr am liebsten im Erdboden versinken würde.

»Lass gut sein«, raune ich Lara leise zu. »Wir haben es versucht. Mehr können wir nicht tun.«

»Gibt es hier draußen ein Problem?«, mischt sich prompt auch noch ein Anzugträger von der Security ein. »Die Show beginnt in ein paar Minuten, wir müssen die Türen jetzt schließen.«

Plötzlich fängt der ernst wirkende Mann mit Cap, getönter Brille und Knopf im Ohr übers ganze Gesicht an breit zu grinsen. »Miss Newton, wie schön, Sie wiederzusehen.«

Für einen Moment bin ich verwirrt, doch dann nimmt er die Sonnenbrille ab, und ich erkenne Nolan.

Er wendet sich der Hostess zu. »Ist schon okay. Die beiden Ladys gehören zu mir.«

»Alles klar. Entschuldigen Sie bitte, es muss tatsächlich ein Versehen bei Ihrer Anmeldung gegeben haben. Ich wünsche Ihnen beiden viel Vergnügen.« Die Hostess gibt uns endlich den Weg frei und lässt uns eintreten.

»Ich schaue eben, wo noch zwei Plätze frei sind«, flüstert mir Nolan augenzwinkernd zu. »Wartet hier, ich bin gleich zurück.«

Mit wild pochendem Herzen sehe ich mich in dem großen Raum um. Alles ist in Perlweiß gehalten, und gläserne Kronleuchter baumeln wie funkelnde Eiskristalle von der hohen Decke. In der Mitte des Saals befindet sich ein langer, durchsichtiger Laufsteg, der rechts und links von den Zuschauerreihen gesäumt wird.

»Das ist so abgefahren«, wispert Lara mir zu und hakt sich wieder bei mir unter.

»Folgt mir, meine Damen«, bittet uns Nolan schließlich mit einem zufriedenen Lächeln, und wir begleiten ihn zu den zwei letzten freien Stühlen, in der hintersten Reihe am Anfang des Laufstegs, wo die Journalisten mit den Kameras platziert wurden.

»Danke, das ist perfekt«, erkläre ich glücklich, und Lara bedankt sich ebenfalls bei ihm.

Wir schlängeln uns durch die Sitzreihe zu unseren Plätzen durch und legen unsere Jacken über die Rückenlehnen der kristallklaren Kunststoffstühle. Gerade als wir beide uns gesetzt haben, wird auch schon das Deckenlicht im Saal gedimmt. Ein leises Raunen geht durch die Menge, und dann ist es mucksmäuschenstill. Die weltberühmte Musikkomposition von Tschaikowski zum Ballett *Schwanensee* setzt ein, und alle Blicke sind nun gespannt auf das goldene Logo des Modelabels gerichtet, das mittig auf der illuminierten Rückwand des Catwalks prangt. Künstlicher Nebel hüllt den angestrahlten Laufsteg ein, und die ersten Models treten an dem seitlichen Zugang nacheinander in Kleidern aus glitzerndem weißem Tüll vor das Publikum. Es wirkt fast so, als würden sie wie durch Zauberei zwischen den Zuschauern über einen gefrorenen See schweben.

»Einfach magisch«, wispert Lara mir begeistert zu, während

sie wie gebannt die Show verfolgt. Aber mich hält es jetzt keine einzige Sekunde mehr auf meinem Platz.

»Ich muss Paxton finden«, murmle ich zurück. Auch wenn es mir unangenehm ist, die anderen Gäste zu stören, erhebe ich mich und dränge mich durch die enge Reihe. Verlegen stammle ich entschuldigende Worte und bitte die anderen Gäste im Flüsterton darum, mich kurz durchzulassen.

Erleichtert atme ich auf, als ich es mit Wackelpudding in den Knien geschafft habe, mich herauszuschleichen, ohne groß Aufsehen zu erregen. Allerdings weiß ich nicht, wo ich jetzt anfangen soll, nach Paxton zu suchen. *Warum habe ich nicht einfach Nolan gefragt? Schließlich ist er sein Bodyguard. Oh Mann, es ging einfach alles viel zu schnell.*

Ich laufe an den Toiletten vorbei und gehe den langen Gang weiter, bis ich zu einer Tür komme, an der ein Schild mit der Aufschrift *Zutritt nur für Personal* angebracht ist. Völlig unerwartet packt mich jemand von hinten an der Schulter. Erschrocken fahre ich herum. Bestimmt darf ich mich hier überhaupt nicht aufhalten. Verdammt, die schmeißen mich mit Sicherheit raus, und meine Handtasche mit dem Handy befindet sich noch auf dem Stuhl im Saal. Ich kann Lara also nicht einmal Bescheid geben.

»Wieso bist du nicht bei den anderen? Du müsstest längst umgezogen sein«, meckert mich eine junge Frau mit Headset in barschem Tonfall an. »Hast du dich verlaufen?«

Total überrumpelt, und weil ich nicht weiß, was ich sonst sagen soll, nicke ich. Offenbar glaubt die Frau, dass ich zu den Models gehöre. Vermutlich ist es das Beste, wenn ich einfach so lange mitspiele, bis sie mich aus den Augen lässt, und dann verschwinde. Möglicherweise finde ich Paxton oder seine Schwester hinter den Kulissen, und so schöpft keiner vom Veranstaltungsteam Verdacht, wenn ich mich unauffällig umsehe. Lara hat ja erzählt, dass Zoe heute ihre Premiere als Model haben soll. Vermutlich ist sie dort. Hoffe ich jedenfalls. Denn wenn nicht, bedeutet es bestimmt nichts Gutes.

»Worauf wartest du? Komm schon«, fordert sie mich auf, und ich folge ihr in den Backstage-Bereich.

Dort wuseln unzählige gertenschlanke Schönheiten zwischen vollen Garderobenständern herum und schlüpfen von einem ins nächste Kleidungsstück. Einige Mädchen sitzen unterdessen an den großen beleuchteten Schminkspiegeln, wo sie von emsigen Stylisten abgepudert werden und die Frisuren zurechtgemacht bekommen.

»Nimm Platz. Es kümmert sich gleich jemand um dich«, weist mich die Frau mit dem Headset nun streng an, und mir bleibt nichts anderes übrig, als zu tun, was man mir sagt, wenn ich nicht doch noch auffliegen will.

»Schätzchen, du hast ja eine perfekte Porzellanhaut«, sagt kurz darauf eine Stylistin verzückt zu mir. »Da brauche ich kaum was tun.«

Sie fängt routiniert an, mein Gesicht abzuschminken, bevor sie es erneut mit Pinsel und Co. bearbeitet. Ich lasse die Prozedur geduldig über mich ergehen. Nachdem sie mit dem Make-up fertig ist, kämmt sie meine Haare streng zurück und bindet sie zu einem Dutt. »Nur noch ein bisschen Haarspray, dann ist es geschafft.«

Ich schließe die Augen und versuche nichts von dem Zeug einzuatmen.

»Voilà, du bist fertig.« Ich öffne meine Lider und erkenne mich selbst kaum wieder. Mit Smokey-Eyes und künstlichen Wimpern sieht mein Gesicht völlig verändert aus.

»Geh bitte nach drüben zu Sarah«, sagt die Stylistin und zeigt auf eine Frau, die zwischen den Kleiderstangen hin und her läuft. »Sie wird dir beim Umziehen behilflich sein.«

»Danke«, sage ich und stehe nervös auf. Ich muss hier ganz schnell weg, sonst lande ich am Ende wirklich noch auf dem Laufsteg. Ich muss nur warten, bis ich aus dem Blickfeld der Stylistin verschwunden bin. Dann mache ich hier die Biege.

Mein Plan hat nur einen Haken: Sie lässt mich nicht aus den Augen, also gehe ich zögerlich auf Sarah zu.

»Ach, sehr schön«, begrüßt sie mich mit Erleichterung in der Stimme. »Echt klasse, dass du einspringst. Die Agentur war sich ja nicht sicher, ob sie so kurzfristig einen Ersatz für Rachel schicken können. Umso besser, dass du da bist!«

Na großartig, aus dieser Nummer komm ich jetzt wohl nicht mehr raus, denke ich verzweifelt, als Sarah mir ein paar High Heels in die Hand drückt.

*

»Raus mit dir«, gibt mir ein Mann, der ebenfalls ein Headset trägt, den Befehl, dem Model vor mir in der Warteschlange zu folgen. Ich stecke verdammt noch mal in der Klemme. Was für eine bescheuerte Idee, mich als Model auszugeben. Ich leg mich bestimmt auf die Nase. Außerdem gibt es von Paxton weit und breit immer noch keine Spur. Genauso wenig wie von Zoe. Was mir noch mehr Angst einjagt als die Vorstellung, mich da draußen zum Affen zu machen.

»Wird's bald! Oder muss ich dich schubsen?«, fragt mich der Typ ungehalten und starrt mich an.

Ich habe keinen blassen Schimmer, wie mir geschieht. Auf einmal nehme ich all meinen Mut zusammen, hole tief Luft und setze dann wackelig einen Fuß vor den anderen. Diese teuflischen High Heels sind noch viel schlimmer als meine Pumps. Vor allem, weil sie mindestens eine Nummer zu klein sind. Außerdem muss ich aufpassen, dass ich nicht über den Stoff des bodenlangen Kleids stolpere. Das zarte, elfenbeinfarbene Designerkleid aus fließender Seide mit langen, feinen Ärmeln umspielt meine Figur perfekt. Ich fühle mich wie eine Sagengestalt, als ich zu der epischen Melodie die ersten vorsichtigen Schritte über den leuchtenden Nebel mache. Ich gebe mir große Mühe, mir meine Unsicherheit nicht anmerken zu lassen, und vor allem, gerade über den Catwalk zu stolzieren. Was erstaunlich gut klappt. Auf jeden Fall viel besser, als ich befürchtet hatte. Als ich fast am Ende des Wegs angelangt bin, bereite ich mich darauf vor, wie die Models vor mir kurz für die Kamera der Filmcrew zu posieren.

Ich bleibe stehen, schaue nach vorne, und gerade als ich mich wieder zum Gehen wenden will, blicke ich über den Raum hinweg direkt in Paxtons funkelnde Augen.

21

Für einen Moment fühlt es sich an, als würde mein Herz aufhören zu schlagen. Ich schließe für ein paar unendlich lange Sekunden meine Augenlider und versuche, dem Impuls zu widerstehen, einfach vom Laufsteg zu springen und in seine Arme zu rennen. Als ich sie wieder öffne, ist er verschwunden. Dafür habe ich das seltsame Gefühl, der Boden unter meinen Füßen würde schwanken. *Reiß dich zusammen, Emma! Du hast es fast geschafft*, sage ich zu mir selbst in Gedanken. *Du musst dich jetzt nur umdrehen und in aller Ruhe einen Fuß vor den anderen setzen.*

Bloß meine Beine scheinen das nicht mitbekommen zu haben, denn ich gerate auf den verflixten High Heels gefährlich ins Wanken. Dabei höre ich, wie ein leises Raunen der Zuschauer durch die Reihen geht. Was mich nur noch unsicherer macht. Nervös japse ich nach Luft und bemühe mich, meine Gliedmaßen wieder unter Kontrolle zu bringen. Es gelingt mir nur mit Mühe und Not, denn ich zittere wie Espenlaub. Ich habe zwar keine Ahnung, wie ich es anstelle, aber ich schaffe es mit allerletzter Kraft, das Ende des Catwalks zu erreichen und am seitlichen Abgang aus dem Scheinwerferlicht zu treten. Ich habe nur leider nicht bedacht, dass ich noch drei steile Treppenstufen überwinden muss, bevor ich hinter die Kulissen verschwinden kann, um mich nach dieser ultimativen Blamage in Luft aufzulösen. Plötzlich verliere ich den Halt und rutsche unaufhaltsam nach vorne weg, in der Erwartung, einen Wimpernschlag später mit voller Wucht auf dem Fliesenboden aufzuschlagen.

Doch seltsamerweise ist das, worauf ich lande, sehr viel weicher als erwartet und riecht vertraut. Verwundert schaue ich auf und sehe erschrocken in Paxtons tiefblaue Augen, nur wenige Millimeter von mir entfernt. Ich spüre seinen warmen Atem auf meinen Lippen und seine Hände, die meine Hüften fest umfassen. Das Gefühl, in seiner Nähe zu sein, ist immer noch genauso aufregend wie bei unserem ersten Zusammenstoß. Und als wenn die Zeit stehen geblieben wäre, verharren wir beide in dieser Position regungslos.

»Was hast du hier zu suchen?«, fragt mich Paxton unwirsch, als der Moment verflogen ist, und löst sich schnell von mir.

Wir rappeln uns auf, und während Paxton auf eine Antwort von mir wartet, fixiert er mich starr, mit zerknirschter Miene. Er wirkt irgendwie ausgelaugt, und erst jetzt fallen mir die dunklen Schatten unter seinen Augen auf. Ich öffne meinen Mund, will ihm alles erklären, doch ich bekomme keinen Ton heraus.

»Ist auch egal. Du musst sofort verschwinden.« Paxton packt mich unsanft am Handgelenk und zieht mich mit sich in eine Ecke des Raums, wo uns niemand sieht. Seine Anspannung ist förmlich greifbar, als er sich wie ein Grizzly vor mir aufbaut.

Seine Nähe löst in mir einen regelrechten Gefühlssturm aus, und ich kann kaum einen klaren Gedanken fassen.

»Ich weiß von der Erpressung«, bricht es zu meiner eigenen Überraschung aus mir heraus. »Geht es Zoe gut?«

Paxton legt mir seine Handfläche auf die Lippen, um mich zum Schweigen zu bringen. Was mich daran erinnert, wie wir uns am ersten Abend in der engen Abstellkammer des Wohnheims versteckt haben. Sofort empfinde ich wieder diese unfassbare Anziehungskraft, diese Vertrautheit, und ich wünschte, er würde mir meine Angst mit seinem Kuss nehmen. Die Panik in seinem Blick wühlt mich innerlich noch mehr auf. Plötzlich beugt sich Paxton so nah an mich heran, dass ich von seinem wohligen Duft umhüllt werde, während seine Wärme mich erröten lässt. Langsam nimmt er seine Hand von meinem trockenen Mund. »Bitte stell keine Fragen«, flüstert er mir mit gesenkter Stimme ins Ohr. Dabei klingt sein Tonfall abweisend und distanziert. »Dafür habe ich keine Zeit. Geh einfach. Du hast hier nichts verloren.«

Ich nicke stumm, unfähig, etwas auf seine eiskalten Worte zu erwidern. Anscheinend bin ich doch eine dusselige Kuh. Er empfindet rein gar nichts mehr für mich. Womöglich hat er es nie getan. Mit dem letzten Rest meiner Energiereserve drücke ich seinen Oberkörper von mir weg. Er soll nicht sehen, wie ich weine. Ich muss hier raus, an die frische Luft, und zwar auf der Stelle, bevor ich endgültig zusammenbreche.

Wieso kann er mir nicht sagen, was los ist?, frage ich mich verwirrt, während ich aus dem Backstage-Bereich stolpere. Ich hätte niemals gedacht, dass er mich einfach so, ohne den Hauch einer Erklärung, wieder fortschickt. Ich will nur noch weg. Weg von Paxton, weg von New York und weg von dem quälenden Schmerz, der wie Feuer in mir lodert.

Als ich durch die Tür hinaus bin, ziehe ich die High Heels aus, um mir nicht doch noch den Hals zu brechen. Dann raffe ich den Stoff des viel zu langen Kleids mit meinen Händen hoch und renne mit tränenverschmiertem Gesicht den Flur entlang. Ich muss zurück zu Lara, damit wir hier endlich abhauen können.

Als ich am Empfang mit der menschenleeren Getränkebar und der unbeaufsichtigten Garderobe angelangt bin, höre ich eilige Schritte, die immer lauter werden und näher kommen. Aus Angst, erneut von jemandem mit Headset aufgegriffen zu werden, verstecke ich mich, ohne groß darüber nachzudenken, rasch unter einem Tresen. Denn was anderes fällt mir so spontan nicht ein.

»Komm schon, kleine Göre, mach keine Zicken«, verlangt eine kratzige Männerstimme mürrisch. »Wenn du noch mal einen Piep machst, muss ich dich umlegen.«

Ach, du heilige Scheiße, was soll ich bloß tun? Dieser Typ hat Zoe in seiner Gewalt. Jetzt bin ich es, die sich die Handfläche selbst reflexartig vor den Mund presst, damit ich mich nicht versehentlich durch einen Laut verrate. Ich drücke mich noch fester an die hölzerne Rückwand, damit man meine Fußspitzen nicht sehen kann. Wie gerne würde ich mit den teuren Wintermänteln der Gäste tauschen, die vor mir wie Juwelen geschützt hinter einem dicken, verriegelten Stahlgitter aufbewahrt werden. Wenn mich Zoes Entführer entdeckt, bin ich tot. Hundertprozentig. Allem Anschein nach gehört er zu den gefährlichen Adlern, und garantiert ist er bewaffnet.

Ich will mir nicht vorstellen, was für einen schrecklichen Albtraum Zoe durchmacht, während sie in der Gewalt dieser skrupellosen Gangster ist. Ich hätte mit dem Erpresserbrief gleich zur Polizei gehen sollen. Für diese Erkenntnis ist es allerdings zu spät. So oder so, ich kann gerade nichts ausrichten, um Zoe zu helfen. Mit zusammengekniffenen Augen bete ich innerlich dafür, dass ihr von diesem Fiesling kein Haar gekrümmt wird. Bestimmt hat Paxton das Geld, und alles wird am Ende wieder gut.

Lara hatte also recht mit ihrer Vermutung. Zoe ist der schöne Schwan aus der Drohung, und diese Kriminellen haben sie als Druckmittel in ihrer Gewalt. Womöglich wollte Paxton deshalb, dass ich verschwinde. Damit ich nichts von der Übergabe mitkriege. Er zahlt seiner alten Gang die zehn Millionen Dollar und kauft seine Schwester frei. Zumindest vorerst. Wer weiß, ob es das dann war. Paxton hat erzählt, dass diese Typen Rache an ihm nehmen wollen. *Was, wenn es erst der Anfang gewesen ist?* Womöglich hat Paxton gerade einfach nur versucht, mich aus der Schusslinie zu bringen, indem er mich weggeschickt hat. Ich muss zu Lara, dringend. Vielleicht hat sie ja eine Idee, was wir machen können.

Als ich nichts mehr höre, krieche ich vorsichtig aus meinem Versteck, um nachzusehen, ob die Luft rein ist. Von dem Entführer und Zoe fehlt jede Spur. Ich wage mich hervor und renne den Flur entlang, bis zur Tür, wo es zurück in den Veranstaltungssaal geht. Dann ziehe ich mir die unbequemen High Heels an, auch wenn sie schmerzen, weil ich schlecht barfuß zurück in den Saal kann.

*

Immer noch völlig überfordert mit dem, was ich gerade eben erfahren habe, schaffe ich es kopflos irgendwie zurück auf meinen Platz im Publikum. Lara schaut mich fassungslos an, und ich sehe in ihrem Blick, dass ihr haufenweise Fragen auf der Zunge brennen. Doch zwischen den Journalisten ist nicht der richtige Ort, um darüber zu reden. Gerade als ich Lara auffordern will, mich nach draußen zu begleiten, wird es stockdunkel im Saal.

Ganz leise und ganz zart setzt die wohl bekannteste Melodie aus dem berühmten Ballett ein. Die Tonfolge wird immer temperamentvoller, dramatischer, bis die Spannung schließlich ihren Höhepunkt erreicht. Ich halte den Atem an, während mein ganzer Körper von Kopf bis Fuß mit einer kribbeligen Gänsehaut überzogen wird. Wie elektrisiert warte ich auf das, was nun passiert. Angespannt knete ich meine Hände, die inzwischen schweißnass sind.

Beim großen Paukenschlag geht der Spot an, und Zoe erscheint im hellen Lichtkegel. Erleichtert atme ich auf. Paxton hat es tatsächlich geschafft. Zoe ist in Sicherheit.

An der Hand ihres Vaters wirkt sie wie eine Prinzessin bei ihrem ersten Ball. Sie trägt ein spektakuläres Brautkleid aus unzähligen Federn, das Highlight der neuen Kollektion. Tosender Applaus setzt ein, als sie, eingehüllt in den weißen Nebel, über den Laufsteg schreiten.

Als die bildhübsche Zoe gemeinsam mit ihrem Dad am vorderen Ende des Catwalks angekommen ist und sie sich zusammen vor den Zuschauern verbeugen, hält es die Gäste nicht mehr auf ihren Plätzen. Guillermo zieht seine Tochter sichtlich stolz in seinen Arm und küsst sie auf die Wange, während von oben glitzernder Schnee herabrieselt. Nun kommen auch die anderen Models noch einmal für das große Finale auf den Laufsteg, und das Klicken der Spiegelreflexkameras von den Journalisten mischt sich in das ohrenbetäubende Klatschen.

»Lass uns bitte so schnell wie möglich abhauen«, raune ich Lara ungeduldig zu, während ich mir meine Handtasche um die Schulter lege und meine Jacke von der Stuhllehne nehme. »Ich muss hier sofort weg, bevor ich Paxton noch einmal begegne.«

Sein abweisendes Verhalten tut einfach viel, viel zu weh. Und wer weiß, ob die Sache mit den Adlern jetzt endgültig erledigt ist. Egal, Paxton redet eh nicht mehr mit mir. Ich muss ihn vergessen, ob ich will oder nicht. Es ist das Beste für mich. Auch wenn die Gewissheit, ihn nicht mehr in meinem Leben zu haben, höllisch schmerzt.

Gerade als ich realisiere, dass es im Moment sowieso kein Durchkommen gibt, weil die anderen Gäste im Weg stehen, hält Lara mich am Arm fest. »Hörst du das nicht? Da ruft jemand nach dir.«

»Emma …«, dringt nun Paxtons verzweifelte Stimme über den lauten Beifall hinweg an mein Ohr. »Emma … Bist du noch da?«

Ist er es wirklich, oder bildet sich mein verzweifelter Verstand das womöglich nur ein? Ich blicke mich suchend im Raum um, kann ihn aber nirgendwo entdecken.

Auf einmal wird es um mich herum so still, dass man eine Stecknadel fallen hören könnte. Und plötzlich taucht Paxton im Scheinwerferlicht zwischen den Models auf dem Laufsteg auf. Dabei ruft er immer noch meinen Namen. Die Reporter um mich herum fangen an miteinander zu tuscheln. Hier und da kriege ich Fetzen der aufgeregten Gespräche mit: »Wer ist Emma?« – »Ist sie seine Freundin?« – »Gehört das noch zur Show?«

Ich würde am liebsten wegrennen. *Was will er denn noch von mir?* Er hat mich doch schon mehr als genug verletzt. Ich tue jetzt genau das, was er von mir verlangt hat. Verschwinden. Dafür muss ich mich einfach an den Leuten vorbeiquetschen, und dann … treffen sich unsere Blicke durch die Menge. Abrupt stoppt die Welt um mich herum. Kein Geräusch, keine

Bewegung, absolut nichts dringt mehr bis zu mir durch – für einen Moment sehe ich nur noch ihn. Mein Herz schlägt mir bis zum Hals, als sich auf einmal alles zu drehen beginnt, wie in einem Karussell. Mir wird heiß und kalt. Alle Menschen im Saal starren mich an.

»Geh schon, Süße«, fordert Lara mich auf, und dann geht alles ganz schnell. Mit einem Mal kommt Nolan zwischen den Journalisten hindurch zu mir und hebt mich auf den Catwalk, wo Paxton meine Hand ergreift, um mich in seine Arme zu ziehen.

Von jetzt auf gleich gibt es nur noch uns beide. »Es wird alles wieder gut, mein Seestern. Es tut mir so unendlich leid. Glaub mir bitte, ich wollte das wirklich nicht. Aber ich musste dich doch beschützen«, murmelt er mir mit seiner warmen, einfühlsamen Stimme zu.

Ich versinke ungläubig in Paxtons Umarmung und würde ihn am liebsten nie wieder loslassen. Gerade ist mir egal, wer uns dabei zusieht. Ich habe nur noch Augen für Paxton und bin überglücklich, dass ich mich doch nicht in ihm geirrt habe, auch wenn er mir eine Menge Fragen beantworten muss. Allerdings interessiert mein Herz gerade herzlich wenig, was mein Verstand will.

»Ich liebe dich«, höre ich Paxton die drei Worte laut aussprechen, die ich mir in den vergangenen Wochen so sehr von ihm gewünscht habe.

»Ich liebe dich …«, wispere ich mit Herzklopfen an seinen Lippen, und dann legt sich sein Mund auf meinen und macht es mir damit auf wundervolle Weise unmöglich, weiterzusprechen.

Epilog

»Wollen wir nicht langsam in See stechen?«, frage ich aufgeregt, nachdem Emma mir in aller Seelenruhe die wichtigsten Dinge an Bord des beeindruckenden Segelschiffs erklärt hat.

»Sicher, dass du dein Glück in meine Hände legen willst?«, fragt sie augenzwinkernd und gibt mir einen Kuss auf den Mund.

»Unbedingt. Lass uns endlich die Segel setzen. Darauf freu ich mich schon den ganzen Tag«, erkläre ich euphorisch und lege meine Hände um ihre Taille.

Ich kann mein Glück immer noch nicht fassen. Dank Emma hat sich mein Leben um hundertachtzig Grad zum Guten gedreht.

»Okay, einen Moment.« Emma holt zwei leuchtend orangefarbene Schwimmwesten aus einer Box. »Probier diese hier mal an.« Sie reicht mir die größere Weste und zieht sich selbst die andere über. »Das Wasser ist zwar ruhig, aber man weiß ja nie.«

»Passt perfekt. Dann können wir ja los«, erwidere ich vergnügt.

»Ein wenig Geduld brauchst du noch. Zuerst müssen wir noch alle wesentlichen Bootsteile überprüfen.« Man sieht gleich, dass Emma die einzelnen Handgriffe schon oft gemacht hat und es für sie geübte Routine ist. Ich verfolge jeden ihrer Schritte, und sie erklärt mir dabei ganz genau, was sie tut.

Als das Boot schließlich mit Motorkraft vom Dock ablegt, fühle ich mich unendlich frei. Ich hätte niemals gedacht, dass ich dieses Gefühl je wieder empfinden würde.

Die leichte Brise weht durch unsere Haare, ich sitze auf der Holzbank und beobachte, wie Emma hinter dem Steuer steht und das Boot sicher aus dem Hafen manövriert. Nachdem wir das offene Wasser erreicht haben, ist es endlich an der Zeit, mit Windkraft über den Hudson River zu segeln.

»Na, gefällt es dir, oder bist du schon seekrank?«, fragt Emma mich grinsend, als wir das Ufer kaum noch sehen können.

»Nein, alles im grünen Bereich. Whoohoo … Das ist so was von cool.« Ich strecke meine Arme begeistert in die Luft.

»Wenn du willst, kannst du gerne zu mir kommen, und ich zeige dir, wie man steuert.«

Das muss Emma mir nicht zweimal sagen. Ich stehe vorsichtig auf und stelle mich hinter sie. Emma demonstriert mir die Handhabung, und dann darf ich selber ran. Ich umfasse das Rad, und Emma gibt mir genaue Anweisungen, die ich zu befolgen versuche.

»Du bist der geborene Seemann – dann kann ich mich ja hinlegen und die Sonne genießen.«

»Untersteh dich, mich hier allein am Ruder zu lassen. Ohne dich habe ich doch überhaupt keinen Plan, was ich tun muss.«

»Ernsthaft, du machst das hervorragend, aber wenn du möchtest, kann ich natürlich auch wieder übernehmen.«

»Oder wir ankern und sonnen uns zusammen«, schlage ich mit einem zufriedenen Lächeln vor. »Dafür kenne ich nämlich genau den richtigen Platz. Von dort aus haben wir einen grandiosen Blick auf die Skyline.«

»Klingt wunderbar«, antwortet Emma und drückt mir einen Kuss auf die Wange. »Dann zeig mir mal, wo wir langmüssen.«

Als wir den Anker geworfen haben, machen wir es uns in der Sitzecke an Deck gemütlich. Emma öffnet die Kühltasche mit unserem Proviant und nimmt für uns zwei Dosen Limonade sowie belegte Sandwiches heraus.

»Die habe ich mit der Kräutersoße von meiner Mom gemacht.«

»Dann kann es nur schmecken«, erwidere ich mit einem Grinsen. »Zoe schwärmt in einer Tour von den Kochkünsten deiner Mom. Ich freue mich schon sehr darauf, deine Familie nächsten Monat endlich persönlich kennenzulernen.«

»Meine Eltern sind auch extrem neugierig auf dich. Ich bin nur froh, dass deine Schwester sich bei ihnen so wohlfühlt. Und meine Eltern sind glücklich, wieder etwas Leben im Haus zu haben.«

»Es war eine geniale Idee von dir, sie nach Lake Leelanau zu schicken. Bald ist die Gerichtsverhandlung, und dann ist die Geschichte mit den Adlern hoffentlich ein für alle Mal überstanden. Zumindest sagt das FBI, dass sie jetzt genügend Beweise haben, um die gesamte Gang für eine sehr lange Zeit hinter Gitter zu bringen«, erkläre ich. Wenn ich nur darüber nachdenke, dass die Geschichte auch ganz anders hätte ausgehen können, läuft mir ein kalter Schauer den Rücken hinunter. »Du glaubst gar nicht, wie schwer es mir damals gefallen ist, nicht mir dir reden zu können. Ich war gezwungen, mitzuspielen und den Kontakt zu dir für eine Weile abzubrechen. Ich wollte nicht, dass sie dir auch noch was antun. Es war schon schlimm genug für mich, dass sie Zoe in ihrer Gewalt hatten.

Außerdem hätte jede noch so winzige Kleinigkeit die Tarnung der Beamten auffliegen lassen können, was Zoe in Lebensgefahr gebracht hätte.«

»Ich will mir gar nicht vorstellen, was ihr alles hätte passieren können. Sie ist in Sicherheit, und wir haben uns wieder. Das ist es für mich, was zählt.«

»Ja, endlich kann Zoe ein stinknormaler Teenager sein, so wie ich es mir immer für sie gewünscht habe. Eine Sache muss ich noch erledigen«, sage ich, stehe auf und gehe zu meinem Rucksack. Dann ziehe ich die Waffe hervor.

»Was willst du denn damit?«, fragt Emma erschrocken und blickt mich entgeistert an.

»Wart's ab«, sage ich, atme die salzige Luft tief ein und werfe sie samt meiner Vergangenheit mit Schwung über Board. Dann umarme ich meine Zukunft, blicke glücklich in ihre glitzernden grünen Augen und küsse sie mit all der Liebe, die sie verdient hat.